醫統江山

卷13

廬山面目

石章魚 著

兔死狗烹
鳥盡弓藏
古往今來都是這樣的道理

目錄

第一章

化敵為友

若然是敗在一個女人手裡，簡皇后或許心中還會好過一些，
可是敗給了一個不男不女的東西，這讓簡皇后如何能夠咽得下這口氣？
這世界上的事情撲朔迷離，千變萬化，誰也不會想到未來會怎樣發展。
昔日勢不兩立的仇人在共同的利益面前也可以化敵為友，攜手合作。

周睿淵道：「姬公公過獎了，大康的時局想要穩定，要依靠大家同心協力，我一個人可做不成什麼。」

姬飛花道：「獨木難支啊！只可惜朝中多數人都是私心太重，未必如丞相一般想法。」他停頓了一下又道：「對了，我聽說一個消息，文博遠將軍一直對安平公主情根深種，意圖破壞此次聯姻，帶著安平公主遠走高飛。」

周睿淵皺了皺眉頭：「姬公公，有些話是千萬不能亂說的。」

姬飛花微笑道：「無憑無據的話我從來都不說，周丞相，您剛剛問起，這船究竟沉在哪一邊，我現在就可以清楚地告訴你，船沉在大康的水域內。在倉木城，文博遠補充了二百名武士，此事並未上報朝廷，而是他私下裡向趙登雲求助的結果，從他們離開京城之後，這一路之上發生了很多奇怪的事情。」

周睿淵道：「看來姬公公剛才在朝堂之上，並未將瞭解到的情況全都說出。」

「說不說其實都是一樣，在下改變不了什麼，只怕丞相大人也改變不了什麼？」姬飛花說完向周睿淵深深一揖，轉身離去。

周睿淵望著他的背影，深邃的目光變得無比迷惘。

幾家歡樂幾家愁，即使在皇宮之中也有人因文博遠被殺而欣喜不已，簡皇后和大皇子龍廷盛即是如此。文太師父子二人一直都是三皇子龍廷鎮的堅定支持者，文博遠之死等於折去龍廷鎮的一條臂膀，而文承煥必然因為喪子之痛而深受打擊。值此立嗣關鍵之時，黯然神傷的文承煥或許已經無法兼顧龍廷鎮的事情。

母子兩人雖然心花怒放，可是表面上仍然裝得神情黯然，身在皇家若是連這點表面功夫都不會做，又有什麼資格去覬覦那張代表至高皇權的王位。

龍廷盛道：「母后，父皇有沒有透露過他心中的想法？」一日太子之位沒有明朗，他的內心就無法安定。

簡皇后歎了口氣道：「他最近心情惡劣，甚至連話都不願跟我多說一句，又怎會告訴我這些事情？」簡皇后感到自己真是失敗透頂，跟龍燁霖做了那麼多年的夫妻，到頭來自己在他的心目之中甚至還比不上一個太監。

若然是敗在一個女人手裡，簡皇后或許心中還會好過一些，可是敗給了一個不男不女的東西，這讓簡皇后如何能夠咽得下這口氣？這世界上的事情撲朔迷離，千變萬化，誰也不會想到未來會怎樣發展。昔日勢不兩立的仇人在共同的利益面前也可以化敵為友，攜手合作。

門外傳來小太監的通報之聲：「內官監姬公公到！」

簡皇后眉頭微微一動，輕聲道：「讓他進來！」她向兒子遞了個眼色。

龍廷盛起身道：「兒臣還有事情要辦，先行告退了。」有些交易僅限於母后和姬飛花之間，他並不方便在場。

龍廷盛出門的時候和姬飛花迎面相逢，姬飛花恭敬道：「小的參見大皇子。」

龍廷盛緩緩點了點頭道：「姬公公好，你好像比前些日子瘦了，想必是國事操勞的緣故。」

姬飛花淡然笑道：「最近宮裡的確有不少事。」

龍廷盛道：「我還有事，先走了！」他快步離開了馨寧宮。

姬飛花等他離去之後方才進去，來到簡皇后面前深深一揖道：「小的叩見皇后娘娘千歲千千歲。」

簡皇后道：「平身，賜座！」

其實早已為姬飛花安排好了座位，姬飛花坐下之後，簡皇后使了個眼色，周圍宮女太監全都識趣地退了出去。等到他們離開之後，簡皇后迫不及待地問道：「怎樣？皇上怎麼說？」她最為關心的還是太子之位的歸宿。

姬飛花道：「皇上心情不好，最近這幾天並不適合向他提起立嗣的事情。」

「我聽說文博遠死了！」簡皇后的雙眸中閃爍著興奮的神采。

姬飛花道：「使團渡過庸江的時候遭到攻擊，船隻沉沒，文博遠不幸殉職。」

簡皇后道：「文太師老年喪子說起來也真是可憐。」

姬飛花道：「還好安平公主逃過此次劫難，說起來也是不幸中的萬幸。」

簡皇后幽然歎了口氣道：「我那可憐的妹子。」表面上做出一臉的悲憫之色，可心中卻沒有半分的觸動，她和皇上都沒什麼感情更何況對他同父異母的妹子。在她看來，龍曦月能夠嫁給大雍七皇子也算不錯的歸宿，皇室家的兒女最終的命運就是如此，即便是她貴為一國皇后，除了表面的那些風光外，背後的辛酸又有誰能夠明白。自從嫁給龍燁霖之後，陪著他一起風風雨雨走過了那麼些年，本以為成為皇后之後一切就能夠安定下來，自己的兒子龍廷盛會理所當然地成為太子，等兒子登基之後，自己就會毫無懸念地成為大康皇太后。

簡皇后本以為這一切都該是自然而然的事情，可現實卻非像她想像中那般順利。龍燁霖在和同胞兄弟爭鬥了那麼多年以後，到了他自己這裡卻在立嗣的事情上猶豫搖擺。

宮廷爭鬥的起因並不僅僅為了野心，很多時候是為了生存，在宮中待得越久就越明白權力的重要性。假如太子之位落入三皇子龍廷鎮的手中，等待簡皇后母子二人的必將是悲慘的命運，所以她必須不惜代價要阻止這種事情的發生。

姬飛花明白這一點，正是因為如此，他才會主動找到簡皇后，選擇和他們母子二人合作。太子的人選基本上會在龍廷盛和龍廷鎮兩兄弟之間產生，朝中的大臣之所以多數人都支持三皇子龍廷鎮，是因為從方方面面的能力來說，三皇子要比他的那個大哥強上不少。龍燁霖登上帝位之後，大康的狀況非但沒有改善，反而變得更差，假如這樣的狀況持續下去，恐怕距離亡國之日不久也。

多數大臣都已經看出了這一點，他們將心中的希望寄託在未來君主的身上，希望龍燁霖之後能夠出一位能力卓越的王者，所以每個人心中的天平都悄然傾斜向了更有能力的龍廷鎮。

在姬飛花看來，無論是龍廷鎮還是龍廷盛，誰成為太子並沒有太大的分別，這兩人都沒有太大的能力，他所在乎的是誰更甘心成為傀儡。

龍廷盛離開馨寧宮的時候，心情非常複雜，母后和姬飛花已經達成了協議，姬飛花這個昔日的對頭如今已經跟他們成為盟友，姬飛花的野心，朝野皆知，父皇雖然名為大康國主，可是實際上卻被姬飛花擺佈於股掌之間。姬飛花支持自己的真正用意絕不是看中了自己的能力，而是他需要一個新的傀儡。

龍廷盛的心底深處對姬飛花仇恨到了極點，他寧願死也不願受他的擺佈，成為他的傀儡，可是如果不選擇跟他合作，自己或許就沒有當上太子的機會，更不會有登上皇位的那一天。想要成就霸業，重振朝綱，須得忍一時之氣。

龍廷盛想得過於出神，險些和對面來人撞了個滿懷，等發現時慌忙停下腳步，定睛一看，卻是七七，他苦笑著斥責道：「七七，你這丫頭，也不提醒我一聲。」

七七格格笑道：「我看大皇兄望著地下如此出神，所以不方便打擾您，看什麼好東西？這地上難道有玉璽嗎？」

龍廷盛嚇得臉色蒼白，慌忙向四處看了看，確信周圍無人這才放下心來。

七七道：「怕什麼怕？你敢說你最想要的不是玉……」龍廷盛及時伸出手去掩住了她的嘴，苦笑道：「我的小姑奶奶，這裡是皇宮，你別胡說八道行不行？」

七七哼了一聲，從他手掌下掙脫開來，啐道：「你這人真是沒勁，玩笑都開不得。」

龍廷盛低聲道：「這種事開不得玩笑，尤其是在外面。」

七七笑道：「大皇兄，你怕啊？心裡有鬼才怕。」

「你胡說八道，我還有事，不跟你說了。」龍廷盛想走，卻被七七一把拖住手腕，小聲道：「大皇兄，你來，我跟你說件事。」

龍廷盛道：「說什麼？有什麼好說的。」這個小妹實在讓人頭疼，整天沒心沒肺，一點公主的樣子都沒有。

七七放開他的手臂，噘起櫻唇道：「總之，你要是不跟我來，我馬上去找父皇，把你在宮裡面到處尋找玉璽的事情告訴他。」

龍廷盛驚得目瞪口呆：「妹子，我何嘗……」再看七七已經快步朝儲秀宮去了，龍廷盛無奈，只能跟著這刁蠻丫頭一起走了過去。她素來天不怕地不怕，保不齊真敢把這種話到處亂說，她是小孩子說話自然不負責任，可是言者無心聽者有意，若是讓父皇聽到，還能輕饒了自己？

龍廷盛跟著來到了儲秀宮，七七笑瞇瞇望著他，朝身邊宮女太監使了個眼色，一幫宮女太監慌忙退了出去，在外面將房門給帶上了。

龍廷盛哭笑不得道：「七七，我真還有事，你有什麼話趕緊說。」

七七道：「大皇兄，如果沒有正事兒我也不會找你。」

龍廷盛才不相信她能有什麼正事，點了點頭道：「你想讓我幫你做什麼事？」

七七道：「你能幫我做什麼？你又不是皇帝！」

龍廷盛被她一句話噎得滿臉通紅，歎了口氣道：「七七，你也不小了，有些話千萬不能胡說，咱們兄妹私下裡說說也就算了，若是讓外人聽去，肯定會以此來做文章，如果傳到父皇的耳朵裡，只怕……」

「怕什麼？不做虧心事不怕鬼敲門，你要是不想當皇帝又何必害怕？」

「呃……七七！」龍廷盛明顯有些生氣了。

七七道：「你不必生氣，你和三皇兄爭奪太子之位的事情現在滿朝皆知，我是你們嫡親的妹子，兄妹之間又有什麼好瞞的？」

龍廷盛道：「七七，你再敢胡說，我可真要生氣了。」

七七笑道：「是不是胡說你心中明白，我本以為我的大皇兄要比三皇兄坦誠得多，看來你也好不到哪裡去，跟你們連句實話都不能說。」

龍廷盛道：「你想說什麼？」

七七道：「本來想說，可現在又不想說了，其實也不是我想跟你說，而是有人想讓我轉告你幾句話。」

龍廷盛道：「誰？」

七七道：「前兩天我陪著父皇一起去了縹緲山靈霄宮……」說到這裡她故意停頓了一下，悄然觀察龍廷盛的表情。

龍廷盛聽到這裡，表情頓時變得無比凝重，縹緲山靈霄宮是什麼地方他當然清楚，他緩步來到七七面前，低聲道：「七七，那天究竟發生了什麼？」

七七道：「你不是說我胡說八道嗎？」

龍廷盛笑道：「七七，你還真生大哥的氣？大哥給你陪個不是，有什麼話，你只管對大哥明說。」

七七道：「那天我跟著父皇一起去縹緲山靈霄宮，見到了太上皇。」

龍廷盛道：「爺爺他身體如何？」他對此事極其關注，心跳也變得加速。

七七道：「看來要命不長久了。」

龍廷盛道：「他們說了什麼？」

七七道：「我只是聽到了一些，也不知道該不該說。」

「當然該說，當然要說，我是你大哥，你不跟我說，還能跟誰說？」

七七點了點頭道：「我也是這樣想，可那都是過去，剛剛看到你對我不耐煩的樣子，我又不想說了。」

龍廷盛道：「七七，大哥保證以後再也不對你不耐煩了，告訴大哥好不好？」

七七道：「那你要答應我從今以後都要對我坦誠無私，不可再有任何隱瞞。」

龍廷盛點了點頭道：「好，大哥答應你。」

「那你先告訴我，你想不想當皇帝？」

龍廷盛被她問得頓時愣在了那裡，這妹子實在是太過直白了，他咬了咬嘴唇，終於還是點了點頭道：「不瞞你妹子，咱們這些兄弟誰人不想當皇帝，大哥自然也不能免俗。」

七七暗笑他虛偽，其實這幫兄弟姐妹又有哪個不虛偽，她歎了口氣道：「本來我不想說，可從我小時候大皇兄就對我百般疼愛，我若是瞞著你又於心不忍。其實那天在靈霄宮，父皇和太上皇發生了爭吵，父皇說太上皇私下裡隱藏了一筆巨額的財富，所以大康才會陷入如今的困境。」

龍廷盛道：「太上皇怎麼說？」

七七道：「他說大康之所以落到如今的地步，全都是因為父皇的緣故，還說就算將秘密金庫交給父皇，也起不到任何作用。」

龍廷盛心中暗忖，難道大康果真還藏著秘密金庫？

七七道：「後來兩人不歡而散，太上皇問我，他問我你因何未去？」

龍廷盛道：「那天我的確有事，而且父皇並未讓我過去。」

七七道：「他說最想見的其實是你，還說……」

「還說什麼？」

七七故意道：「還是不說了。」

龍廷盛道：「你要說，一定要說。」此時他的好奇心已經完全被七七激起。

七七道：「他整個人都瘋瘋癲癲的，我也不知道他說的究竟是不是真話。他說本來是想將皇位傳給你的，還說父皇搶了他的皇位害死了同胞兄弟……」

龍廷盛嚇得又伸手將七七的嘴巴堵住，壓低聲音道：「你可不能亂說，這些大逆不道的話若是被父皇聽到，麻煩可就大了。」

七七道：「我當然知道，下山的時候，我問父皇，你和三皇兄他更喜歡哪一個？你猜猜父皇怎麼說？」

龍廷盛道：「他怎麼說？」

「他說你性情暴躁，野心太重，還說問我是不是受了你的指使才那麼問他。」

龍廷盛道：「我當然沒有讓你做過這樣的事情。」

七七道：「父皇卻不肯信我，他說以後我再敢跟你背著他謀劃事情，就算是親生兒女也不放過。」

龍廷盛叫苦不迭道：「七七，不是做哥哥的怪你，你以後這張嘴可千萬不要胡說了。」

七七道：「父皇還說你心性不純，背著他偷偷跟姬飛花勾結。」

「什麼？」龍廷盛嚇得打了個激靈，他本以為無人知道這件事，可終究還是透出風去，可轉念一想姬飛花和父皇之間關係極為密切，兩人之間好像沒什麼矛盾，即便掌握了自己和姬飛花交往的證據，也不可能用心性不純這四個字來形容自己。

七七道：「對了，我記得他們爭吵的時候，父皇還說要殺姬飛花，太上皇罵他只是一個傀儡。」

姬飛花品了一口茶，輕聲讚道：「久聞皇后娘娘茶藝出眾，今日方才有緣一見，果然名不虛傳，真是飛花莫大的榮幸。」

簡皇后又為他將面前茶盅斟滿，意味深長道：「姬公公幾時想來飲茶，本宮幾時會在此恭候。」

姬飛花卻突然歎了口氣道：「希望飛花能夠活得夠久。」

簡皇后聞言秀眉微顰，敏銳察覺到姬飛花背後暗藏的深意，低聲道：「姬公公有什麼話不妨直說。」

姬飛花道：「兔死狗烹，鳥盡弓藏，古往今來都是這樣的道理。」

簡皇后眼波流轉，內心中盤算了好一會兒方才謹慎道：「姬公公何故發出這樣的感慨？」

姬飛花道：「看來皇后娘娘並不瞭解陛下的事情。」他的這句話如同一根芒刺扎入了簡皇后的心中，她咬了咬嘴唇，強忍心頭的恨意道：「本宮見到陛下的機會甚至比不上姬公公。」

姬飛花微笑道：「皇后娘娘心中是不是因為這件事而記恨飛花？」

簡皇后沒有回答他。

姬飛花道：「飛花本以為自己對皇上滿腔熱血，一片忠誠，皇上看得到，可現在飛花方才明白，可能是飛花為皇上做得太多，正應了過猶不及這句話，皇上現在已經不需要飛花了。」

簡皇后歎了口氣道：「或許是你想多了，皇上最相信的那個人就是你啊。」

姬飛花道：「我剛才說那句話並沒有對娘娘不敬的意思，皇上最近往縹緲山去過兩次，一次飛花跟著過去，一次是他單獨前往。」

簡皇后咬了咬嘴唇道：「皇上去探望他的父親本來也不算什麼特別的事情。」

姬飛花道：「皇上和太上皇的事情咱們都明白，依著皇上本來的意思，今生今世都不會再涉足那裡，可是正月裡就前往靈霄宮兩次，皇后娘娘以為正常嗎？」

簡皇后道：「我不懂你的意思。」

姬飛花道：「皇上最近對飛花疏遠了許多，皇后娘娘不妨梳理一下最近發生的事情。從文才人入宮開始，這一件件的事情就已經開始轉變了。」

簡皇后十指交纏在一起，她的表情非常複雜，文才人入宮的事情她當然清楚。

姬飛花道：「文太師送乾女兒入宮的目的就是想要魅惑皇上，和皇后娘娘爭寵，權德安向皇后娘娘獻計，以支持大皇子成為太子作為條件，獲得皇后娘娘對文才人的認同。」

簡皇后雙手緊緊攥在一起，她本以為姬飛花不清楚此事，現在看來其中的內情姬飛花早就知道得一清二楚。

姬飛花道：「權德安和文承煥真正支持的人是三皇子龍廷鎮，皇后娘娘後來方才明白了這件事。」

簡皇后咬牙切齒道：「權德安那老匹夫險些將本宮騙過。」

姬飛花道：「其實從皇上登基之日始，他就和權德安那幫人密謀將我除去，皇上兩次前往靈霄宮，並不是為了探望太上皇，真正用意卻是要獲得太上皇支持。」

簡皇后道：「太上皇能支持陛下什麼？」

「皇上對太上皇擁有秘密金庫之事深信不疑，他被權德安那幫奸人蠱惑，認定飛花想要謀朝篡位，所以他才會想和太上皇冰釋前嫌，攜手剷除飛花。」

簡皇后道：「你跟本宮說這些又有什麼用處？也許你應該去向陛下解釋，說不定他會相信你的忠心。」

姬飛花道：「陛下急於冊立太子，乃是為大康留下一條後路，他已經做好了破釜沉舟的準備。」

簡皇后聞言一驚：「破釜沉舟？」難道皇上當真想要剷除姬飛花？以姬飛花今時今日的實力，陛下這樣做實屬不智。

姬飛花道：「陛下被那幫奸佞小人蒙蔽視聽，他從未想過，若是飛花當真有謀朝篡位之心，又豈會輔佐皇上登上至尊之位。皇上的疑心太重了，我聽說他已經擬好了詔書，定下了太子人選，只差沒有對外宣佈了。」

簡皇后顫聲道：「他定下了誰？」

姬飛花道：「皇后娘娘需要當機立斷了。」

簡皇后聞言心中已經明白，姬飛花這是在暗示她向皇上下手，猛然在茶几上拍了一記，起身怒斥道：「大膽狂徒，竟敢當著本宮的面說出如此大逆不道的話，你不怕本宮將你今日的言行稟報皇上，將你滿門抄斬，抄家滅族嗎？」

姬飛花的表情仍然平靜無波，端起茶盞道：「皇上以為飛花居心叵測，聽信讒言，想要剷除飛花，飛花說句大不敬的話，當初既然有能力輔佐他上位，今日也有能力捧太上皇復辟出山，皇后娘娘以為太上皇若是重新坐上皇位，他會如何對待皇上，又會如何對待皇后娘娘和諸宮嬪妃？」

簡皇后內心不由得打了個冷顫，以姬飛花今時今日的實力，他的確可以做到。

姬飛花道：「在飛花看來，大康的皇位誰來坐都是一樣，只要是龍家人又有什麼分別？但是飛花還想在這世上多活一些時日，只當是誰對飛花更好，飛花才會盡力輔佐誰。」

簡皇后默默坐下，壓低聲音道：「你……你想讓本宮怎麼做？」

姬飛花道：「其實三宮六院都有機會成為皇后，可是太后卻只能有一個，皇后娘娘以為呢？」

簡皇后咬了咬嘴唇，然後用力搖了搖頭道：「本宮是絕對不會加害陛下的。」

姬飛花道：「飛花也沒有加害陛下的意思，皇上之所以會變成如今這個樣子，全都是因為他身邊小人作祟的緣故，皇后娘娘有責任為皇上分憂解難，掃除奸佞，肅清君側。」

簡皇后心中暗暗道：「你才是奸佞，你才是最該殺的一個。」

姬飛花道：「文承煥老來喪子，正值心力憔悴之時，疏於防範，權德安和文承煥素來狼狽為奸，如今恰恰是咱們對付他們絕佳的時機。」

簡皇后道：「文承煥乃是兩朝太師，德高望重，陛下對他信任得很。」

姬飛花道：「當斷不斷反受其亂，娘娘若是坐失良機，恐怕會抱憾終生。」

雍都的春天終於來了，河邊的垂柳已經生出嫩綠的新芽，在風中搖曳擺動著嫵媚的身姿，河水清清，綠草茵茵，陽光下一群白鵝正慵懶地游過。胡小天騎在小灰的身上無精打采地打著盹兒，兩隻喜鵲從他頭頂上空嘰嘰喳喳飛過，吵醒了胡小天，他打了個哈欠，舉目遙望，卻見遠方的地平線上已經多出了一片巍峨的城池。

這二十多天以來，他們一路北行，先走水路後走陸路，幾乎跨越了大雍南北疆域，從最南方的庸江分界，一直來到大雍的國都雍都，雍都再往北行五百里就是大雍的北方防線。據說大雍當年定都之時，開國皇帝薛九讓就力排眾議，堅持選擇臨近北方邊界的雍城，而放棄更為繁華，氣候更為溫暖的雲崇城，在薛久讓看來大康的威脅遠不如黑胡的威脅更大。

事實上在大雍建國之後的百年之中和黑胡之間發生的征戰更多於大康，後來薛勝康登基，重用大康叛將尉遲沖，收復昔日被黑胡人佔領的北方七鎮，又以此為基礎，在北疆構築長城防線，經過這二十多年的刻苦經營，北疆的局勢已經基本穩定了下來，黑胡人很難逾越長城進入關內。

有不少人認為，如果不是大雍崛起，抵禦北方黑胡人，驍勇善戰的黑胡人早已揮軍南下，大康早已亡國，正是大雍的存在才為大康抵禦住了胡人，確保中原江山沒有被黑胡人染指。

胡小天在離開大康之時就聽過種種大雍皇帝的豐功偉績，自從進入大雍境內，所見到的全都是百姓富足安康，家家戶戶安居樂業的場面，途中經過的城池，無不秩序井然，當地百姓遵禮守法，和大康那邊的狀況不可同日而語。

李沉舟這一路之上也做足警戒措施，正如胡小天他們之前預料的一樣，在大雍境內要比大康安全得多，離開庸江之後就再也沒有遭遇任何的襲擊和暗殺，這也讓吳敬善相信了胡小天的說辭，之前在大康境內多次遇襲全都和文博遠有關。

這段時間內，李沉舟對大雍使團一行也是嚴密監視，他嘗試從使團成員的口中探聽出一些消息，可是所有人對大康境內發生的事情都隻字不提，雖然其中不乏文博遠的親信，但是沒有人主動說出文博遠生前和胡小天矛盾不斷的事情，胡小天在事前也從未交代過。身處異國他鄉，又發生了這麼多的事情，每個人心中都明白，現在唯有團結一致方才能夠度過難關。

龍曦月這段時間大都在展鵬的保護下，昔日養尊處優的安平公主為了不被他人發現自己的秘密，每日和其他普通武士一樣作息，途中因為步行一雙腳掌都磨出了血泡，但是她一聲不吭地咬牙捱了下來。展鵬抽時間指點龍曦月一些防身功夫和射術，胡小天挑選她成為幫著自己牽馬餵馬的小兵，每每看到龍曦月如此辛苦，心中不免愛憐有加，可是當著外人也不敢有絲毫的表露。

反倒是假冒公主的紫鵑這一路之上逍遙自在得很，錦衣玉食自不必說，隔三差五還有不少的要求，只要心情上來了就要使喚胡小天折騰胡小天。胡小天看到雍都城的城郭之時打心底鬆了一口氣，等到了雍都，總算可以將這個包袱卸下來了。

本想縱馬前往隊伍的前方和李沉舟說幾句話，卻聽到坐車內傳來紫鵑的聲音：

「小胡子，你上來！」

胡小天不由得有些頭疼，放緩馬速，來到車旁道：「公主殿下有何吩咐？」

「坐得久了，腰痠背痛，你上來給我捶捶。」

胡小天心中暗罵，捶你姥姥個頭，這二十多天裡，她哪天也沒讓自己閑著，端茶送水，捶腰捏背，自己小心伺候著，她還說翻臉就翻臉，當眾叱罵自己無數次，要不是形勢所迫，胡小天絕對要大耳刮子搧這個冒牌貨，還真把自己當成公主了。

胡小天道：「公主殿下，前方就是雍都了，小的要安排入城之事，不如等到了驛站，小的再幫您捏個痛快。」

紫鵑裡面冷冷哼了一聲：「胡小天，你就是個偷懶躲滑的貨色，是不是皮子又癢了？等到了雍都，本公主絕對輕饒不了你。」她看來是已經完全入戲了，公主范兒拿捏得還真是有模有樣，可安平公主性情溫柔嫻淑，何曾像她這般刁鑽潑辣。

胡小天知道內情，龍曦月知道內情，甚至吳敬善也知道內情，可除了他們少數幾個之外，其他人並不知道，在外人看來，紫鵑現在這個樣子反倒更像公主，金枝玉葉當然要有金枝玉葉的脾氣，就得任性。

胡小天正在猶豫是不是上車的時候，一名大雍武士縱馬來到胡小天面前，抱拳道：「胡大人，我家李將軍請您過去。」

胡小天應了一聲，又向車廂內道：「公主殿下，李將軍找我，你看……」

「究竟他是你主人還是我是你主人？」

「呃……」

紫鵑冷冷道：「去吧，說不定有要緊的事情呢。」

胡小天看了看那名過來找他的武士，那武士在一旁聽得清楚，臉上的表情已經忍俊不禁，其實這一路上所有人都把胡小天定位為一個受氣包。幾乎每天都會聽到安平公主呵斥這廝。隊伍之中龍曦月充滿愛憐地望著胡小天，芳心中以為胡小天之所以遭到這樣的對待，全都是因為她的緣故，紫鵑和她從小一起長大，脾氣本來也不是這個樣子，想來是因為被逼無奈，頂替自己，冒充公主的緣故，難以咽下心頭的惡氣。

胡小天灰溜溜來到隊伍前方，李沉舟看到他灰頭土臉的樣子，不禁笑了起來：「胡大人是不是又惹公主生氣了？」

胡小天轉身向後方看了一眼，苦笑道：「李將軍真以為我吃了雄心豹子膽？哪敢惹她啊！」

李沉舟笑道：「過去聽聞安平公主性情溫柔嫻淑，善解人意，看來傳言未必都是真的。」

胡小天道：「耳聽為虛眼見為實，其實公主殿下溫柔嫻淑，善解人意也是對皇子殿下，像我這等做下人的是永遠都沒機會體會到的。」他心中暗自警惕，李沉舟怕不是看出了什麼？紫鵑這妮子演戲的確有些過火，萬一露出破綻就麻煩了。

李沉舟哈哈笑了起來：「一國公主怎能沒有一丁點兒脾氣。」

胡小天道：「其實公主也不全都是這個樣子，過去也就是每個月來月事的那幾天性情急躁一些。最近不知怎麼了？可能是來到大雍水土不服吧。」

李沉舟無言以對，這太監什麼話都敢說，不過李沉舟也是結過婚的人，女人的事情他還是清楚一些的，胡小天說的也不是沒有道理。他並不想在這種話題上和胡小天繼續探討下去，未免有對公主不敬之嫌。揚起手中馬鞭指向前方城郭道：「前方就是我國帝都了。」

胡小天視而不見道：「哪裡？」其實雍都這麼大一座城池他又怎會看不到，根本是故意裝傻賣呆。

李沉舟道：「前面！」

胡小天歉然道：「我這眼神不好，朦朦朧朧看到黑乎乎的一片，剛才還以為是個小村子呢。」

李沉舟心想有那麼大的村子嗎？你小子這是對我大雍帝都不敬啊。不過他並沒有將心中的不悅流露出來，微笑道：「入城之後，胡大人一行會被安排在起宸宮暫住，以後的一切自有相關官員做出接待安排，咱們到了那裡之後就要分別了。」

胡小天心中大喜過望，總算可以鬆一口氣，不用再被他日夜監視，表面上卻裝出異常不捨的樣子：「李將軍是要走了嗎？我還沒有來得及和李將軍好好喝上一頓，聊上幾句呢。」

李沉舟淡然笑道：「沉舟暫時不會離開帝都，公主大婚之前，胡大人還要在雍都待上近一個月的光景，相信咱們見面的機會一定很多。」

胡小天道：「如此甚好，我早已將李將軍看成了我的朋友，聽說你要走，這心中如同空了一塊似的，真是失落之極。」

李沉舟雖然表面謙遜，可是從未將這個太監放在眼裡，以他的出身又怎麼會和一個太監做朋友。他輕聲道：「為了避免不必要的麻煩，此次公主抵達雍都的事情並未對外宣揚，暫時也不會舉辦隆重的歡迎儀式，一切都是為了安平公主的安全考慮，還望胡大人多些理解。」

胡小天眨了眨眼睛，心中不覺有些納悶，敢情是讓我們蔫不吭聲地進入雍都，連個最起碼的歡迎儀式都沒有，不對啊！雖然我們這位安平公主是冒牌貨，可畢竟冒充的也是公主，兩國邦交，最重禮儀，不說你們皇上皇后啥的過來接駕，可至少也得有個級別相當的人過來迎接吧？七皇子不方便來，他還有姐姐妹妹的，隨便來個公主也行吶。說什麼為了安全考慮，根本是沒把我們大康放在眼裡。

可現在畢竟是在人家的地盤上，胡小天也不敢輕易發作，一切只能看看再說。他調轉馬頭，來到禮部尚書吳敬善的車旁，伸手敲了敲車窗邊框。

吳敬善這段時間都在生病，一來是因為文博遠之死受了驚嚇，二來也是因為初春大雍氣候乍寒乍暖，他畢竟年事已高，體質虛弱。迷迷糊糊拉開了車簾道：「胡大人……什麼事情……阿嚏……」胡小天及時後仰，躲過老頭兒的病菌襲擊。

吳敬善歉然道：「實在是不好意思！」用手絹捂住口鼻，只露出一雙眼睛望著胡小天。

胡小天簡單將李沉舟的意思說了。

吳敬善歎了口氣道：「在人屋簷下怎敢不低頭，胡大人，咱們落到如此的境地，還能有什麼選擇呢？當前最重要的事情是把公主平平安安嫁過去。」這些天吳敬善沒有一天能睡個好覺，生怕紫鵑這個冒牌貨被拆穿，不過還好到目前為止都沒穿幫，這讓吳敬善心中萌生出希望，或許他們真能稀裡糊塗地過了這一關。

兩人正說著話，已經來到雍都巍峨的城門樓前。門前守軍已經接到命令，提前打開了側門。胡小天和吳敬善對望了一眼，連正門都不讓進，大雍方面這是赤裸裸地打臉啊。不派人迎接，現在連正門都不讓進，大康和大雍都是大國，兩國聯姻也是建立在公平的基礎上，這樣玩就有點欺負人了。

胡小天低聲道：「吳大人！」

吳敬善歎了口氣，居然把車簾給放下了，他這是沒臉見人，也意味著他不想多事，只當沒看到一樣。

胡小天心中暗忖，這口氣若是也咽下去了，恐怕以後還不知有多少侮辱和冷眼等著他們呢，於是縱馬來到李沉舟的身邊，笑瞇瞇道：「李將軍，這又是出於怎樣的安排？」

李沉舟道：「正門出入百姓甚多，人多眼雜，為了穩妥起見，特地為安平公主開啟側門。」

胡小天道：「李將軍的好意我等心領了，可是醜媳婦也得見公婆，公主既然嫁入大雍，以後成為七皇子妃，被人圍觀也是早晚的事情，我家安平公主也是見慣了大場面的人，別說是這麼些人，比這更多的人，更大的場面，我家公主殿下也不是沒有見過。」

李沉舟仍然微笑道：「李某身兼護送公主重責，不敢有絲毫大意，絕不會讓公主在大雍的土地上出一絲一毫的差錯。」

胡小天哈哈大笑道：「李將軍還是要我們走那道門？」他用手指了指側門。

「不錯！」李沉舟的表情古井不波，目光卻無比堅定，不可動搖。

胡小天雙手一揮，大聲道：「兄弟們，都給我聽著，調頭閃人！」

李沉舟不禁皺了皺眉頭。

自從庸江事發之後，胡小天在倖存者中的威信可謂是與日俱增，他一說話，馬上一呼百應。

吳敬善又從車內探出頭來，裝模作樣道：「發生了什麼事？」

紫鵑乘坐的那輛馬車停了下來，卻見紫鵑從馬車上走了下來，衣裙華麗，輕紗敷面，一雙妙目環視周圍，輕聲歎了口氣道：「胡小天，你真是放肆，這是要本公主走回頭路嗎？」

胡小天翻身下馬快步上前，拱手行禮道：「啟稟公主殿下，非是小天放肆，而是大雍方面做事有失禮儀，想讓公主從側門進入雍都，小的認為此事萬萬不可，既然別人沒把咱們大康放在眼裡，看低公主殿下，這樁親事不提也罷。」

「放肆！」紫鵑厲聲斥道，雙目之中籠上一層嚴霜。

胡小天馬上把腦袋耷拉了下去，心中暗罵，老子可是為了你的臉面著想。頭可斷血可流，尊嚴不能丟，紫鵑啊紫鵑，你是不是想成為皇子妃都想瘋了，連這種窩囊氣都能受得了？其實胡小天也是做做樣子罷了，並不真心要帶這幫人回去，如果真回去了，假冒公主肯定露餡，他是想紫鵑配合一下。沒想到這妮子不識好歹，竟然呵斥自己，簡直是分不清敵我利害。

紫鵑將手伸了出去，胡小天趕緊在一旁扶住。紫鵑道：「本公主坐了那麼久的車，實在是有些累了，還是下來走走，小胡子，你就扶著本公主走進去。」

胡小天聽她這麼說心中一喜，到底是從小在皇宮中長大，這超級模仿秀玩得還有模有樣，簡直是爐火純青，誰說她不是公主，連我都不信。

吳敬善跌跌撞撞從車內走了出來，來到紫鵑另外一側，恭敬道：「老臣也陪著公主殿下一起走進去。」

李沉舟看到這種情景不禁皺了皺眉頭，他抬頭向上看了一眼。

雍都南門城樓之上，一名貴氣逼人的中年男子靜靜站在那裡，他的身後還有兩名武士貼身保護，此時城門守將來到那中年男子面前，深深一躬道：「皇子殿下，大康安平公主到了。」

原來這名男子正是大雍大皇子薛道洪，他上唇八字鬚微微一動，唇角露出一絲淡淡笑容：「倒是有些性情。」

紫鵑在胡小天和吳敬善的陪同下從正門而入，身後三十多名武士也是奮勇相隨，一個個昂首挺胸走入雍都，內心中熱血激蕩，開始時的確有不少人害怕，可是看到公主和胡小天他們都如此無畏，一個個頓時被激起了愛國熱情，個人生死存亡事小，國家榮辱事大，真正到了關鍵時刻，這群漢子的血性已經完全被鼓舞起來。

李沉舟看到如此情景也唯有苦笑了，他沒有阻止胡小天一行從正門而入，率領部下緩緩跟隨在他們身後，等進入雍都之後，紫鵑方才在胡小天和吳敬善的勸說之下重登馬車。

吳敬善偷偷舒了一口氣，好歹總算過了這一關，本以為到了雍都之後，心頭的一塊石頭就能落地，可現在看來麻煩恐怕只是剛剛開始。

起宸宮位於雍都西北，這裡遠離皇城，過去曾經是大雍皇帝的行宮，起宸宮內有一座流蘇園，這流蘇園內有一處天然地熱溫泉。後來起宸宮遭遇火災，大雍皇帝因此認為這裡是不祥之地，再加上雍都境內地熱眾多，於是又在別處另建行宮。這座起宸宮在重建之後，乾脆就留給接待重要的客人使用。

這段歷史外人並不清楚，不過現在的起宸宮剛剛修葺不久，從外面看起來也是紅磚碧瓦，在一片蔭蔭蔥綠之中美不勝收。

起宸宮最早是由大康工匠所設計，所以建築風格更偏重於南方，在大康使團成員看來這裡的景致顯得頗為親切。按照大雍方面的安排，安平公主進入起宸宮內苑居住，至於其餘的使團成員全都被安排在外面，胡小天打著太監的幌子可以隨同安平公主進入內苑，至於其他人都沒有資格進入內苑，事實上來到這裡之後所有的警戒任務都被大雍方面接管。

除了安排武士全面接管起宸宮的警戒之責，還特地從皇宮內抽調了四位宮女和一位嬤嬤前來伺候。庸江沉船事件發生之後，宮女太監大都溺斃在庸江之中，除了胡小天以外已經沒了多餘的人手。

第二章

畫工的威力

展鵬暗自鬆了一口氣，胡小天果然厲害，
憑藉楊令奇的那幅山水畫成功叩開了薛勝景的大門，
要說今天的事情還是都要仰仗了楊令奇畫工的威力。
鐵錚自始至終都在警惕望著展鵬，
剛才展鵬射出的那一箭實則讓他驚出了一身的冷汗。

即便是胡小天有幸進入內苑，卻發現這裡並沒有給他準備房間，他的住處和吳敬善一樣都在外苑，看來大雍方面是有心將公主和他們隔離開來。幫著這位冒牌公主安頓下來之後，紫鵑讓那幾位新來的宮女先出去，胡小天把房門關上，恭恭敬敬向紫鵑道：「公主殿下，咱們總算到了地方，今兒就好好歇著吧。」

紫鵑輕聲歎了口氣道：「咱們平平安安到了這裡，可是紫鵑她死得好慘。」

胡小天心中一怔，你明明好端端地活著，卻為何這樣說？轉念一想，難道她說的是龍曦月？胡小天恭敬道：「公主殿下不必傷心了，紫鵑自幼跟您一起長大，您對她百般照顧，情同姐妹，這個世界上就算所有人都會背叛您，紫鵑也不會。」言語間充滿了對紫鵑的嘲諷。

紫鵑冷冷望著胡小天道：「可紫鵑活不見人死不見屍，你讓我於心何安？」

胡小天道：「紫鵑應該是凶多吉少了，不過能為公主而死，我想她泉下有知也不會有什麼遺憾。」

紫鵑點了點頭道：「也許她吉人天相，能夠逃出生天也未必可知。」

胡小天道：「公主還是安心休養，今兒已經是二月二十三，下個月十六就是您的大婚之期。」

紫鵑道：「你不說，我險些都忘了，不錯，無論怎樣，咱們都到了雍都，不管發生了什麼，至少咱們這些人都還活著。」

胡小天道：「全都仰仗公主吉星高照，方能庇佑我等平安。」

「你一路盡心盡力地保護我，服侍我，也吃了不少的苦頭，小胡子！你對我的好處，本公主這輩子都會記得。」說這番話的時候，紫鵑分明在咬牙切齒。

胡小天微笑道：「能夠伺候公主是小的上輩子修來的福分。」

紫鵑道：「既然這麼忠心，不如就留在大雍陪我吧，伺候本公主一輩子如何？」

胡小天道：「好啊！」

紫鵑沒想到他答應得如此乾脆，明顯愣了一下，然後擺了擺手道：「你且去吧，言不由衷，實在是虛偽！」

胡小天微笑告退，就快出門的時候紫鵑又將他叫住：「胡小天，最近幾日你都不要過來了，給你們好好放幾天假，讓大夥兒在雍都好好遊玩一下。」

胡小天朗聲道：「多謝公主開恩。」這貨撅著屁股退出了門外，看到柳嬤嬤和四位宮女都在外面候著，胡小天笑道：「柳嬤嬤好！」

柳嬤嬤對他也沒什麼好臉色，滿臉皺褶的臉上不見任何笑意，漠然看了胡小天一眼道：「胡公公這就走了嗎？」

胡小天心中暗罵，這雍人都是那麼沒禮貌？老子好歹也是大康皇上欽點的遣婚使臣，你一個宮裡的嬤嬤對我也那麼不客氣？忽然想起有句話叫弱國無外交，大康國力日下，已經和如今的大雍不能同日而語，也難怪別人看不起。可大雍好歹也算得上一個泱泱大國，如此作派實在太小家子氣了。胡小天道：「這就走了，我家公主還望柳嬤嬤幾位以後要多多照顧。」

柳嬤嬤道：「公主殿下嫁到大雍就是我們大雍的皇子妃，照顧她也是我們分內的事情，胡公公就不必費心了。」

胡小天心想我還懶得管呢，只是看這柳嬤嬤和四位宮女全都是眼冒精光，炯炯有神，想必都是身懷武功之人，看來以後想要和紫鵑單獨交流未必那麼容易。不過事情已經到了現在這種地步，也算得上得償所願，畢竟救走了安平公主，讓她得以逃脫虎口，至於紫鵑，她和文博遠私下勾結在先，依著胡小天的意思當初在庸江就應該將之滅口。只是陰差陽錯，迫於形勢將她冒認成為安平公主，當時只是為了蒙混過關，卻想不到這一路扮演下來，紫鵑居然毫無破綻。連李沉舟這麼精明的人物都被她瞞過。

現在胡小天當然不想紫鵑出事，她能夠順順當當嫁給七皇子薛道銘最好。她就可以從一名宮女從此飛上枝頭變鳳凰，一躍成為大雍皇子妃，以後成為太子妃，皇后也有可能。而自己則可以功德圓滿，順利完成龍燁霖交給他的任務，帶著自己的寶貝公主，暗度陳倉返回大康，等到救出爹娘之後，從此就能過上幸福的日子。

胡小天心中如意算盤打得很好，卻知道這件事充滿了風險，其中任何一個環節出錯都可能全盤皆輸，距離大婚之期還有二十多天，就怕夜長夢多。換成在大康之時，他絕不敢設想這等大膽的計畫，有些事一半在人為，一半要看天意。

回到自己的住處，卻見吳敬善就坐在房內等著他。胡小天笑道：「吳大人這麼晚了還沒去休息？有什麼事情，叫我一聲，我去見您就是。」吳敬善起身抓住他的手臂，感歎道：「胡大人，老夫此來是有些話想對你說。」

胡小天點了點頭，使了個眼色，一路來扮演小兵，負責伺候他飲食起居的龍曦月舉步離去，從外面將房門掩上。

吳敬善道：「公主那邊情況怎樣？」

胡小天道：「情緒穩定，沒什麼異常，只是大雍皇室方面派來了一位嬤嬤，四位宮女，承擔了照顧公主的責任。」

吳敬善兩道花白的眉毛皺了起來：「他們不讓你過去了？」

胡小天淡然笑道：「沒說，公主也沒有不開心，還說給咱們好好放個大假，讓咱們趁著這次的機會好好在雍都遊玩幾天。」

吳敬善苦笑道：「胡大人，你還有心情遊玩？」

「翻山涉水，歷盡辛苦，好不容易來到了這裡，又怎會沒有心情遊玩？」胡小天絲毫沒有流露出任何的顧慮。

吳敬善道：「胡大人，今日入城時的情景你也都看到了，他們大雍顯然沒有把咱們放在眼裡。」

胡小天心中暗道：「如果不是我堅持，就憑你這個沒骨氣的老傢伙，肯定是忍氣吞聲地進了側門，現在又說這種話是什麼意思？」

吳敬善道：「老夫越想這件事越是不對，自從公主入境，就會有人將消息通報給大雍皇室，說起來，咱們在大雍境內走了二十多日，這段時間內，非但沒有任何皇室成員主動問候，甚至連地方官吏都沒有出面迎接過，倘若說過去是在路上倒還罷了，現在已經來到了雍都。於情於理，皇室都該派人過來迎接招待一下，可是你看看咱們今日的遭遇，就算是一個蠻夷部落普通的使臣也不會遭到如此冷遇。」

胡小天道：「比之吳大人上次出使大雍的時候如何？」

吳敬善搖了搖頭，黯然答道：「尚且不如。」他上次出使大雍的時候，大雍以同等規格相待，特地派出禮部尚書孫維轅過來迎接，而且當晚就設宴款待。在雍都逗留期間，他還受到了大雍皇帝薛勝康的親自接見。吳敬善還是有些自知之明，當然清楚自己的地位和安平公主不可同日而語，可正因為此，才讓他看出兩次境遇的天壤之別。

胡小天道：「這或許也說明不了什麼。」

吳敬善道：「胡大人難道不認為此時非同尋常？」

胡小天道：「吳大人但說無妨。」

吳敬善壓低聲音道：「他們會不會已經知道了真相……」話沒說完已經被胡小天凌厲的眼神所制止。

胡小天道：「吳大人想多了。」

吳敬善歎了口氣道：「如果真是如此，你我等人在雍都的未來命運只怕……」

胡小天道：「雖然此次咱們出師不利，途中犧牲了那麼多的兄弟，可是咱們畢竟還是保護公主平平安安來到了這裡，只要沒有耽擱公主的婚期，好歹也算勉強完成了陛下交給咱們的任務。兩國邦交，禮儀為先，他們不懂禮儀，咱們卻不能失了禮數。吳大人，既然都已經來到了雍都，您還考慮其他的事情作甚？無論發生什麼事情，咱們也都要等到公主大婚之後方能離去。」

吳敬善知道胡小天說的完全是實情，哭喪著臉道：「距離婚期還有二十多日，咱們這段時間難道都要待在雍都嗎？」

胡小天低聲道：「咱們似乎沒有其他的選擇，吳大人有句話說得不錯，大雍此次的做法實在是異乎尋常，國家越大，氣度越大，大雍似乎沒有拿出任何的大國風範，若然的確是大雍皇帝的意思，咱們也無話可說。可是這次的事情如果另有隱情，咱們卻不能坐視不理，說什麼也得為公主爭這口氣。」

吳敬善心中暗暗叫苦，胡小天居然還要爭口氣，為一個假公主你爭什麼？倘若紫鵑的冒牌身分暴露，只怕他們所有人都得掉腦袋。一時間心中黯然，事已至此，唯有聽天由命了，他和胡小天註定是同坐一條船，若是這條船翻了，他們一併玩完。

胡小天道：「明日開始，咱們分別行動，打探一下雍都的狀況，看看他們為何要這樣對待咱們。」

吳敬善點了點頭道：「也好，也好……」

吳敬善離去之後，龍曦月悄然走入房內，手中還端著一盆熱水。恭敬道：「胡大人要不要洗漱休息。」

胡小天望著龍曦月的那雙妙目，心中不由得百感交集，這一路之上，這位養尊處優的安平公主跟著自己可謂是吃盡了苦頭，他點了點頭，指了指床邊以傳音入密道：「坐下！」

龍曦月搖了搖頭，小聲道：「外面有不少大雍武士在巡視。」

胡小天皺了皺眉頭，龍曦月指了指床邊道：「大人坐。」

胡小天只得坐下，靜靜望著龍曦月在他面前蹲了下去，為他除去鞋襪，捧起他的雙足小心放入水盆之中。水流溫暖，滌蕩著胡小天的肌膚，一路走來的疲憊彷彿在瞬間一掃而光，紅燭搖曳，望著龍曦月細心為自己濯足的情景，胡小天的心中全都是滿滿的幸福，自己何德何能，可以讓尊貴的大康公主為自己做這種事，千言萬語匯成了一句話：「辛苦你了！」

龍曦月抬起頭，一雙妙目中蕩漾著迷人的波光，小聲道：「大人才辛苦了。」

胡小天低聲道：「為了你，再辛苦都值得。」

龍曦月的手輕輕按摩著他的足心，四目相對，兩人都沉醉在這濃濃愛意之中。

翌日清晨，胡小天離開了起宸宮，他和周默選擇分頭行動，由周默帶著龍曦月前往寶豐堂分號去聯絡蕭天穆。龍曦月此時只是一員普通的武士，而周默平素一貫低調，不會引起大雍方面的注意，大雍方面真正注意的人有三個，安平公主、胡小天和吳敬善。紫鵑這個冒牌公主更是大雍方面保護的重中之重，名為保護，實際上就是形影不離的監視，紫鵑對此明明白白，第二天也沒有離開起宸宮的打算。

吳敬善和胡小天同時出門，他是去拜訪大雍禮部尚書孫維轅，按照胡小天的吩咐去查探情況了。

至於胡小天，他和展鵬一起直奔燕王府。大雍燕王薛勝景在大雍名氣很大，此人和大雍當今天子薛勝康乃是同胞兄弟，今年三十八歲，以慷慨大方，任俠仗義聞名，卻沉溺於琴棋書畫，聲色犬馬，門下食客數千，被人稱為當世孟嘗。不過根據胡小天瞭解到的情況，此人也就是一個大大的紈絝，從來不操心國家政事，整天就是帶著一幫子文人墨客吟詩作賦，不然就是攜帶歌姬蕩舟東湖。

胡小天之所以找上薛勝景還是因為楊令奇推薦的緣故，在天波城巧遇楊令奇的時候，楊令奇曾經送給他一幅山水畫，胡小天今日就是用這幅山水珍品當敲門磚，和這位大康赫赫有名的紈絝親王搭上關係。

胡小天和展鵬縱馬離開起宸宮，走了沒多久就已經意識到身後有人跟蹤，兩人對望了一眼，展鵬悄然將手放在刀柄之上，以此來詢問胡小天需不需要逼迫跟蹤者現形。

胡小天搖了搖頭，低聲道：「沒那個必要，又不是去做什麼見不得人的事情。」一抖韁繩，小灰如同灰色利箭一般向前方的街道衝去，展鵬緊隨其後策馬奔行。

燕王府位於雍都東城，大雍雖然親王眾多，可是皇上真正的同胞兄弟只有薛勝景一個，薛勝康對待這個嫡親的弟弟也非常寵愛，不但給了他最大最為豪華的王府，還曾經將皇城十萬御林軍的指揮權交給他，可惜薛勝景無心政事，又或者根本不是這塊材料，無法推脫的情況下，勉強幹了兩個月，就搞得一群大臣聯合彈劾，薛勝康看到他實在不是這個材料，只能將他解職。

薛勝景樂得逍遙，自從那次之後，皇上也不再勉強他為官，他整日裡就是呼朋喚友，醉生夢死。此人雖然風流但是並不下流，從沒有做過仰仗皇族身分欺壓百姓的事情。

薛勝景雖然遊手好閒，可也不是一無是處，他對書畫奇石的嗜好已經到了如癡如狂的地步，利用種種關係四處搜羅書畫精品，奇石珍寶，薛勝景眼界極高，往往能夠慧眼識珠，這些年來搜集了無數藏品，又利用藏品買賣換取金銀，據說天下最大的聚寶齋就是他的物業。

進入長興巷，眼前頓時被一片黃燦燦的顏色所吸引，那是開在路邊的迎春花。道路兩旁的樹木全都精心修剪過，再往前行，紅色的梅花，白色的杏花競相吐豔。

空氣中蕩漾著沁人肺腑的芬芳氣息，來到這花團錦簇的地方，讓人的心胸不由得變得舒朗開闊起來。通過長興巷之後，道路突然變得寬闊，道路兩旁也變成了粉色的櫻花，宛如進入了花的海洋，進入了一個香氣四溢的國度。

胡小天笑道：「看來這位燕王殿下果然很會享受。」

展鵬道：「聽說大雍皇帝勵精圖治，勤儉治國，卻沒有想到他的兄弟會生活得如此安逸。」

胡小天道：「每個人都有自己的活法，不能勉強。」忽然想起自己初來這個世界的時候，那時只想安安穩穩當個富二代紈絝子，舒舒服服地過上一輩子，怎料到天意弄人，自己的命運竟然一波三折，現在的這種狀況早已超出了他的預想之外，發生了這一系列的變故之後，胡小天非但沒有任何的氣餒，對人生的態度卻變得更加積極，他的整個人生觀似乎都在悄然改變。

兩人同時放慢了馬速，展鵬傾耳聽去，低聲道：「應該是走了！」跟蹤者顯然已經探明了他們要去的地方，如果胡小天進入燕王府內，他們自然沒有了跟進去的必要。

還沒有來到門前，就已經聽到前方人聲鼎沸，如同集市一般，那些全都是前來等候拜會燕王的客人。

胡小天心中一怔，為了來見燕王，特地起了個大早，卻想不到終究還是晚了。再往前行，只見一支約莫有百人的隊伍已經排列在燕王府流金飛彩的大門前，每個人的手中都捧著精心挑選的寶物。皆因燕王喜好收藏，出手慷慨大方，所以每日帶著寶物前來登門拜會者不計其數，這會兒功夫又有十多人加入隊伍。

胡小天看了看前方人聲鼎沸的情景，不由得苦笑起來，勒住馬韁，翻身下馬道：「展兄，你在這裡等我，我單獨去。」

展鵬愕然道：「就這樣走進去？」

胡小天笑道：「又不是什麼鬼門關，我來是交朋友的，你放心吧，我應付得來。」帶著楊令奇送給他的山水畫，胡小天很有些底氣。

展鵬點了點頭，從他手中接過馬韁，遠遠觀望著胡小天走了過去。

胡小天正了正衣冠，緩步向大門前走去，沒等他走過去，就已經被排隊的人群發現，一個個憤然叫道：「喂，排隊啊，排隊啊！總得有個先來後到，我們都等了一夜，不可插隊！」幾個脾氣暴躁的大漢已經惡狠狠向胡小天揚起了拳頭。

胡小天視而不見，繼續向大門前走去，向兩名在門外駐守的武士道：「兩位大哥請了。」

那兩名武士在胡小天臉上掃了一眼，這張面孔對他們來說實在過於陌生。燕王府每天都有獻寶之人，主動跟他們套關係的更是不計其數，只是看到胡小天衣飾華美，氣度不凡，看起來像是有些身分之人，所以兩人也不敢表現得太過無禮。其中一人道：「這位公子所為何事？」

胡小天亮明身分道：「我乃大康遣婚使胡小天，因仰慕燕王大名，所以特來求見。」

大康遣婚使的份量看來並不足以打動兩名守門的武士，其中一人道：「這位胡公子，燕王府有燕王府的規矩，除非王爺邀約，所有人一概排隊等候。」

排隊人群中發出一聲哄笑：「老老實實排隊吧你，什麼大康遣婚使，這裡是大雍！」

胡小天不由得皺了皺眉頭，單從這幫百姓的反應上就能夠看出大雍對康人沒有太多的好感。

胡小天笑瞇瞇從袖中抽出一張拜帖，雙手呈上給那名武士道：「勞煩這位大哥幫我將拜帖呈上，請轉告燕王，我此次前來特地帶了一幅傳世畫作請他鑒賞。」

兩名武士相互看了一眼，同時露出譏諷的笑意，他們誰都沒有去接胡小天手中的拜帖，其中一人道：「這位公子，我們已經說得夠清楚了，還望遵守我們王府的規矩。」

此時人群中一個憤怒的聲音吼叫道：「康人有什麼了不起？不用排隊嗎？娘的，給我滾到後邊去。」

一條虬鬚大漢從人群中飛身而出，照著胡小天就是一拳。胡小天身軀一側，旋即抬起一腳，正踹在那大漢胸膛之上，將那名大漢踢得橫飛了出去，落在人群之中，砸到了數人，這樣一來頓時捅了馬蜂窩，人群中有人叫道：「康人居然到咱們大雍國都撒野來了，揍他！」百餘人同仇敵愾，氣勢洶洶向胡小天包圍過來。

胡小天也沒料到插隊插出了這麼大的麻煩，暗叫不妙，自己還是莽撞了，本以為亮出身分就能夠引起對方的重視，現如今激起了眾怒，陷入人民群眾的汪洋大海中並不是好事。

就在此時忽然聽到一個洪亮的聲音大聲道：「鬧什麼鬧？我看誰敢在燕王府門前鬧事！」一聲若洪鐘，震得眾人耳膜嗡嗡作響。胡小天內心一怔，單從聲音上就能夠聽出來人內力渾厚。

眾人全都停下腳步，循聲望去，卻見燕王府大門從中分開，一名身穿灰色布衣的中年漢子率先走出門來，那人正是燕王府總管鐵錚，他中等身材，算不上魁梧高大，可是腳步篤定，步步生根，雙目光華內蘊，兩側太陽穴高高隆起，一雙大手比起尋常人要大上一號，和他的身材顯得並不相稱。

守門武士慌忙上前，附在他的耳邊低聲說了幾句，鐵錚雙目盯住胡小天，冷冷道：「你在鬧事？」

胡小天依然笑瞇瞇道：「並非鬧事，而是前來拜……」話未說完，但覺眼前灰影一晃，鐵錚瞬間已經來到他的面前，揚起蒲扇大小的手掌向胡小天當胸拍來。

胡小天雖然表面笑嘻嘻的，可是心中卻暗自提防，他在無相神功的修煉上已有相當的根基，對方雖然相隔遙遠，可是在鐵錚啟動之時，仍然率先觸發了空氣的鼓蕩，胡小天及時作出反應，腳步向後一滑，瞬間拉開和鐵錚之間的距離。饒是如此，鐵錚的速度還是超乎他的想像，躲過鐵錚的一掌，仍然被掌風的邊緣掃過，感覺臉上的肌膚如同被刀割一般疼痛。

鐵錚踩步向前，可是這一步卻並沒有完全跨出去，從他的右前方「咻！」射來了一箭，羽箭目標並不是他，而是他右腳前方的土地，羽箭深深沒入地面之中，僅剩尾羽露出地面之外，餘力未消，不斷顫抖。

鐵錚舉目望去，卻見遠處一名身材修長的年輕武士弓如滿月，寒光閃閃的鏃尖瞄準了自己，利箭一觸即發，劍拔弩張的氣氛讓現場頓時緊張了起來。

展鵬堅毅的雙唇抿成了一條直線，目光比羽箭飛行的軌跡更加筆直。鐵錚一雙濃眉擰在了一起，雙目之中煞氣更重。

胡小天歎了口氣道：「其實不用你出手，我一個人就足以對付他了。」打未必打得過，可是鐵錚想要傷他也沒那麼容易，畢竟胡小天的躲狗十八步乃是極其精妙的步法。

如果他不發聲，鐵錚還險些將他忽略，鐵錚轉向胡小天。

胡小天依舊是春風拂面，他揮了揮手道：「放下弓箭，咱們是來交朋友的，又不是打架的，千萬不可無禮。」

展鵬緩緩鬆開弓弦。

鐵錚雖然心中怒氣未消，但是從剛才出手的情況來看，展鵬的箭法高超自不必說，就連這個嬉皮笑臉的小子武功也絕非泛泛，自己猝然發動的攻擊居然能夠被他輕鬆避過。

此時王府大門處傳來一個渾厚平和的聲音：「鐵錚，不得無禮！」卻是燕王薛勝景到了，他頭戴黃金梁冠，身穿青色織金蟒袍，生得白白胖胖大腹便便，身邊一左一右跟著兩位武士，身後還有四人隨行。

薛勝景因為體格太胖，估摸著至少得有二百多斤，走了幾步就停下來擦汗。

門外站著排隊的百餘人齊聲歡呼道：「燕王來了，燕王來了！」

薛勝景樂呵呵揮了揮雙手道：「大家好，大家好！今兒怎麼都來得這麼早？是不是都存著什麼寶貝給本王開開眼？」

眾人爭先恐後將自己的寶貝拿出來。

胡小天遠遠望著這位大雍的燕王，感覺這貨像極了一個小丑，身上哪有半分王族的氣派？

薛勝景說起話來倒是和藹可親，平易近人：「大家不用著急，排好隊，把你們的東西展開來給本王過過眼就是。」他緩步走下台階，來到排在第一的那年輕人面前，那年輕人激動得滿臉通紅，將手中的一個青瓷瓦罐遞出去，恭敬道：「王爺，這是我祖上傳下來的雲窯精品，五百多年了，您看看這釉色，您看看這造型，您看看這工藝……」

薛勝景嘿嘿笑了一聲，從身邊人手中接過了一個金錘兒，揚起錘兒照著瓦罐就是一敲，噹啷一聲敲得粉碎，那年輕人哭喪著臉道：「王爺，為何砸了我的寶貝……」

薛勝景道：「給他二兩銀子，年輕人不學好，拿梁窯的劣質贗品來糊弄我，你自己看看那碎瓷片兒，若是能超過三年，本王把這些瓷片全給吃了。」

年輕人紅著臉，錢也不要了，轉身就跑。人群中馬上有十多人悄悄退了出去，燕王喜好收藏名聲遠播，加上他出手大方，自然有想投機取巧之人，可惜這薛勝景在這方面的確是真有造詣，普通人想要瞞過他的眼睛實在是太難，這些悄然退出的人就是原準備渾水摸魚的，一看到那年輕人如此遭遇，誰也不敢自取其辱了。

薛勝景拿著小金錘沿著隊伍一路走了下去，對這群人拿來的多數藏品最多只是掃上一眼，卻從未停步，直到來到一個老婦人面前，看到那老婦人手中的一對綠檀鎮紙，向身邊人道：「給這位老人家拿十兩金子。」

眾人齊齊向老婦人手中的那對鎮紙望去，發現那對鎮紙也不過是稀鬆平常之物，最多值一兩銀子，以薛勝景的眼力當然不會看不出它的價值，此人身為王族倒是宅心仁厚。

雖然排隊的有百餘人，可拿來的那些所謂寶物能讓薛勝景看中的卻沒有一個，沒多久就一個個收拾好自己的東西灰溜溜離去。

胡小天看到眼前場景也感覺頗為有趣，早知如此，耐心排隊倒也無妨，何必主動招惹麻煩，到現在鐵錚和幾名武士仍然在虎視眈眈望著自己。

薛勝景最後方才來到胡小天面前，鐵錚擔心胡小天會對主人不利慌忙上前護衛。

薛勝景笑道：「鐵錚，你何必緊張，大雍帝都，天子腳下，哪有人會加害本王呢？」

胡小天微笑抱拳，向薛勝景深深一揖道：「大康遣婚使胡小天參見燕王千歲！」

薛勝景依然笑瞇瞇道：「你是大康的使臣？找我是公事還是私事？」

胡小天道：「當然是私事，小天在大康就聽說王爺慧眼識珠，尤其是在書畫方面眼界頗高，所以特地帶來一幅畫請王爺鑒賞。」

薛勝景道：「拿出來吧，既然花費了這麼大的心機，想必還值得一看。」

胡小天發現這薛勝景雖然長得胖乎乎憨態可掬，可是其人卻一點都不傻，而且非常的市儈精明。他取出早已準備好的山水畫，這幅山水畫還是楊令奇雙手未殘之時所作，造詣極高，畫面之上，老松危崖，寒梅叢竹，荒崖澗路，悄無行人，意境幽靜，幽冷廣淡，筆墨意蘊十足，畫風典雅含蓄，具有一種獨特的明淨高逸的氣息。

薛勝景乃是真正識貨之人，看到這幅畫，一雙小眼睛頓時瞪得滾圓，精光四射。胡小天從中輕易就看出他對這幅畫的渴望，知道成功打動了薛勝景的內心，馬上將畫卷合上。

薛勝景本來探頭過來想看個清楚，卻沒想到胡小天這就收起，不由得有些抱怨道：「胡大人何故收起？」

胡小天微笑道：「王爺覺得這幅畫值多少金子？」

薛勝景心中暗忖，都說大康現在日薄西山，國力虛弱，想不到果然如此，連他們的使臣都到了登門賣畫的地步，薛勝景伸出白胖的右手撚了撚頷下稀稀落落的鬍鬚道：「本王願出千金。」

胡小天笑道：「千金不賣！」

薛勝景道：「你開價多少？」

胡小天將那幅畫雙手呈上道：「此畫送給王爺，分文不取！」

薛勝景當然明白無功不受祿的道理，雖然很想得到這幅山水畫，卻沒有急於用手去接，一雙小眼睛轉了轉，笑瞇瞇道：「我和這位大人素未謀面，怎麼好意思接受你這麼貴重的禮物呢？」

胡小天道：「這幅畫不是我送給王爺的，也不是我畫的，畫這幅畫的人叫楊令奇，我在天波城偶然和他相遇，此人窮困潦倒，流落街頭，我憐他才華，本想幫他，可是他只說有一個心願，想要前來雍都投奔王爺您啊。」

薛勝景驚喜道：「此人現在何處？」

胡小天歎了口氣道：「我本來讓他跟隨使團一起前來，怎料他途中病情加重，英年早逝，我憐他心願未了，於是將這幅畫帶來送給王爺，也算是幫他完成了一個心願，除此以外並無其他的事情，王爺請千萬收下此畫，小天告辭了！」

薛勝景聽到這樣一個理由，還真是難以拒絕了，更何況他本來就喜歡這幅畫。雙手接過胡小天的那幅畫，卻想不到胡小天居然真的轉身就走，薛勝景道：「胡大人，還請留步！」

胡小天早就料到這樣的結果，唇角露出淡淡的笑意，等他轉過身去卻換成了一副愕然的表情：「王爺還有什麼事情？」

薛勝景道：「胡大人若是不嫌棄，請到舍下一敘。」

胡小天道：「我倒是沒什麼事情，只是害怕耽擱了王爺的正事。」

薛勝景道：「本王今日剛巧閑得很。」

展鵬暗自鬆了一口氣，胡小天果然厲害，憑藉楊令奇的那幅山水畫成功叩開了薛勝景的大門，要說今天的事情還是都要仰仗了楊令奇畫工的威力。鐵錚自始至終都在警惕望著展鵬，剛才展鵬射出的那一箭實則讓他驚出了一身的冷汗。

胡小天此時轉過身來，向展鵬道：「展鵬，你先回去，我進去和王爺說說話。」他做出單獨進入燕王府的決定更是為了打消這群王府武士的疑慮，更顯出他的坦誠。

聽聞展鵬不跟著進去，鐵錚的表情明顯放鬆了許多。

燕王薛勝景抓著胡小天的手臂，兩人一邊聊一邊走入了燕王府，展鵬望著胡小天遠去的背影，心中不免有些擔心，可是又明白這種擔心完全是多餘的，憑藉胡小天的頭腦和智慧，應該足以應付任何的狀況。他將小灰交給王府人照料，並沒有隨同胡小天進入王府內。

胡小天隨同燕王薛勝景來到王府水榭，薛勝景走了這些路，顯然有些累了，在椅子上坐下，不停擦汗，這一路之上，他都是問些楊令奇的事情，對此人顯然極有興趣，胡小天又故意透露出自己手中還有楊令奇的另外一幅畫，這是為了吊薛勝景的胃口。

雖然胡小天給出的理由看似合情合理，可是薛勝景也沒那麼容易相信他，若說胡小天只是為了幫助一個窮困潦倒的畫師完成心願，打死他都不信。薛勝景認定胡小天今日前來必有所求。

可是胡小天雖然年輕，卻非常沉得住氣，這廝自從進入王府就絕口不提自己前來的目的，跟燕王薛勝景談天說地，要說這廝知識也是極其淵博，琴棋書畫，天文地理，醫卜星相什麼都懂一點，這貨在大康皇宮中歷練了那麼久，可不是白混的，察言觀色方面早已修煉得爐火純青。

兩人一邊飲茶一邊說著不痛不癢的話，儘管如此，燕王薛勝景對胡小天的印象卻是不錯。兩人聊了約一個時辰，胡小天居然還沒有暴露出他前來的目的，他笑著起身告辭道：「多謝王爺的款待，小天還有要事在身，就不再打擾王爺了。」

薛勝景還是頭一次遇到這樣的年輕人，送給自己一幅如此珍貴的山水畫，卻沒有說出想找自己辦什麼事情？胡小天已經成功激起了他的好奇心。薛勝景道：「眼看就是正午了，不如胡大人留在舍下用餐，咱們一見如故，聊得如此投契，喝上幾杯如何？」

按照正常人的思維，王爺開口主動相邀，應該是不會拒絕的，可胡小天做事往往劍走偏鋒，他已經看出薛勝景精明過人，必然猜測到自己或有所求，既然在雍都還要待上一段時間，就無需第一次提出自己的要求，激起燕王的好奇心，再用另外一幅山水畫吊起他的胃口，不怕以後他不主動找上門來。胡小天笑道：「承蒙王爺盛情相邀，可是小天還有一件要事未了，還要去拜會神農社的柳先生。」

薛勝景聽他說完不由得一怔：「你說的可是神農社的柳長生柳先生？」

胡小天笑道：「正是他！」

薛勝景哈哈大笑道：「看來咱們還真是有緣，本王約了柳先生今日前來做客，說起來也應該到了。」說話的時候，他似乎有些坐立不寧，當著胡小天的面在褲襠上撓了撓，姿勢頗為不雅。

胡小天禁不住向他那裡看了看，薛勝景卻似乎並無覺察，撓完癢癢，然後又端起茶盞，飲了口茶道：「胡大人多等一會兒就是。」

薛勝景顯然有些不耐煩了，皺了皺眉頭道：「這個柳長生也太不守時了，答應了本王巳時過來，現在都要午時了。」他轉向一旁鐵錚道：「鐵錚，你去看看，柳長生到底怎麼回事？」

鐵錚應了一聲，領命去了。

薛勝景看到午時將至，也不好讓胡小天繼續等待，讓人設下酒宴，邀請胡小天一起過去。

胡小天原本沒有在他這裡吃飯的意思，可看到人家盛意拳拳，也不好不給他這個面子，陪著薛勝景沿著水榭長橋走向他們吃飯的地方，沿著曲曲折折的長橋離開了王府花園內的池塘，沿著蜿蜒的小徑走入花園深處，兩旁修竹成行，怪石嶙峋，一步一景，美不勝收。

胡小天發現這些石頭形狀各異，有些像南方吞雲湖特產，試探著問道：「這些石頭可是來自南方？」

薛勝景笑道：「是，全都是從大康進口而來，產自吞雲湖，這種湖石以瘦、透、露著稱，北國石材雄壯，卻遠不如南方精巧奇麗。」

胡小天也知道吞雲湖石因為名氣太大，所以經歷大肆開採，如今在大康本土也已經不多，在薛勝景院中卻看到隨處都是，別的不說，單單是這些石頭就已經富可敵國。

轉過前方，看到一棵乾枯的老樹樹立在正前方，那棵樹生得非常奇怪，通體烏黑，卻沒有一片樹葉，應該是已經枯死，胡小天湊近一看，方才發現這棵乾枯的大樹乃是一整棵烏木。

薛勝景看到胡小天驚奇的表情，心中暗自滿足，他的藏品，胡小天能夠見到的無非是冰山一角。

再往前走就是他們用餐的佛笑樓，走入小樓大堂，首先看到的就是一塊足有三丈寬，一丈高的和田玉雕，胡小天即便是將上輩子加在一起也沒有見過這麼大的玉雕，比起昔日他在故宮中見到的大禹治水還要大上數倍，這塊才可以稱為真正的玉山了。更為難得的是，這塊玉山通體毫無瑕疵，全都是最頂級的羊脂玉，雕的是百美舞樂圖，大到宮闕樓台，小到美人每一根秀髮，每一個指甲都雕刻得維妙維肖。而且這龐大玉雕之上真有美人數百，每一個美人神態各異，神情栩栩如生，充滿了一種神秘莫測的生命力。

胡小天看到這塊玉雕之時，一雙眼睛頓時黏在了上面，倒不是因為他貪財，而是被藝術之美打動，連展鵬都不禁感歎這塊玉雕之美。

薛勝景得意洋洋，笑瞇瞇望著胡小天道：「胡大人以為我這塊玉雕如何？」

胡小天這才回過神來，從薛勝景的語氣中不難聽出他的炫耀之意，胡小天奉承的話險些脫口而出，可腦子裡卻忽然悟出了一件事，薛勝景這是在顯擺啊，難怪不捨得讓我走，只當我是個沒見過什麼世面的鄉巴佬，留下我是為了讓我看看他的藏品。胡小天道：「還算不錯了。」

薛勝景本以為胡小天肯定要奉承一通，卻想不到他說話的語氣如此平淡，倒是有些出乎意料之外，笑道：「大康也有這樣的玉雕嗎？」

胡小天道：「小天沒見過！」

薛勝景的唇角露出一絲得意的笑容。

胡小天又道：「可東西並非都是越大越好，我在大康見過不少玉雕的雕工要超過這一塊呢。」

薛勝景認為胡小天是在死撐，他也沒有提出反駁，繼續向前方走去，胡小天發現小樓四壁全都掛著歷朝歷代的名家書畫，其中有不少是他耳熟能詳的名字，楊文奇送給他的那幅山水畫雖然稱得上不可多得的佳作，可是若是放在這裡面，也不可能將這些大家作品全都比下去。

薛勝景向胡小天道：「胡公公以為我收藏的這些畫作又怎樣？」

胡小天此時已經完全明白了薛勝景的意思，這死胖子顯然沒那麼容易被一幅畫打動，他是在告訴自己，他的手中根本不缺乏傳世之作，妄想以一幅畫來打動他，讓他幫忙辦事可沒那麼容易。

胡小天只是說了聲不錯，然後裝模作樣地欣賞畫作，不得不承認，燕王薛勝景藏品之豐，品質之高，實乃罕見，此人絕對可以稱得上富可敵國。

來到三樓的房間內，桌上早已擺好了各色菜肴，房間的周圍牆壁之上也掛了不少書畫，這其中有一幅女子的畫像吸引了胡小天的注意力，畫像上的女子正在翩翩起舞，吸引胡小天的絕非畫像上女子的容貌，而是她的舞姿，竟然是以單足腳尖支撐起全身的重量。

相像。

胡小天腦海中馬上湧現出了霍小如的名字，可這畫上的女子畫得跟霍小如並不

薛勝景道：「胡大人請入座。」

胡小天道：「王爺，這幅畫畫的可是霍小如？」

薛勝景呵呵笑道：「胡大人倒是好眼力，一眼就認出來了，不錯，此女正是一代名伶霍小如，你看這幅畫畫的是不是形神兼備呢？」

胡小天笑了幾聲，然後搖了搖頭。

薛勝景道：「若是不像，胡大人何以認出這是霍小如呢？」

胡小天道：「足尖舞！」

薛勝景不禁啞然失笑，點了點頭道：「霍姑娘舞技冠絕天下，尤其是這足尖舞乃是她的獨門絕技，難怪胡大人一眼就能認出。」

胡小天心中暗道：「老子當然能認出，這套足尖舞就是我給她的啟發。」

第三章

錯覺？

胡小天看到她的動作極盡優雅，高貴大方，
想不到紫鵑這段時日居然蛻變得如此厲害，別說是外人，
就算是和她朝夕相處的自己也往往會產生一種錯覺，
甚至會懷疑眼前不是紫鵑本人，可她的樣子分明是紫鵑無疑。
如果她不是紫鵑，又有誰能扮演得如此維妙維肖？

落座之後，薛勝景看到胡小天的目光仍然停留在霍小如的畫像之上，不由得問道：「胡大人認識霍姑娘嗎？」

胡小天道：「在康都的時候有過數面之緣，也算得上有些交情吧。」

薛勝景笑道：「如此甚好，霍姑娘如今正在雍都，胡大人說不定有機會和她見面呢。」

胡小天聽到這個消息，當真是又驚又喜，自從康都一別，他就和霍小如斷了聯繫，原本兩人曾經定下一年之約，邀請霍小如前往青雲遊歷，誰曾想他去青雲之後會發生如此天翻地覆的變化。現在相逢，不知是不是已經物是人非？

此時鐵錚走了進來，薛勝景道：「如何？有沒有找到柳先生？」

鐵錚道：「柳先生突發急病，剛剛差人過來報訊，他來不了了。」

薛勝景聞言不由得皺了眉，喃喃自語道：「怎會如此不巧？他病得重不重？」

鐵錚道：「據說發病很急很重。」

薛勝景大手伸了出去，又撓了撓褲襠，身為一個王爺，當著客人的面總是作出這種情不自禁的舉動實在是有些不雅。

胡小天一旁望著，心中暗忖，這位燕王是不是下三路出了什麼毛病？不然何故要見神農社的柳先生？

鐵錚道：「王爺不必心急，其實咱們雍都也不止柳長生一位醫生，他身體不便，咱們另選名醫就是。」

薛勝景道：「不是說他昨個還好好的，怎麼今天就突然發病了？鐵錚，你讓人去查查，看看這柳老頭到底是真病還是假病。」說完之後，轉向胡小天又變成了一臉的笑意：「胡大人快快請坐。」既然柳長生確定不來，他們也就沒必要等著了。

胡小天和薛勝景一起坐下，留意觀察他坐下的姿勢，明顯有些不自然，心中對薛勝景的身體狀況大概有了一個初步的估量，肯定是這貨的下半身某處出了毛病。

薛勝景是個笑面虎，始終表現得非常客氣，酒過三巡，他終於按捺不住，咧著嘴笑道：「胡大人此來雍都所為何事？」

胡小天心中有些奇怪，大康和大雍聯姻的事情在大康已經是家喻戶曉的大事，可是來到大雍之後，發現這裡和國內完全不同，甚至在消息最為靈通的雍都，聯姻之事都沒有興起任何的波瀾，薛勝景身為大雍燕王，自己又表明了遣婚史的身分，即便是沒說陪同安平公主前來完婚，薛勝景這位皇族也不應該一無所知，此事必然蹊蹺，要麼李沉舟等人刻意隱瞞了安平公主已經抵達雍都的事實，要麼就是薛勝景在故意裝傻。

事實上胡小天已經對薛勝景這個貌似忠厚，憨態可掬的胖子產生了警惕心，自己本想用楊令奇的山水畫當成敲門磚，再透露還有楊令奇其他的作品吊起他的胃口。可真正見到薛勝景的這些收藏之後，方才明白，即便是楊令奇的書畫如何優秀，在燕王如此豐富的藏品之中也只能是滄海一粟。

胡小天進而推測出燕王薛勝景在門外表現出的驚豔十有八九都是偽裝，可他又對自己表現出如此的禮遇，按理說自己的身分還沒到讓他如此高看的地步。胡小天越想越是不對。

胡小天笑道：「王爺，我剛剛說過了，我是大康派來的遣婚史。」

薛勝景一副恍然大悟的模樣，呵呵笑道：「你看本王這記性，你剛剛的確說過了，遣婚史？不知為了什麼事情？」

胡小天現在幾乎能夠斷定薛勝景就是在裝傻，他也不點破，微笑道：「王爺有沒有聽說過大康安平公主和貴國七皇子之間的婚事？」

薛勝景道：「此事本王倒是不清楚，本王自年前出門遊歷，一直到五天前方才回來，連我皇兄都沒有來得及去見，今天還是第一次聽說老七和安平公主的婚事，如此說來，我倒是要準備一份大禮呢。」他端起金樽和胡小天碰了碰杯道：「胡大人這一路想必也是非常辛苦吧？」

胡小天笑道：「辛苦談不上，最重要的是能夠護送公主平安抵達這裡。」

薛勝景道：「胡大人來找我，是不是還有其他的事情？」

胡小天道：「沒有其他的事情，就是為了完成朋友的囑託。」

薛勝景贊道：「胡大人一諾千金，真乃信人也！」

兩人推杯換盞，說話也是極盡客氣。可是從頭到尾胡小天也沒說實話，因為他看出這位燕王薛勝景是位極不實在的人物，和這種人交朋友絕沒有那麼容易，不過胡小天此來的目的主要是從薛勝景這位大雍皇族的嘴裡探探口風，現在看到他如此作派，已經斷定大雍方面對此次聯姻遠沒有大康重視，大康指望通過一場聯姻就能兩國長久交好停息戰事的想法，根本沒有任何可能。

胡小天不免有些後悔，早知薛勝景是如此滑頭的人物，自己也就沒必要將楊令奇的那幅畫白白送給他，倒不是心疼那幅畫，而是覺得薛勝景絕非傳說中的那個當世孟嘗，這種人不好相處。胡小天從來都不是一個輕易打退堂鼓的人物，雖然看出薛勝景這塊骨頭難啃，卻非但沒有氣餒，反而激起了心中的鬥志。

使團抵達雍都之所以沒有得到應得的禮遇，大雍方面的刻意冷落固然是一個原因，而根本上還是因為大康國力的緣故，國富而民強，自古以來都是這個道理。

雖然大雍的歷史無法和大康相提並論，立國不過百年，可是這百餘年來大雍始終在默默發展，至今在國力方面已經毫無疑問地超出大康，此消彼長，日薄西山的大康又怎能獲得他國的尊重？想讓別人對你另眼相看，就得讓人充分認識到你的實力，國家如此，個人也是如此。想讓別人敬你，一是讓他怕你，二是讓他有求於你，三是用你的人格魅力去感化對方。胡小天自問沒有那麼大的人格魅力，也沒有讓燕王害怕的地方，所以只能想辦法讓對方有求於自己。

利用楊令奇的山水畫顯然達不到目的，胡小天目光撇到薛勝景忍不住又開始抓褲襠，想起剛才他和鐵錚的對話，故作關切道：「王爺是不是有些身體不舒服？」

薛勝景的手還未及從褲襠上移開，呵呵笑道：「沒什麼，本王身體好得很。」

胡小天道：「其實小天之所以能夠得到皇上看重，委以重任，是因為小天略通醫術，曾經兩次救皇上於危難之中。」

薛勝景從一開始就有些奇怪，此子年紀輕輕因何能得到大康皇帝的信任，將送親這麼重要的事情交給他？胡小天的這番話恰恰解釋了這個疑惑。不過在這個謙虛為美德的傳統社會，像胡小天這種公然顯擺自己本事的人物並不多見，薛勝景自然也不會完全相信，他笑道：「想不到胡大人還是一位醫國高手，佩服！佩服！」

胡小天道：「也算不上什麼高手，只是比多數的太醫都要強一些。」

薛勝景都為這小子感到不好意思了，說你胖，你就喘，比多數太醫強一些？看你模樣連毛都未紮起，怎麼敢厚顏無恥地說這種話。

胡小天說完這句話也不再繼續逗留，起身告辭，薛勝景也不留他。

胡小天道：「王爺留步！」

薛勝景本來也沒有起來的意思，聽他這麼說，更有了穩坐釣魚台的理由，微笑道：「胡大人走好，鐵錚，幫我送送胡大人。」話剛一說完，又覺得褲襠內一陣奇癢，又伸手去抓撓。

胡小天隨同鐵錚出了王府，鐵錚在大門前停步，抱拳辭行道：「胡大人慢走，恕不遠送了。」王府的一個總管也是傲氣十足。

胡小天並沒有生氣，牽著小灰，笑瞇瞇拱了拱手，不等他走遠，燕王府的兩扇大門就在他身後關閉。

展鵬的身影從前方櫻花林中步出，迎向胡小天道：「大人，怎樣？順利嗎？」

胡小天笑道：「咱先離開這裡再說。」

佛笑樓內，燕王薛勝景已經讓人將胡小天送給他的那幅山水畫掛在牆上，坐在畫前鑒賞了好一會兒，輕聲歎道：「倒是一幅不可多得的好畫！」

一位瘦小的藍衫儒士悄然出現在他的身後，薛勝景雖沒有回頭，卻似乎已清楚看到了他的到來：「馬先生以為如何？」這名儒士正是薛勝景的首席幕僚馬青雲。

馬青雲恭維道：「論到在書畫方面的鑒賞能力，天下間又有誰能夠比得上王爺您吶。」

薛勝景瞇起一雙小眼睛：「大康使團昨日方才抵達雍都，今日遣婚史就來登門見我，還送給我一幅傳世之作，馬先生怎麼看？」

馬青雲道：「這胡小天必有所求。」

薛勝景哈哈笑了起來：「這小子倒是個人物，這麼年輕居然如此沉得住氣，從頭到尾都沒有吐露出他的真正目的。」

馬青雲道：「大康使團昨日抵達雍都之時發生了一些不快，李沉舟安排他們從側門入，安平公主不肯，堅持步行從大門而入。如今使團被安排在起宸宮暫住，根據我們掌握的消息，目前皇室方面還沒有半點反應，想必是大康使團感覺遭到冷遇，所以急於找到一位皇室成員向皇上稟明此事，問清楚皇上的態度。」

薛勝景緩緩點了點頭道：「應該就是如此，道銘對這樁親事不滿意啊，淑妃本想攀更高的枝兒，卻不曾想皇上決定和大康聯姻，成為大康的女婿，雖然表面風光，可惜並沒有落到實惠。」

馬青雲道：「坊間許多傳言，都說皇上之所以答應這件婚事，是因為有心將皇位傳給七皇子。」

薛勝景呵呵笑道：「流言可畏，淑妃也不是什麼簡單人物，我看她是在幫著兒子放出風聲，這一招就叫故弄玄虛，你想想，聽到這個消息，最緊張的人是誰？」

馬青雲道：「當然是大皇子。」

薛勝景唇角露出一絲冷笑。

此時聽到門外通報之聲，卻是鐵錚送人回來了。

薛勝景又情不自禁在褲襠上抓了抓。

鐵錚道：「王爺，他已經走了。」

薛勝景道：「你不是說他是宮裡的一個小太監？僅此而已嗎？」

鐵錚慌忙躬身抱拳道：「王爺勿怪，他只是使團的副遣婚史，當家的另有其人，乃是禮部尚書吳敬善。」

薛勝景道：「一個小太監能得到大康皇帝的重視，沒有背景，年紀輕輕，能夠活到現在，就證明很不簡單，鐵錚！剛才在門外，他護衛的箭法如何？」

鐵錚面部有些發燒，頭低得更加厲害：「啟稟王爺，那人箭法超群，即便是咱們王府之中也不多見。」

「我就說嘛！」薛勝景的臉上浮現出和善的笑意，眼睛幾乎瞇成了一條小縫，不過從小縫中仍然透出凜冽的光華：「來者不善善者不來，鐵錚，你幫我調查清楚這胡小天的身分背景，看看他究竟是什麼來頭，有沒有資格跟本王做朋友！」

「是！」鐵錚準備告退離去，聽到薛勝景又道：「去查查柳長生那個老東西搞什麼花樣，本王對他竭誠相待，他卻居然不給我面子，真以為神農社可以凌駕於我燕王府之上嗎？」

神農社乃是雍都最大的醫館，距離燕王府不遠，胡小天和展鵬途經這片青磚黑瓦的建築時候起初並沒有注意到，經過大門，在牆角看到路標方才意識到這險些錯過的建築就是名滿大雍的醫館神農社。

胡小天看到神農社三個字的時候猛然勒住馬韁，小灰嗚律律一聲嘶鳴，前蹄高揚而起，然後硬生生釘在地面上。展鵬的坐騎反應並沒有那麼神速，向前衝了一段距離方才停下，扭過頭來，有些錯愕道：「大人，什麼事情？」

胡小天指了指路標上神農社三個字道：「原來神農社就在這裡。」

「大人認識此間的主人？」

胡小天搖了搖頭道：「不認識，不過秦雨瞳曾經委託我給醫館的主人送信，受人之托忠人之事，順便將這件事做了。」

展鵬對胡小天向來言聽計從，跟隨胡小天一起折返頭重新來到神農社。

雍人尚簡，建築風格雖然雄偉厚重，但是在色彩方面偏於黯淡，像燕王府那種奢華的建築風格在雍都之中非常少見。建築風格大都統一，顏色又是千篇一律的青灰，這也是胡小天會錯過神農社大門的原因。

來到門前，卻發現神農社房門緊閉，胡小天將馬韁扔給展鵬，伸手在大門之上蓬蓬蓬敲了三下，不多時大門吱吱呀呀緩緩打開，露出了一條寸許的門縫，一個頭紮雙鬟的小丫頭從門縫中向外面張望著，她顯然從未見過胡小天二人，眨了眨黑白分明的大眼睛，嫩生生問道：「你是誰？」

胡小天笑道：「我叫胡小天，從大康而來，受了秦雨瞳秦姑娘的委託特地來給柳先生送信。」

那小丫頭道：「館主病了，不如你將信交給我，我幫你轉呈？」

胡小天道：「對不起，秦姑娘交代，一定要讓我親手將這封信交給柳先生，勞煩小妹妹幫我通報一聲。」

那小姑娘點了點頭道：「那你等著吧！」她重新關上了大門。

胡小天唯有在外面等著，剛才在燕王府就聽說柳長生病了，他之所以堅持要見柳長生一眼，乃是因為心中對這個人物存在著深深的好奇，秦雨瞳做事極有分寸，應該不是僅僅讓自己送一封信那麼簡單，或許她另有用意。

胡小天和展鵬在外面等了約莫一盞茶的功夫，大門再度開啟，這次出來的卻不是剛才那個女孩兒，而是一位長身玉立，相貌英俊的青年文生，那男子出門之後微笑向胡小天兩人行抱拳禮：「實在抱歉，讓兩位貴客在外面久等了，在下柳玉城奉家父之命特地前來恭迎。」

胡小天看到此人如此客氣頓生好感，原來他是柳長生的兒子，家學淵源，知書達理，相貌英俊，舉手抬足風度翩翩，一看這氣派就是世家子弟。胡小天笑瞇瞇抱拳還禮道：「我叫胡小天，這位是我朋友展鵬。」

柳玉城笑道：「見過胡兄，見過展兄！」他在前方引路帶著兩人向裡面走，繞過照壁，眼前現出一個大大的庭院，庭院內有不少弟子在那裡忙著晾曬藥物，剛才開門的小姑娘也在其中穿梭，看到柳玉城，蹦蹦跳跳走了過來：「小師叔。」她是柳玉城大師兄樊明宇的女兒樊玲兒。

柳玉城對她頗為愛護，微笑道：「玲兒，你在這裡幫我看著，我帶這兩位客人去見爺爺。」

樊玲兒連連點頭。

柳玉城走了兩步，又想起一件事，停下腳步道：「如果再有人來，你可知道怎樣說？」

樊玲兒道：「知道！」

三人沿著右側的風雨廊走入內苑，首先看到的就是院中的一座神農像，神農社就是由此得名。胡小天道：「聽說柳館主病了，不知病得重不重？」

柳玉城道：「這段時間家父的身體一直都不好，前些日子他不聽我們的勸阻，非要上山採藥，結果不慎跌了一跤，摔斷了右腿。」

胡小天歎了口氣道：「我們來得真不是時候。」

柳玉城微笑道：「家父聽說兩位從康都來，專程給秦姑娘送信，開心得很。」

胡小天心中暗自奇怪，卻不知秦雨瞳到底是何方神聖，居然能夠讓神農社的館主給她這麼大的面子，想想連大雍燕王的面子，柳長生都不給，看來秦雨瞳和柳長生的關係肯定非常親近。

跟隨柳玉城來到後院，進入拱門，來到一個幽靜的小院中，這小院就是普普通通的農家園舍，門前種著幾株杏樹，杏花開得正豔，小小的花園內，種植著一些常青植物。院中只有三間茅舍，即便是在神農社中，這房屋也顯得簡樸了一些。

柳玉城來到中間房門前，恭敬道：「爹！客人到了。」

房間內傳來一個洪亮的聲音道：「請他們進來。」

柳玉城微笑做了個邀請的手勢，胡小天還以一笑，跟著柳玉城進入房間內，展鵬並沒有跟他進去，而是在外面等候，一來不想打擾胡小天的事情，二來在外面可以第一時間覺察到周圍的變化，來到一個陌生的地方，展鵬必須保持警覺。

神農社館主柳長生靜靜躺在窗前，右腿已經用夾板固定，五十多歲年紀，黑髮如墨，面如紫玉，長眉細眼，頷下三縷長髯，頗有些仙風道骨。

胡小天上前恭敬作揖道：「晚輩胡小天見過柳先生。」

柳長生微笑道：「你就是為秦姑娘送信的朋友，既然她能將信委託給你送來，就證明你是信得過的朋友，快請坐，老夫右腿受傷，無法起身，失禮之處還望胡公子多多擔待。」

柳玉城為胡小天搬了個錦團坐下。

胡小天取出秦雨瞳委託自己送來的那封信，雙手呈給柳長生，柳長生接過胡小天手中的那封信，當著他的面拆開了，讀完之後，又將信塞入信封中放在臥榻之上，微笑道：「原來你是雨瞳最好的朋友。」

胡小天頗有些受寵若驚，不是因為柳長生而是因為秦雨瞳，雖然他和秦雨瞳認識了這麼久，可是最好的朋友他卻不敢當，柳長生說出這番話，胡小天就已經猜到了這信中的內容。

柳長生道：「胡公子，你在雍都遇到任何麻煩只管對我開口，只要老夫能夠做得到，必然鼎力相助。」

胡小天心中不覺有些感動，秦雨瞳寫這封信的目的果然是為了幫他，想起自己在康都之時，對待秦雨瞳多有微詞，甚至還曾經幾次誤解過她，可是秦雨瞳仍然沒有記恨自己。在雍都，胡小天可謂是孤立無援，柳長生雖然並無官職在身，但是此人身為雍都第一醫館的館主，在雍都乃至整個大雍都有著相當的影響力，和朝中的不少官員都有交情，現在他說願意幫助自己，自己在雍都的前路就光明了許多。

胡小天道：「多謝柳先生，不瞞先生，小天此次前來乃是為了護送安平公主和貴國七皇子薛道銘完婚。」

柳長生道：「此事倒是聽說過，喜事啊，兩國聯姻，若能永遠交好，永無戰事，倒是百姓的福祉。」

胡小天道：「其實我們昨日就已經到了，總感覺事情有些不對。」

柳長生道：「如何不對？」

胡小天也不瞞他，將昨日前來之後的待遇簡單說了一遍，柳長生聽完不由得皺了皺眉，喃喃道：「此事的確有些不對啊，大雍乃禮儀之邦，向來最為注重邦交禮儀，即便對待前來朝拜的蠻夷部落都不會如此，又怎會這樣對待姻親之邦？」

胡小天道：「小天初到雍都，朝中並無親朋好友，也無從知道究竟發生了什麼，若是先生願意幫忙，可否幫我打聽打聽，為何大雍會這樣做？」

柳長生道：「這件事包在我的身上。」

胡小天聽他如此爽快，對柳長生此人生出不少好感，雖然有秦雨瞳書信介紹，可是胡小天也不想欠柳長生太大的人情，他向柳長生道：「柳先生的腿傷如何？小天還算略懂一些醫術，我從大康也帶來了一些藥物，治療骨傷有奇效，回頭讓人給先生送來。」

柳長生笑道：「不用了，也不是什麼重傷，老夫調養一些日子就會復原。」

胡小天看到他的表情並沒有任何的痛苦模樣，隱約推測到柳長生很可能是在裝病，難道這老先生是因為討厭燕王所以才想出這個辦法來拒絕他？

胡小天並未在神農社久留，寒暄了幾句之後就告辭離開。

回到起宸宮已經是傍晚時分，來到起宸宮外，看到幾十名武士全都聚在外面，正大聲議論著什麼，一個個表情激憤。胡小天認出這些武士全都是他們使團成員，趕緊上前詢問發生了什麼事情。

這群武士中趙崇武和展鵬素來交好，而且胡小天對他曾經有療傷之恩，他憤然道：「胡大人，他們雍人實在是太過分了，限我們明日搬出起宸宮，另尋住處。」

胡小天微微一怔，送親使團才到雍都就接二連三地遇到麻煩，雖然對種種不順早已有了一定的心理準備，可是大雍做出這樣無禮的舉動仍然有些出乎他的意料之外，難道真想趕他們走人？胡小天倒不是想留在這裡，事情已經辦成，儘早閃人最好，可是現在離開又不現實，龍燁霖給他們的任務是護送安平公主平安抵達大雍，還要觀禮之後才能離開，更何況如今的安平公主已經被他偷天換日，他們要是離開了，事情萬一敗露，豈不是前功盡棄。

一群武士憤憤不平，七嘴八舌道：「大人，他們大雍實在是目中無人，粗暴無禮，根本不通禮儀。」「咱們還是儘快離開，何必遭人白眼。」

胡小天平靜道：「你們全都給我冷靜下來，陛下給咱們的旨意是觀禮之後才可離開，你們是不是想抗旨？」

眾人聽他這樣說，瞬間沉默了下去。

胡小天道：「公主知不知道這件事？」

趙崇武道：「我們還沒有見到公主。」

胡小天點了點頭道：「你們暫且回去，我現在就去見公主，對了，吳大人有沒有回來？」

「沒有！」

胡小天走入起宸宮，迎面遇到驛丞，驛丞見到胡小天，陰陽怪氣道：「胡公公，你回來得正好，本官有事……」

胡小天正眼都沒有看他，仰首闊步從他的身邊走過。

那驛丞沒料到他會這樣對待自己，愕然道：「噯……我跟你說話呢……」

胡小天已經走遠，驛丞氣得唯有跺腳：「神氣什麼？你神氣什麼？」

來到內苑，柳嬤嬤正在院落之中指揮兩名宮女收拾，看到胡小天進來上前擋住他的去路道：「胡公公，公主殿下正在休息。」

胡小天臉色陰沉，雙目迸射出森然寒意：「滾開！」

柳嬤嬤愕然道：「什麼？你……你說什麼？」

胡小天道：「我這個人出了名的不講理，在大康的時候，老弱婦孺我是不打的，可是來到你們大雍，感覺水土不服，說不定也會發瘋破例。」

柳嬤嬤唇角的肌肉不由得顫抖了一下，腳步卻未向後退，冷冷注視著胡小天道：「胡公公若是夠膽，就從老身的屍體上踏過去。」

胡小天發現柳嬤嬤絕非尋常，這老太太純屬茅坑的石頭又臭又硬，正醞釀爆發之時，卻聽到房門輕動，紫鵑歎了口氣道：「柳嬤嬤，胡公公是我的人，你這樣對他，就是對本公主不敬。」

柳嬤嬤聽到主人發話，馬上表情變得恭順了許多，躬下身道：「公主殿下，老奴並無惡意，只是擔心外人打擾了公主休息。」

紫鵑怒道：「混帳！我剛剛說過他是我的人，什麼時候想進來就什麼時候可以來，還用你這老東西多嘴，再敢以下犯上，信不信我讓人掌嘴……」

話音未落，一個響亮的耳光就響徹起來，將紫鵑也弄得一愣，事情發生的實在是電光石火，讓人來不及反應。卻是胡小天揚起巴掌狠狠抽了柳嬤嬤一個大嘴巴子，這巴掌打得雖然力度不足，可是動靜驚人，清脆之極。

胡小天打完之後，怒斥道：「混帳東西，竟敢目中無主，對公主殿下不敬，還不趕緊給我跪下！」

紫鵑是威脅要打，胡小天這邊可是真打，一時間一旁的兩名宮女瞬間反應過來，幾乎同時來到胡小天的身邊，兩人的身法都是極其快捷，一看就身負武功。

柳嬤嬤被胡小天這巴掌打得老臉都青了，強忍怒火，撲通一聲跪了下去，兩名宮女看到她這般情形，也都停下了動作。

胡小天瞇起雙目，極其輕蔑地看了看兩人道：「怎麼？你們也想犯上？」

紫鵑怒道：「沒規矩的東西，全都給我滾出去，本公主不想見到你們。」她轉身走入房間內。

胡小天得意一笑，過去怎麼沒發現紫鵑的演技還真是好，即便是龍曦月在現場只怕也拿不出她這般的威風煞氣。

進入房內，胡小天轉身將房門關上。

紫鵑來到桌前坐下，一雙妙目盯住胡小天，幽然歎了口氣道：「胡小天啊胡小天，你為何總是給我招惹麻煩？」

胡小天嘿嘿笑道：「小天沒有招惹麻煩，這次是麻煩主動找上門來了。」

紫鵑端起桌上的香茗輕啜了一口，淡然道：「說！」

胡小天看到她的動作極盡優雅，高貴大方，想不到紫鵑這段時日居然蛻變得如此厲害，別說是外人，就算是和她朝夕相處的自己也往往會產生一種錯覺，甚至會懷疑眼前不是紫鵑本人，可她的樣子分明是紫鵑無疑。如果她不是紫鵑，又有誰能扮演得如此維妙維肖？

胡小天向前走了一步，故意貼在紫鵑的耳邊低聲將剛才那幫武士的遭遇說了一遍，趁機觀察紫鵑的耳際，一個人易容應該有跡可循，若是戴上人皮面具，耳後頜角的部分還是能夠看出細微的分界線，胡小天自問目力不錯，而且室內光線極佳，無論他怎樣觀察也沒有看出紫鵑的面部有何異樣。

紫鵑忽然將茶盞重重頓在桌上，怒道：「你是豬嗎？總是將嘴巴拱過來作甚？以為本公主聾了？聽不清你在說什麼？」

胡小天笑道：「公主不是聾子，小天也不是豬，公主若是覺得小天煩，像蒼蠅一樣，小天離你遠一些就是。」

紫鵑抓起茶盞，將一杯滾燙的熱茶向胡小天劈頭蓋臉潑了過去。胡小天早有準備，身軀一轉，巧妙躲過紫鵑的襲擊。

紫鵑柳眉倒豎：「以為本公主聽不出你在拐彎抹角地罵我？」

胡小天笑道：「公主冰雪聰明，秀外慧中，小天怎敢拐彎抹角地罵你。」心中暗忖，要罵我也罵在明處。

紫鵑將空空的茶盞放在桌上，使了個眼色：「小鬍子，把茶給本公主倒上。」

胡小天笑瞇瞇上前拿起茶壺，把茶給她斟滿了，輕聲道：「公主殿下，大雍方面如此無禮，根本沒有考慮給大康顏面，是可忍孰不可忍啊。」

紫鵑道：「依你之見，應該如何？」

胡小天道：「他們讓我等搬出去，只讓公主一個人留在這裡，以後公主殿下喊天天不應，叫地地不靈，我等從大康跟隨公主至今，勉強也算得上公主的娘家人，如今娘家人被人冷眼，被人欺負，應該怎麼做，公主不用我來提醒吧。」

紫鵑道：「你的意思是讓我跟你們一起搬出去？」

胡小天暗讚紫鵑聰明，這妮子頭腦如此靈光，怎麼過去就沒發現呢，看來這皇宮之中臥虎藏龍，連一個小小宮女都尚且如此，以後做事千萬要小心謹慎了。

紫鵑搖了搖頭道：「既然來到大雍，我就是薛家的兒媳婦，就該聽從夫家的安排，現在搬出去於理不合。」

胡小天道：「公主難道就打算咽下這口氣？」

紫鵑道：「寄人籬下，不咽下這口氣又能如何？」她眼波一轉道：「雖然咱們是大康使團，可是人家也沒理由讓咱們白吃白住。」

胡小天道：「不是白吃白住的問題，而是我覺得這件事沒那麼簡單。」

紫鵑微笑道：「簡單也罷，複雜也罷，總而言之我扮演好我的角色，其他的事情都輪不到我去操心。」

胡小天道：「那，現在我們就離開，省得留在這裡受這幫孫子的白眼。」

紫鵑道：「你若是願意可以留下。」

胡小天道：「我還想多活幾年。」

紫鵑靜靜望著他，過了好一會兒方才惡狠狠吐出了一個字：「滾！」

胡小天在柳嬤嬤和那幫宮女惡毒的眼光中離開了內苑，來到外面，那驛丞仍然候在那裡，見到胡小天又迎了上來：「胡公公……」

胡小天把雙眼一瞪：「你叫誰公公？我乃大康遣婚史，堂堂一國欽差，你區區一個小小驛丞，叫我什麼？」

驛丞被胡小天的氣勢震住，不過他很快就緩過神來，嘿嘿笑道：「我管你什麼欽差，這兒是大雍，這兒是起宸宮，剛剛接到上頭命令，讓爾等另覓住處，明日正午之前若是還在起宸宮……」

「怎樣？」

「休怪我公事公辦。」

胡小天道：「什麼？」

驛丞道：「沒聽清楚？要不要我再說一遍？」

胡小天搖了搖頭道：「不用！」毫無徵兆地將手揚了起來一巴掌抽了過去，打得那驛丞原地轉了一個圈兒，眼冒金星，天旋地轉，一屁股坐在了地上，慘叫道：「你居然打我……」

胡小天冷笑道：「不開眼的東西，打的就是你這種勢利小人，當老子想住在你們這裡？就算你求老子住，老子也不住。」抽人耳光居然也能成癮。

吳敬善此時剛好走了進來，將胡小天大嘴巴子抽驛丞的場面看得清清楚楚，頓時大驚失色，這胡小天當真不怕事大，他哎呀呀叫道：「胡大人，胡大人！有話好說，有話好說……」

那驛丞大叫道：「來人！趕快來人！」

驛站內的驛卒聽到動靜迅速趕到了現場，那驛丞捂住被胡小天打得高高腫起的半邊面孔，哀嚎叫道：「他竟敢毆打本官，來人！將他給我抓起來！」

吳敬善看到對方十多人氣勢洶洶地就要衝上來，慌忙擺手道：「使不得，使不得啊！」

胡小天冷笑道：「一個屁大的小官竟然敢對他國欽差無禮，這就是你們大雍的待客之道？這就是你們所謂的大國風範！今兒誰敢上前，我先宰了他！」

剛剛返回房間整理行裝的那幫大康武士此時也聞訊趕到，看到一個小小驛丞也敢無禮，聯想起剛才他們揚言要將己方掃地出門的屈辱，這幫武士怒火填膺，展鵬率先怒吼道：「誰敢對我家大人無理，今天就讓你們血濺五步。」

雖然這是在大雍，又是在起宸宮內，可是在這個院落之中，人數的對比卻是胡小天一方佔有絕對的優勢。

或許是被眼前聲勢所逼，或許是被胡小天咄咄逼人的氣勢所懾，那驛丞嘴巴動了動，終究沒再敢說出任何狂妄的話，咬咬牙道：「爾等可知道這是什麼地方？」

胡小天道：「你一個小小的驛丞有什麼資格跟我說話，馬上從我的眼前消失，否則我不排除讓你血濺五步的可能。」

外面忽然傳來一陣爽朗的大笑聲，一位穿著葛黃色長袍的男子在四名武士的陪同下走了進來。驛丞看到那男子慌忙捂著臉走了過去，捂著面孔道：「曹大人，他們行兇打人！」

來人乃是御前帶刀侍衛，金鱗衛千戶曹昔，身後四人全都是他的手下，他負責起宸宮的警戒職責，可是此前曹昔卻從未露過面。

曹昔看了那驛丞一眼，臉上並沒有怒容，只是歎了口氣道：「你得罪了胡大人，該打！」他上前向胡小天和吳敬善兩人拱了拱手道：「兩位大人好，在下曹昔，奉朝廷之名負責起宸宮的警戒之責，不到之處還望兩位大人多多擔待。」

吳敬善道：「曹大人，請問是不是貴國陛下讓您負責我們使團的事情？」

曹昔道：「皇上只是讓我負責起宸宮的警戒，其他的事情卻未曾說。」

吳敬善表情尷尬，一時間不知應該說些什麼。

胡小天呵呵笑道：「吳大人，咱們還是識趣一些，把行李收拾收拾，馬上閃人，沒必要等到別人趕咱們走吧。」

曹昔皺了皺眉頭，向那驛丞道：「有這等事？」

那驛丞來到他身邊附在他耳邊說了幾句，曹昔道：「兩位大人想必是誤會了，這起宸宮並非是什麼人都能待的地方，可能是驛丞沒有表達清楚意思，他是說讓其他武士去外面居住，並沒有趕兩位大人走的意思。」

吳敬善正想說話，卻被胡小天搶先，胡小天道：「我們使團這幫兄弟從大康走到這裡，同生共死，不管風裡火裡，要走自然是一起走，兄弟收拾行李，雍都之大，何處找不到落腳的地方，用不上留在這裡受人家的鳥氣。」

那群武士群情激蕩，聽到胡小天這番話更是一呼百應。

吳敬善本來還想說句話，可形勢已經由不得他多說。

眾人拿了行李，昂首挺胸地走出了起宸宮。在大門前吳敬善哭喪著面孔向胡小天道：「胡大人，你怎可意氣用事，公主還在裡面，咱們豈能說走就走？」

胡小天道：「只是離開起宸宮另覓住處，又不是離開大雍，吳大人要是想留下來繼續看人臉色，我不反對。」

吳敬善道：「胡老弟，你這是哪裡話來，咱們自然是有福同享有難同當，你去哪裡，老夫就隨你去哪裡。」吳敬善現在哪還有什麼主心骨。

展鵬道：「胡大人，咱們去哪裡住下？」

胡小天微笑道：「不急，等周默他們回來再說。」他轉向吳敬善道：「吳大人今天見到孫尚書了？」吳敬善今天和他同時出門，老吳頭是去拜會大雍禮部尚書孫維轅，去之前他對此表現得信心滿滿，還說自己和孫維轅交情匪淺，可去了一整天，連孫維轅的面都沒見到。

吳敬善苦笑搖了搖頭道：「尚書府倒是對我非常的客氣，可是孫尚書不在。」

胡小天道：「不是不在，是躲著你呢。」

吳敬善仍然打腫臉充胖子道：「應該不會，我和孫尚書相交莫逆，性情相投，按理說他不會躲著我。」

胡小天道：「吳大人，難道你現在還看不出來，咱們來到雍都之後處處遭受白眼冷遇，所有人都在躲著咱們，到現在為止，皇室那邊連個露面的都沒有！」

吳敬善歎了口氣道：「其實老夫也覺得不對，可是他們的皇帝不願召見咱們，咱們又能有什麼辦法？」

胡小天道：「管不了這麼多，先安頓下來再說。」

此時遠處周默和龍曦月兩人並轡而來，胡小天迎上前去。

周默翻身下下馬，龍曦月在他身後下馬，周默將韁繩隨手扔給她，看似漫不經心的動作卻蘊含著深意，在眾人面前這樣做，讓人覺得龍曦月只不過是一個普通隨從罷了。

周默看到眼前景象也是一怔，愕然道：「怎麼了？」

胡小天道：「房東看不起租客，把咱們這幫人都給趕出來了。」

周默濃眉皺了起來：「怎會如此？泱泱大國，氣量居然如此狹隘，哪有這樣的待客之道？」

胡小天笑道：「去他的待客之道，不住這裡更好，周大哥，事情還順利嗎？」

周默道：「順利！」

胡小天道：「回頭再說，咱們先找個地方安頓下來。」

吳敬善湊了過來：「胡大人，咱們還有多少盤纏？」

胡小天道：「盤纏是沒多少了，不過……」他摟著吳敬善的肩頭走到了一邊，

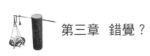

吳敬善料到他有秘密說給自己聽，壓低聲音道：「怎麼？」

胡小天道：「咱們清理嫁妝的時候，我讓人偷偷瞞報了一箱。」

吳敬善嚇得臉都綠了：「這……這可是滿門抄斬之罪……」

胡小天笑道：「天知地知，你知我知，已經丟了那麼多嫁妝，也不在乎多這一箱，吳大人，我是信得過你才跟你說，不然，我可就自己獨吞了。你放心，回頭我分你一半。」

吳敬善嚇得連連搖頭，顫聲道：「我不要，我不要……」

胡小天道：「你要也罷，不要也罷，以後吃的用的可都是這裡面的銀子。」

吳敬善苦笑道：「胡老弟，這樣做不好吧。」

「兄弟們還要在雍都待二十幾天，你想他們跟著咱們喝西北風？」

吳敬善歎了口氣，胡小天說的也都是實情，他低聲道：「你想怎樣就怎樣，反正我什麼都不知道。」

胡小天嘿嘿一笑，此時趙崇武和展鵬兩人牽著一輛馬車出來，吳敬善掃了一眼，這車上不知藏了多少東西，顫聲道：「你真只拿了一箱？」

胡小天道：「拿多少有分別嗎？重要的是死無對證！」

吳敬善感覺眼前一黑，隨即金星亂冒，這小子太貪了，都說太監貪財，老夫今天總算見識到了。

周默道：「胡大人，咱們是不是去找客棧？」

胡小天嘿嘿一笑，向周默使了個眼色，兩人來到一邊，胡小天道：「不用找了，直接買一套宅子就是。」

周默以為自己聽錯：「什麼？」

胡小天道：「我現在有的是錢，想幹什麼就幹什麼，你兄弟我想明白了，活著，就得任性！」

胡小天的任性絕不是一時衝動，來到雍都發生的一連串事件讓他感覺到這裡的一切波譎雲詭，在重重迷霧的背後不知藏有怎樣的陰謀。

短時間內想要找到合適的宅子並不容易，可這卻難不倒周默，早在數月之前，寶豐堂就已經在雍都開設了分號，而蕭天穆也已經率先抵達這裡精心部署。胡小天這次一共帶出了六箱嫁妝，而且這六箱全都是最為貴重的物品，擁有了這六箱東西，胡小天不敢說富可敵國，可至少也算得上一個腰纏萬貫的富翁了。

距離寶豐堂不遠剛好有一間客棧對外轉讓，客棧被蕭天穆剛剛拿下，既然有了這樣一個機會，剛好前往這家名為南風客棧的地方。

南風客棧仍然在停業之中，所以並無客人，胡小天一行三十餘人來到這裡已天黑，看了看前方南風客棧的燈籠在夜色中搖曳，胡小天從心底產生了一種親切感。

燈籠之下，卻見一個身材高大的少年站在那裡，不是高遠還有哪個？高遠看到隊伍前來，激動地向前奔行了幾步，馬上又意識到不可在人前暴露出他和胡小天的關係，於是又放慢了步伐。

小灰距離很遠就已看到了這位昔日的朋友，激動地發出一聲嘶鳴，胡小天拍了拍小灰的腦袋，提醒牠要冷靜，然後翻身下馬，揚聲道：「小二！有沒有房間？」

高遠笑嘻嘻接過胡小天手中的馬韁：「大爺，您來得真巧，我們客棧今兒才試開張，還沒有住客呢。」

胡小天豪氣道：「這客棧我們包了，除了我們之外，不要接待任何客人。」

高遠故意拿捏出一臉的錯愕：「大爺，這可不行……」

胡小天從腰間摸出一錠黃燦燦的金子，足有十兩之多，扔給高遠道：「這算是訂金！」

吳敬善一旁看著，心中暗歎，出手真是大方啊，這可全都是公主的嫁妝，我這個老糊塗，他說每人一半我怎麼就不答應呢？

其實就算吳敬善肯答應，胡小天也未必肯給他，眾人進入南風客棧之中，客棧還沒有來得及裝修，很多設施都顯得陳舊，不過這樣更環保。胡小天的住處被安排在裡面的一間幽靜的小院，院內有一座兩層小樓，卻是過去客棧老闆女兒的繡樓。

胡小天讓周默幫忙，給眾人分派房間，自己則帶著龍曦月一起來到小樓內，展鵬和趙崇武兩人將六個大箱子全都抬到了小樓之中。胡小天笑瞇瞇道：「辛苦你們了，回去洗洗，回頭讓廚房做飯，咱們兄弟好好喝上一頓。」

兩人笑著答道：「好！」

等他們離去之後，胡小天起身將房門關上，轉過身去，卻見龍曦月已經點燃了燭火，燈光之下，顯得頗為忸怩，雖然這一路之上，他們不乏孤男寡女共處一室的時候，可是今天卻是他們真正意義上離開他人視線，自由自在地待在一起。

龍曦月心中無數次渴望這樣的時刻，可是真正等這樣的機會到來之時，她卻又感覺到嬌羞難耐。美眸在胡小天臉上掃了一下，然後迅速逃向它方，咬了咬櫻唇，望著面前的六隻大箱子道：「這裡面是什麼？」一顆心突突直跳，其實她心中關注的根本不是這些。

胡小天道：「你的嫁妝。」

龍曦月道：「這些並不重要，為何要冒險帶出來？」

胡小天呵呵笑道：「總不能白白便宜大雍那幫混蛋，重新統計的時候我就動了手腳，帳面上根本看不出來，所有值錢的東西都在這裡了。」

龍曦月道：「你好貪財！」

胡小天向她走近了一步，望著她的雙眸，低聲道：「我更好色！」

龍曦月有些難為情地皺了皺眉頭，啐道：「我知道！」

「那還要不要跟我白頭偕老？」

「我還有選擇嗎？」

胡小天一把勾住龍曦月的纖腰，將她擁入自己的懷中，低下頭去，吻住她的嘴唇，龍曦月嬌軀一顫，櫻唇微啟，矜持的將舌尖遞給他一些，兩人擁吻良久，龍曦月方才睜開美眸，卻發現胡小天緊緊閉著眼睛，掙脫開他的懷抱，小聲道：「你閉著眼睛作甚？」

胡小天笑道：「若是睜眼，我以為吻的是個男人呢。」

「討厭！以後你都不許碰我。」龍曦月向他的肩頭輕輕捶了一拳，卻又被胡小天抓住手腕拽入懷中，在她唇上用力吻了一記，抵住她的額頭道：「無論你變成什麼樣子，無論你衰老還是年輕，在我心中你始終都是我最美的曦月。」

龍曦月芳心為之一顫，伏在胡小天的懷中，因他的這番話感動落淚，顫聲道：「你這個壞蛋，為何要說這樣感人的話，為何要讓我如此愛你。」

胡小天輕拍她的玉臀，低聲道：「今晚開始，每晚都陪我一起睡好不好？」

龍曦月俏臉發熱掙脫開他的懷抱，跺了跺腳道：「壞人，你說話真是好粗俗，好討厭。」

「行還是不行？」

龍曦月咬了咬櫻唇，終於還是點了點頭。

第四章

對未來的期待

想到胡小天保護自己從康都一路而來，歷盡千辛萬苦，
為了保護自己，不惜冒著生命危險剷除了文博遠，
心中感動非常，如今他們總算順利完成了計畫中的第一步，
再過一段時間就可以離開雍都，從此雙宿雙棲過上自由的日子，
龍曦月對未來充滿了期待。

外面傳來周默渾厚的聲音：「胡大人，酒菜已經準備好了。」

胡小天大聲回應道：「好，我這就過去。」

因為胡小天臨時決定離開起宸宮，南風客棧這邊並沒有充分的準備，客棧裡面的幾個人全都是臨時從寶豐堂那邊抽調過來的，不過好在全都是自己人，完全可以信任。

廚房還沒有啟用，所有酒菜都是從隔壁酒樓端過來的，一共擺了四桌酒席。

這幫武士從康都出發，歷經千辛萬苦來到雍都，其間經歷多少生死磨難，七百多人的隊伍到現在只剩下三十多人，初到貴地，又遭遇大雍方面的冷遇，直到今天方才有腳踏實地，重獲自由的感覺。使團每一位成員心中都明白，如果沒有胡小天的引領他們絕對走不到現在。胡小天的威信在無形之中已經達到了最高，實質上已經到了眾人擁戴的位置。

吳敬善雖然是使團名義上的頭領，可是他和當初離開康都一樣，仍然只是一個符號。老頭子也明白自己現在所處的位置，所以眾人推舉他來做祝酒詞的時候，吳敬善端起酒杯感慨道：「咱們遣婚史團，自從離開康都以來，歷盡千辛萬苦，其間死傷慘重，能夠活著來到雍都，並保護安平公主平安無恙，已經是上天的眷顧……」

他的話還沒說完，一幫武士就齊聲道：「吳大人，我們可不認為是上天的眷顧，幸虧胡大人英明神武，帶領我們走出逆境，沒有胡大人，我們就再也沒有機會坐在這裡喝酒，我們最應該感謝的就是胡大人！」

倘若在過去，吳敬善或許會感到尷尬，或許會感到老羞成怒，可現如今他卻對這句話深深認同，他笑道：「你們的話，正是老夫想說的話，不錯！沒有胡大人，咱們根本不可能來到這裡，更完不成皇上交給咱們的任務。老夫想做的，就是代表在場的各位兄弟，敬胡大人一杯酒！」

眾人齊聲叫好。

胡小天微笑站起身來，他也端著一杯酒：「吳大人，兄弟們！一個人的本領再大，終究獨木難支，咱們能夠走到現在，不是我胡小天有多大的本事，而是因為咱們這個集體團結一心，每個人都在出力，每個人都有付出，人世間什麼感情最為珍貴？同生共死，風雨同舟！我和諸位已經是這樣的感情，我和你們就是這樣的兄弟，我胡小天在此立誓，他日我若富貴，絕不會忘記在場的每一位兄弟。」他舉起酒杯一飲而盡。

眾人已經被胡小天的這番話說得熱血沸騰，同時端起酒杯飲盡了杯中酒。

吳敬善也隨同眾人乾了這杯酒，心中暗暗佩服，此子絕非尋常人物，這樣的話說出來，只怕這些武士為他拋頭顱灑熱血也甘心情願，他忽然想到了自己，其實自己對胡小天的觀感也早已發生了天翻地覆的變化，胡小天多次近乎胡鬧的行徑，以他的理智本不應該追隨，可是自己卻義無反顧地跟了過來，也許這正是胡小天的魅力所在。

胡小天道：「兄弟們，咱們暫時能夠舒坦幾天，可有些話，小天還是不吐不快。」

眾人紛紛道：「胡大人請說！」

胡小天道：「剛剛吳大人也說過，咱們七百多人出來，現在只剩下三十六人，雖然公主平安無事，可是回大康之後，皇上會如何反應，我等也無法把握，小天有一點可以保證，若是皇上怪罪，我和吳大人會一力承擔。」

眾人激動道：「胡大人，別這麼說，是死是活我們都跟著您。」

吳敬善心頭暗自苦笑，胡小天終究還是忘不了拉著自己墊背，看到眼前場面，昔日文博遠的那幫親信如今人心都被胡小天收攏了過去，就算是為他死也甘心情願。

胡小天道：「能活著誰還願意死？可是大丈夫有所為有所不為，既然我等接下了這趟差事，就要圓圓滿滿地將之完成。我有種預感，大雍方面還會生出事端，公主的這次大婚或許還會有些波折，咱們在雍都還要待上二十幾天，大婚之前，咱們或許還要面臨許許多多未知的危險。我胡小天不想勉強大家，若是有人害怕，盡可選擇離去，我會準備好盤纏供你們路上之用，你們不用有顧慮，庸江沉船，有些事情死無對證，我和吳大人絕不會說。」

趙崇武率先道：「胡大人，你把我們當成什麼人了？我們雖然地位卑微，但是我們也知道何為義字，陛下交代的任務我們每個人都有責任，別人我不敢說，我趙崇武絕不會臨陣退縮！」

又有一名武士激動叫道：「胡大人，我閆飛留下，不為什麼任務，也不為什麼責任，就為了大人，胡大人如此坦誠相待，從今以後我誓死追隨大人。」

眾人紛紛表起忠心。

吳敬善認得閆飛，此人乃是文博遠的親信之一，看到閆飛如此神情，吳敬善明白，沒有一個人會走，胡小天實在是太厲害了。

眾人開懷暢飲，喝得是酣暢淋漓，閆飛過來給胡小天敬酒的時候，已經搖搖晃晃幾乎站不穩，趙崇武一旁將他扶住，閆飛端起酒杯道：「胡大人，閆飛……對不起你啊……」

胡小天笑道：「閆飛，你喝多了！」

「大人，我沒喝多，有些事我始終瞞著大人……文……文博遠在黑松林就想要除去大人，趙志河乃是他派出的內線……不但如此，他還陰謀害死安平公主……還收買公主身邊宮女，讓她在途中下毒……」

吳敬善聞言色變，厲聲道：「閆飛，你說什麼？」

胡小天卻哈哈大笑道：「他喝多了，胡說八道，吳大人用不得當真，趙崇武，趕緊將他送回去休息。」

趙崇武和另外一名武士將閆飛拉走之後，吳敬善仍然一臉憤怒，他低聲道：「胡大人，他說的應該是真的。」

胡小天道：「真又如何，假又如何？文博遠死了，安平公主無恙，咱們追究這件事已經沒有了任何的意義，當務之急，乃是解決眼前的問題。」

吳敬善歎了口氣道：「如何解決？不瞞胡大人，現在老夫已經是一頭霧水，根本看不清眼前的局勢，如果公主聯姻之事有變，老夫唯有向南方自刎謝罪了。」

胡小天道：「車到山前必有路，船到橋頭自然直，吳大人又何須多慮。」

吳敬善默默咀嚼著胡小天隨口而出的兩句話，心中嘆服不已，胡小天果然是經天緯地之才，隨口說出的這番話就蘊含著高深的道理，自己枉自活了這麼大把年紀，還不如一個年輕人看的透徹。

胡小天道：「大康和大雍在國都應該互有使節吧？」

吳敬善聽胡小天說起這件事，猛然醒悟過來：「哎呀，老夫糊塗，怎麼連這麼重要的事情都給忘了？」國與國之間互設使節，方便解決一些矛盾和糾紛，同時還有接待己方人員的作用。

胡小天道：「吳大人，公主抵達雍都，使節卻沒有過來參拜，此事是不是不同尋常？」

吳敬善經他提醒馬上明白了過來，低聲道：「你是說，大康的使節並不知道這件事？」

胡小天緩緩點了點頭道：「我懷疑有人刻意隱瞞公主抵達雍都的事實。」

吳敬善倒吸了一口冷氣：「倘若真是如此，公主的婚事只怕有變。」

胡小天淡然笑道：「變倒不會，我只是感到有些奇怪，什麼人會刻意掩蓋這件事？此次聯姻究竟觸犯了誰的利益？」

吳敬善道：「老夫曾經聽說大皇子和七皇子為了太子之位正在明爭暗鬥，難道是大皇子？」

胡小天道：「薛道銘之前在通天江練兵，本來要親往南陽水寨去迎接公主，可是突然卻改變了計畫，身為公主的未婚夫，他應該時刻關注咱們使團的動靜，就算別人不知道咱們過來，他一定知道。」

吳敬善驚聲道：「難道問題出在他的身上？」

胡小天道：「就算不是，估計也差不許多。」

吳敬善道：「如果真的是這樣，豈不是非常麻煩？」

胡小天道：「兩國聯姻之事絕非兒戲，就算他薛道銘心中有其他的想法，大雍皇帝也不會答應。」

吳敬善道：「你是說連大雍皇帝也不知道咱們抵達雍都之事？」

胡小天道：「一國之君，日理萬機，即便是不知道也不是什麼稀罕事。」

吳敬善道：「看來咱們要想辦法和大雍皇帝見上一面才好。」

胡小天道：「看看情況再說。」

胡小天和龍曦月回到小樓，龍曦月發現房間內的幾箱嫁妝全都不翼而飛，不由驚得花容失色，胡小天卻笑道：「是我安排的。」

「也不早說。」龍曦月嗔怪道。

胡小天道：「跟我來！」

「去哪裡？」

胡小天向她眨了眨眼睛，龍曦月於是不再追問，原來小樓內還有一個小門，出了小門之後，看到高遠在那裡等著，月光之下高遠笑了笑，帶著他們沿著前方小徑出了後門，又經由寶豐堂的後門進入寶豐堂內。

寶豐堂後院的書齋內，燈火明亮，周默和蕭天穆兩人已經在房間內聊了一會兒，聽到外面響起敲門聲，周默笑道：「來了！」他上前拉開房門，卻見胡小天帶著龍曦月出現在門外。

胡小天笑道：「大哥，你來得比我還要早。」

蕭天穆站起身來，傾耳聽著胡小天的聲音。

胡小天來到蕭天穆面前，伸手將他的雙手抓住，激動道：「二哥！」

蕭天穆點了點頭，臉上難得露出溫暖的笑容道：「三弟，你能平安抵達就好。」他停頓了一下又道：「跟你一起來的是……」其實蕭天穆心中已經猜到了龍曦月的身分。

胡小天笑著將龍曦月拉了過來，向她介紹道：「曦月，我大哥你早已見過了，這位是我的結拜二哥蕭天穆。」

龍曦月有種見家人的感覺，含羞道：「二哥！」

「噯！」

胡小天道：「我二哥提前過來，就是為了做好接應。」

龍曦月心中一暖，胡小天為了將自己救出，真可謂是費盡心機，瞞著她做了這麼多的事情，而幸虧有他這麼多的好兄弟才能做成這件事。

蕭天穆道：「大家坐吧。」

胡小天拉著龍曦月坐下，歷經千辛萬苦，總算得償所願將龍曦月救出，龍曦月心中也幸福到了極點，只是現在他們還是身在雍都，可能要在這裡逗留一段時間。

胡小天將自己來到雍都之後發生的事情簡單說了一遍。

蕭天穆道：「此事的確有些奇怪，大雍能夠後來居上，和他們重視禮儀教化有著相當的關係，大雍上至朝廷，下到百姓，都注重承諾，而且大雍皇帝薛勝康禮賢下士，善待各方人才，對外也是講究禮儀為先，無論是真心還是偽裝，至少這麼大的事情上不會做出有失禮節的事情。三弟說得不錯，我看這件事十有八九是皇帝並不知情。」

周默道：「剛才我和二弟談起這件事，還感到奇怪呢，安平公主抵達雍都，消息並沒有散播開來，百姓很少知道。」

蕭天穆道：「此事應該和大雍皇室內部的爭權有關，大雍皇帝意在大皇子薛道洪和七皇子薛道銘之間選出繼任人選，大皇子薛道洪身後有不少老臣擁戴，可是七皇子薛道銘卻是少年有為，文武雙全，年紀輕輕就已經統領大雍水軍，幾次作戰也顯出他出類拔萃的指揮能力，據說皇上對這個七皇子相當的偏愛，大雍和大康聯姻的事情是大臣進言，皇后拍板定下來的……」說到這裡，蕭天穆停了下來，畢竟安平公主在場，所說的又是和她有關的事情，還是有所顧忌。

龍曦月冰雪聰明當然知道蕭天穆為何停下來，小聲道：「你們三兄弟聊天，我出去花園裡看看。」

周默道：「不妨事。」

胡小天抓住龍曦月的手，讓她不必迴避，龍曦月卻笑道：「放心吧，這些事我並不想聽到。」

胡小天點了點頭，叫來高遠陪著龍曦月出門在花園裡轉轉。

蕭天穆歉然笑道：「三弟，二哥讓你難做了。」

胡小天道：「沒有的事，曦月沒那麼小心眼，其實這些事不讓她聽到也好。」

蕭天穆繼續道：「薛道銘和他的母親淑妃對這樁婚姻是不滿意的，安平公主雖然是公主身分，卻是大康太上皇的女兒，大康國內發生政變，大雍對此一清二楚，在聯姻這件事情上，他們母子等於被皇后擺了一道，安平公主並不能給薛道銘帶來任何的政治利益，薛道銘對這次婚姻非常地排斥，但是他又無力改變聯姻的事實。我看你們之所以在抵達雍都之後遭到了那麼多的冷遇，很可能和這件事有關，應該是他們母子兩人在這件事上故意刁難，興許就是淑妃安排。」

胡小天點了點頭，經蕭天穆這麼一說他心中清楚了。

蕭天穆道：「三弟，你真是膽色過人，這樣瞞天過海的事情你都幹得出來，難道你不擔心事情敗露？」

胡小天道：「擔心也得幹下去，為了曦月，冒點風險也是值得的。」

蕭天穆道：「二哥有句話不知當講還是不當講？」

胡小天笑道：「那你還是別說了，反正事兒我都幹了，現在就幫我好好想個主意，如何才能順利解決這件事，平平安安返回大康。」

蕭天穆道：「沒見到大雍皇帝之前，一切都還難說，我聽說安平公主沒有跟你們一起離開？」

胡小天道：「她堅持留在起宸宮，我本還以為她願意跟我們共同進退來著。」

蕭天穆道：「她可不可信？」他口中的她指的自然是紫鵑。

胡小天歎了口氣道：「過去我真沒把她當成一回事兒，一直以為她只是一個想要出賣主子的宮女，可現在看來，這小宮女還真是不簡單呢。」

蕭天穆道：「你有沒有想過，她才是最大的隱患，若是她發生了問題，你之前所有的計畫和努力全都要付諸東流。」

胡小天道：「她是個意外，我真沒有想到她能夠活下來。」

蕭天穆道：「如果她僅僅是一個想要利用機會飛上枝頭，成為人上人的皇子妃倒還好說，就怕她還有其他的目的。」

一直傾聽的周默插口道：「你這麼一說，我也覺得那個紫鵑真不是尋常人物，看她的作派，簡直比真的還真。」

蕭天穆起身緩緩走了兩步，毅然道：「我看你們還是趁著事情沒有暴露之前離開雍都，就說大雍方面禮數不周，你們咽不下這口氣所以離開。」

胡小天道：「皇上給我們的旨意是等到大婚觀禮之後才能離開，現在走，回去也免不了被責，更何況紫鵑那邊也不可能讓我們走。」

蕭天穆道：「雖然現在沒有鬧出什麼亂子，可是這件事處處都是紕漏，任何一個環節出錯，就會功虧一簣，甚至引來殺身之禍。」

胡小天道：「別人都能走，唯獨我和吳敬善要留下。」

周默道：「你不走，以為我們兄弟會離你而去嗎？」

胡小天道：「大哥，我相信在任何情況下，我都會有脫身之法，我真正擔心的乃是曦月啊。」

周默苦笑道：「此事我幫不上忙，你應該知道，你不走，她斷然是不會離開的。」

夜涼若水，南風客棧陷入一片寂靜的黑暗中，窗口送來的風仍然帶著微微的寒意，可是對熱戀中的情侶來說，他們根本感覺不到。龍曦月靠在胡小天的懷中，宛如一葉輕舟停泊在安全的港灣。

一彎新月高掛夜空之中，其薄如冰，光芒如霜，銀色的月光無聲無息地灑落在這靜謐的世界中。龍曦月宛如夢囈般輕柔道：「你還記不記得在陷空谷的情景？」

這已經不是她第一次在胡小天面前提起那晚的事情。

胡小天禁不住笑了起來，龍曦月伸出手去，揪住他的耳朵，嗔怪道：「笑什麼笑？是不是覺得我囉嗦？」

胡小天搖了搖頭，抓住她的纖手，低聲道：「我大概是受虐狂，聽不到你囉嗦心中就會難受。」

「油嘴滑舌……」話未說完，雙手已經被胡小天捉住。

龍曦月依偎在胡小天的懷中，默默體會著這份溫暖和踏實。想起他們從相識到相知的情景，不禁一陣甜蜜湧上心頭，再想到胡小天保護自己從康都一路而來，歷盡千辛萬苦，為了保護自己，不惜冒著生命危險剷除了文博遠，心中感動非常，如今他們總算順利完成了計畫中的第一步，再過一段時間就可以離開雍都，從此雙宿雙棲過上自由的日子，龍曦月對未來充滿了期待。

「曦月，我想你先行離開雍都。」胡小天斟酌再三，還是說出了這句話。

龍曦月搖了搖頭，溫柔的眼眸宛如天上的星辰般靜靜望著胡小天：「你應該知道答案。」答案就是她絕不離開。兩人費勁千辛萬苦方才走到了一起，她又怎能捨得分開。

胡小天道：「形勢並不如想像中樂觀，你留在雍都會讓我分心。」

龍曦月真情流露道：「我要是離開，肯定夜夜煎熬，你無需再跟我提起這件事，生也罷，死也罷，總而言之，這次我絕不離開，你就讓我任性一次可好？」

胡小天無奈點頭，其實現在龍曦月離開卻是最好的機會。

兩人攜手在窗前坐下，胡小天掩上格窗，龍曦月點燃紅燭，燭影搖紅映得她的面容越發嬌豔，只有在暗夜之中，她方才敢以真正的面目示人。

胡小天道：「你和紫鵑從小一起長大，有沒有覺得她現在有什麼不同？」胡小天總是感覺紫鵑自從獲救之後顯得有些怪異，他雖然找不出其中的破綻，可是心中總是感覺不正常。

龍曦月秀眉微顰，思索良久方道：「她的確改變了許多，彷彿換了一個人似的。」幽然歎了口氣又道：「都怪我，如果不是讓她代我受過，她也不會變成如今這個樣子。」龍曦月認為紫鵑之所以會發生這樣的變化全都是源於命運的不公。

胡小天道：「我不是這個意思，曦月，我總覺得自從庸江沉船之後，紫鵑和過去全然不同，一個人就算變得再厲害，她的眼睛騙不了別人，我總覺得她現在看人的目光非常的陌生。」

龍曦月想了想，然後搖了搖頭道：「不會啊，明明一模一樣，反正我是沒看出來。」

胡小天道：「紫鵑的身上還有沒有什麼特別的記號？比如胎記黑痣之類的？」

龍曦月搖了搖頭道：「那倒沒有，不過……」她顯得有些難以啟齒。

胡小天道：「怎樣？」

「她這裡是凹陷下去的。」

胡小天沒明白龍曦月的意思：「什麼？」

龍曦月指了指自己的胸前：「就是一邊凸出來，一邊凹進去。」

胡小天伸出手去，龍曦月嚇得後退一步，羞得皺起了鼻翼，小聲道：「你將手拿開。」

胡小天道：「我只是不明白你的意思。」

龍曦月啐道：「討厭啦，你故意裝傻。」雙手抓住胡小天的手腕，阻止他靠近自己。

胡小天得寸進尺道：「不如咱們上床休息。」

龍曦月小聲道：「咱們還沒有拜過天地，不能同床共枕。」

胡小天心中暗笑，想不到寶貝公主如此傳統，不過他喜歡的就是龍曦月的這份單純和傳統，輕聲道：「你把我當成什麼人了，我只是想陪著你睡上一覺，又不會做別的事情。」

「我才不要你陪。」

胡小天道：「別想歪了，我只是想在你身邊保護你，絕無任何的私心雜念。」

「當真……」

胡小天道：「比真的還真，我什麼時候騙過你？」

黑暗中聽到胡小天窸窸窣窣脫衣的聲音，兩人上床之後，胡小天有些失望道：

「你怎麼還穿著衣服？」

龍曦月道：「我還是信不過你，你若是敢不老實，我就……」

「你就怎樣？」

「不然我再也不理你。」

胡小天這一夜睡得並不踏實，雖然有賊心也有賊膽，可畢竟面對單純善良的龍曦月，他最多也就是口頭上占佔便宜，沒有實質性的行動，愛一個人就要尊重她，胡小天發現自己性格上還是有弱點的，假如懷中抱著的是須彌天，這一夜說不定早就數度抬炮攻城，可換成了龍曦月，這貨最過分的舉動也就是油嘴滑舌，應該是思想也被龍曦月給淨化了。愛一個人又怎能忍心對她做出不夠尊重的事情呢？

龍曦月在胡小天的懷中蠕動了一下，雲鬢蓬亂，雙頰緋紅，這麼久以來，今晚還是她睡得最安穩的一夜，她悄悄睜開雙眸，悄悄從胡小天的懷中掙脫開來，走下床去，趁著天色未亮，她要洗漱完畢，再完成易容工作。從庸江到雍都的路上，龍曦月始終戴著那張人皮面具，也就是昨夜方才有機會呈現出本來的面目。

胡小天緩緩睜開一隻眼睛，看到龍曦月正在黑布裹胸，利用數尺長的黑布將前胸牢牢裹住。話說龍曦月發育得還真是不錯，如果不增加點壓力很容易露餡。

龍曦月無意中轉過身去，看到胡小天早已醒來，瞪著一雙眼睛望著自己，嚇得她慌忙掩住嘴唇，另外一隻手還護著前胸。

胡小天唇角一歪，笑了起來，低聲道：「我只看看，不動手。」

龍曦月小聲道：「不許看，閉上眼睛。」

胡小天非但沒有閉上眼睛，反而走下床來，龍曦月扭過身去，躲得遠遠的。

此時窗外傳來雞鳴聲，胡小天也沒有任何過分的舉動，舒展了一下雙臂：「看來今天我要去起宸宮走一趟了。」

龍曦月道：「你想去驗證一下？」

胡小天笑道：「好像沒有這個機會啊。」

龍曦月聽他這樣說，突然吃吃笑了起來。

紫鵑當然不會給胡小天這樣的機會，胡小天也不是透視眼，隔著衣服也看不出她究竟是不是像龍曦月所說的那樣，不過胡小天堅信一定會有機會，他認定紫鵑有些問題。

清晨胡小天來到了起宸宮，打著給紫鵑請安的旗號，在起宸宮外，卻吃了個閉門羹，御前帶刀侍衛，金鱗衛千戶曹昔率領一幫武士將他和周默擋在門外。

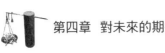

胡小天道：「曹千戶不認得我嗎？」

曹昔笑道：「大康遣婚史胡大人我怎能不認得，卻不知胡大人這麼早過來是為了什麼事情？」

胡小天道：「特來給公主殿下請安。」

曹昔道：「胡大人，不巧得很，今天皇宮針工局來人為公主丈量身材尺寸，準備和七皇子完婚大禮上的衣服，只怕是沒時間見您了。」話說得雖然客氣，可表述的卻是將胡小天拒之門外的意思。

胡小天道：「我好像不妨礙他們做事吧？」

曹昔微笑道：「胡大人還是不要讓我難做，不如這樣，胡大人明天再來？」

胡小天也沒有勉強，點了點頭道：「那我就明天再來，勞煩曹千戶回頭稟報我家公主一聲，就說我來過了。」

「沒問題！」

胡小天調轉馬頭，向身後周默使了個眼色，正準備離開，卻看到前方一騎馬朝他們的方向而來，馬上一人卻是神農社的少當家柳玉城，柳玉城看到胡小天不由得驚喜道：「胡大人，總算找到您了。」

胡小天催馬過去，他向柳玉城道：「這裡並不是說話的地方，咱們先離開這邊再說。」

柳玉城道：「前面有家春江茶樓，咱們去那裡說話。」

柳玉城自小生長在雍都，對這裡的環境極為熟悉，帶著胡小天和周默來到他所說的春江茶樓，茶樓上上下下對柳玉城都非常的客氣，皆因神農社在雍都大大有名，柳長生樂善好施，濟世為懷，在雍都德高望重。別的不說，單單是經由他親手治好的病人在雍都就成千上萬，可以稱得上是造福一方。

柳玉城叫了一個雅間，讓人沏了一壺碧螺春。

坐定之後，柳玉城道：「我今天一早就前往起宸宮找胡大人，卻被告知你們已經搬離了這裡，他們又不說你們的去處，我正在躊躇之時，想不到你們來了。胡大人，何故要離開起宸宮呢？」

胡小天歎了口氣道：「此事一言難盡。」他將這件事的前因後果向柳玉城簡單說了一遍。

柳玉城聽完也不禁皺起了眉頭，無論兩國關係如何，此次胡小天一行乃是為了聯姻而來，大雍現在的做法實在有失風範，且不說沒有正式的歡迎儀式，現在竟然要將大康遣婚史團從起宸宮中趕了出來，要是傳出去豈不是貽笑大方！

柳玉城道：「胡大人現在可否找到居處？」

胡小天道：「已經找到了，就住在距離此地不遠的南風客棧。」

柳玉城道：「如此甚好。」

胡小天道：「柳兄這麼早來找我，為了什麼事情？」

柳玉城道：「我來是想告訴胡大人，我爹讓我陪同胡大人前往尉遲將軍府上走一趟，將使團的事情告訴尉遲將軍，也許他知道是什麼原因。」

胡小天驚喜道：「柳兄所說的尉遲將軍可是一代名將尉遲冲？」

柳玉城笑道：「正是他，說起來他還是大康人呢，我爹和他相交莫逆，相信尉遲將軍看在故國的份上也不會置之不理。」

胡小天心中實在是有些感動，柳玉城父子兩人全都是熱心人，僅僅憑藉秦雨瞳的一封書信，就對自己全力相幫，這份人情務必要記下了，以後如有機會必然要報答他們父子。

柳玉城和將軍府那邊約好巳時過去，現在時候尚早，又叫了一些茶點。柳玉城道：「胡大人，秦姑娘她還好嗎？」

胡小天道：「還好啊，玄天館任館主的親傳弟子，宮裡也非常看重她。」

柳玉城道：「說起來已有三年沒見到她了，秦姑娘冰雪聰明，在醫術方面的悟性乃是年輕一代中的翹楚，我爹時常讓我向她學習呢。」

胡小天笑道：「柳兄家學淵源，以後的成就必然不可限量。」

柳玉城謙虛道：「我可不成，我爹常常說我在醫術方面缺乏變通，墨守陳規，以後不會有太大的成就。」

雖然和柳玉城接觸的時間不長，可是胡小天卻已經感覺到此人是個謙謙君子，心中生出攀交之念。胡小天微笑道：「柳兄今年貴庚？」

柳玉城道：「戊戌年生人，今年二十一歲了。」

胡小天道：「我今年十七歲，應該尊你一聲柳大哥。」

柳玉城道：「這可使不得，胡大人乃是大康欽差，我只是一介布衣，只怕高攀不起啊。」

胡小天笑道：「什麼欽差？朋友相交何必在乎身分地位，柳兄應該知道我的出身，你若是不嫌棄我，以後就叫我一聲胡兄弟。」

柳玉城點了點頭道：「胡兄弟既然這樣說，我再說其他就顯得矯情了。」他向周默道：「這位是……」

周默道：「在下周默，乃是胡大人身邊的護衛。」這是他和胡小天之前就達成的默契，讓胡小天不要將他們之間的關係公諸於眾，胡小天也只能由著他。

柳玉城道：「觀周大哥的面相也是一位勇士。」

胡小天笑道：「柳大哥是否成家了？」

問到這個問題，柳玉城臉上的神情居然顯得有些不好意思。

胡小天呵呵笑道：「那就是有心上人了？」

柳玉城道：「沒有的事。」可他臉上的表情分明已經證明了胡小天的話。

此時一個青衣小廝慌慌張張從樓下跑了上來，推開他們雅間的房門，上氣不接下氣道：「少爺……大……大事不好了……」

來的乃是神農社的家丁，柳玉城嫌他無禮，皺了皺眉頭道：「柳寶，你沒看到我在陪客人聊天？」

柳寶一邊擦汗一邊道：「少爺，真有大事，館主失蹤了。」

「什麼？」柳玉城霍然站起身來。

胡小天聞言也是一驚，昨天他才去拜會過柳長生，明明看到柳長生右腿受傷躺在房間內，總不可能平白無故消失？柳玉城也是一樣的心思，他大聲道：「怎麼可能？我爹不是走不動路嗎？」

柳寶道：「我們也不知道，早晨過去一看，看到館主院門緊閉，竟然從裡面插上，我等覺得奇怪，可是無論怎樣敲門都不應聲，於是大著膽子翻牆進去，看到裡面房門打開，館主卻不知所蹤，連館主的醫藥箱也不見了。」

柳玉城聞言大驚失色，慌忙向胡小天致歉道：「胡兄弟，只怕我今日無法成行了。」

胡小天道：「柳先生的事情才是大事，柳兄，我們陪你一起過去看看。」

柳玉城點了點頭道：「也好。」

當下幾人匆匆離開了茶樓徑直來到了神農社，神農社內已經亂成了一團，眾弟子看到柳玉城回來，紛紛圍攏上來，一個個七嘴八舌，現場十分混亂。

柳玉城道：「大家暫且冷靜，我先去後院看看。」

來到柳長生所住的院落，看到院落之中一如往常那般整齊潔淨，並沒有任何搏鬥的痕跡，這幫弟子能夠發現的就是館主和醫藥箱同時不見。

樊玲兒含淚道：「師叔，要不要報官？」

柳玉城道：「柳寶，你去京兆府找白大哥幫忙，大家暫時不要聲張，分頭四處找找。」

周默在房間內看了看，然後緩步走向外面站在花園處看了看，忽然目光一凜，足尖在地上輕輕一點，宛如一道驚鴻般飛上牆頭。

眾人都是看得目瞪口呆，柳玉城心中暗歎，想不到周默的身手如此厲害。

周默站在院牆之上，四處張望，然後飛身掠向牆外的那棵大樹，從樹枝上抓起一片深藍色的布片，這布片顯然是衣袍刮在樹枝之上不慎留下的。眾人也跟著來到院外，周默從樹上輕飄飄落下，將手中的那布片遞給了柳玉城。

柳玉城接過布片，他一眼就認出這布片就是來自於父親衣袍之上，頓時慌張起來。

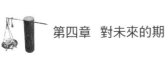

胡小天看出周默有話要說，低聲道：「柳兄咱們一邊說話。」

柳玉城頓時明白胡小天是嫌人多眼雜，避免造成進一步的混亂，和他們兩人來到一旁。周默方才道：「柳公子，尊父會不會武功？」

柳玉城搖了搖頭道：「不會！」

周默道：「花園之中有人踩踏的痕跡，院牆之上也有些許的泥濘，本以為是貴府家丁翻牆而入留下，可是看到樹上的這布片，就基本可以確定，尊父是翻牆離開，然後攀緣到這棵大樹之上，直接飛躍外牆離開了神農社。」

柳玉城抬頭望著那棵高高的大樹，用力搖了搖頭道：「沒可能的，我爹不懂武功，而且他的腿也傷了。」

胡小天道：「那就只剩下一個可能了。」

柳玉城的內心頓時沉了下來，照眼前的情況看來，父親十有八九是被人劫持了。

周默道：「柳先生平日有什麼仇家？」

柳玉城搖了搖頭道：「我爹向來樂善好施，濟世為懷，哪有什麼仇家？」

胡小天道：「不是為了尋仇，難道是為了劫財？」

柳玉城苦笑道：「不瞞兩位兄弟，我們神農社雖然名聲在外，可我柳家並沒有萬貫家資，皆因我爹每年都會拿出診金去做善事。這可如何是好，我爹的腿還傷著呢。」

胡小天安慰他道：「柳兄不必心急，咱們一起找找。」他轉向周默道：「周大哥，你看看能不能追蹤到其他的痕跡。」

周默點了點頭，轉身向那棵大樹而去。

就在柳玉城手足無措之時，忽然聽到外面又傳來通報之聲，卻是燕王府的人到了。

燕王府總管鐵錚帶著兩名侍衛大步走入院落之中，柳玉城迎上前去：「鐵總管！」

鐵錚一臉冷傲之色：「柳館主在嗎？」

柳玉城道：「我爹他不在。」

鐵錚橫眉冷對，一副兇神惡煞的模樣，冷哼一聲：「你昨日不是說柳館主右腿骨折，既然腿受了傷又能去哪裡？」

柳玉城本不想告訴他實情，可是看到對方質疑自己，只能硬著頭皮回答道：「鐵總管，我們也正在為此事著急，我爹好好的突然就失蹤了。」

鐵錚哈哈大笑，笑聲過後，臉上煞氣更重：「柳玉城，你當真是謊話連篇，王爺三番兩次請你們去王府診病，可是你們父子推三阻四，今天有事，明天太忙，又拿腿斷當成藉口，現在居然玩起了失蹤，你當我是三歲小孩，如此好騙？你們神農社難道連王爺都不放在眼裡？」

柳玉城惶恐道：「鐵總管，小民絕沒有這個意思，更加不敢看不起王爺，我所說的一切全都是真的，絕無半句虛言。」

鐵錚冷笑道：「是不是虛言我不知道，可今日太后娘娘有恙，王爺向太后娘娘推薦了柳先生，太后如今正在慈恩園等著，去還是不去你們自己掂量。」

柳玉城嚇出了一身的冷汗，他無論如何也想不到太后會在這個時候找他們看病，不巧的是，父親恰恰在這個節骨眼上不知所蹤，柳玉城雖然自小跟隨在父親身邊學習醫術，可是給當今太后看病，他還沒有這個膽子。

鐵錚道：「皇上向來最為孝敬，若是知道你們膽敢不去，呵呵，後果你們神農社自己掂量。」他霍然轉身，向外面走去。

柳玉城被這突然的變故驚得面無血色，等到鐵錚離去之後，他好半天方才緩過神來，深深吸了一口氣，強迫自己鎮定下來，尋找父親乃是當務之急，可是太后傳召也不敢違抗，他的幾位師兄全都被父親派往各處巡診，如今神農社的當家人只有他一個，值此突發變故之際，也唯有他挑起這份重擔。柳玉城道：「玲兒，將我的藥箱拿來，我去一趟慈恩園。」

正所謂上命不可違，柳玉城也只能屈從。他轉向胡小天道：「胡兄弟，失陪了。」

胡小天卻道：「柳兄，不如我陪你去。」

柳玉城微微一怔，不明白胡小天究竟是什麼意思。

胡小天道：「柳兄，小天雖然不才，可是也略通醫術，不瞞您說，大康皇上的頑疾就是我親手治癒，不然皇上也不會將護送公主前來雍都完婚的重任交給我，我跟你一起過去，或許能夠幫上忙。」

柳玉城猶豫了一下，終於還是點了點頭道：「好！」

胡小天決定跟隨柳玉城前去，一是的確想給柳玉城幫忙，二是因為他聽說是大雍太后傳召，正所謂踏破鐵鞋無覓處得來全不費工夫，太后也就是薛勝康的親娘，只要見到了她，豈不是有了破局的機會？正所謂一舉兩得。

樊玲兒拿著藥箱跑了過來，因為趕得太急，小臉紅撲撲的。

柳玉城伸手想接過藥箱，可是樊玲兒卻沒有給他，小聲道：「我跟師叔一起過去。」

柳玉城歎了口氣道：「你這孩子就別跟著添亂了。」

胡小天笑道：「樊玲兒，我陪你師叔去，你只管放心吧。」他向周默交代了一聲，和柳玉城一起出了神農社的大門。

卻見一輛豪華的四駕馬車停在神農社的大門外，鐵錚騎在馬上靜靜等著，看到胡小天他不由得有些好奇，皺了皺眉頭，卻沒說什麼。

胡小天看到他如此表現，心中不禁生出疑竇，鐵錚明明認識自己，卻因何不說破？想起昨天在燕王府中燕王薛勝景的言行，忽然感覺神農社發生的事情有些不同尋常，昨天薛勝景邀請柳長生前往王府，根據當時的情況猜測，薛勝景很可能得了下三路的毛病，找柳長生是為了求醫。可柳長生並沒有前往，等於掃了薛勝景的面子，今日就發生柳長生失蹤之事。而在柳長生失蹤之後，緊接著燕王府的人就到來，傳令讓柳長生前往慈恩園給太后診病。

這一系列的事情環環相扣，應該不是巧合。胡小天心中暗忖，難道柳長生失蹤和燕王薛勝景有關？自己和薛勝景雖然接觸不久，但是對其人的性情也算有了一些瞭解，薛勝景絕非傳言中的那個義薄雲天的當世孟嘗，此人心機深重，笑裡藏刀，或許柳長生的拒絕已經讓他懷恨在心。所以才設下了這個局，柳長生不在，他們口口聲聲說柳長生故意玩失蹤，而柳玉城若是無法治好太后的病，恐怕連腦袋都保不住。

想到這裡，胡小天有些不寒而慄，如果這一切果真屬實，這燕王的心腸也太歹毒了。

柳玉城坐在車內，臉色沮喪，顯得憂心忡忡，胡小天拍了拍他的肩頭安慰道：「柳兄，柳館主吉人自有天相，你不用擔心，我已經讓周大哥發動我們的人幫忙尋找，興許很快就會有他的消息。」

柳玉城道：「我爹性情倔強，他若是認定的事情，寧折不彎，我是擔心他在無心中得罪了人。」他剛才說父親沒有仇家，可是這時忽然想起父親曾經多次拒絕燕王邀請他登門的要求，很可能因為這件事得罪了燕王。

胡小天道：「柳兄，其他的事情還是先放一放，太后得的是什麼病？」

柳玉城搖了搖頭道：「我也不甚清楚，之前也沒有聽說太后生病的消息，皇族生病一般都有太醫院那邊診治，很少會找上我們神農社。這次如果不是燕王保薦，或許太后也不會想起我們。」言語中充滿了無奈，燕王這次保薦他們前往慈恩園給太后看病，應該沒有多少善意。

慈恩園位於雍都西南，又稱夕照園，這座皇家園林乃是雍都最大的一座，歷代皇上都將此地作為避暑的地方，現在蔣太后選在這裡頤養天年，這裡環境優雅，景致絕美，雖然比不上皇宮的氣勢恢宏，但是也少了那裡的肅穆壓抑，多了幾分恬淡自然，不失為一個修心養性的絕佳住處。

馬車從慈恩園的東門進入，沿著雲石砌成的道路緩緩而行，胡小天掀開車簾，卻見道路兩旁花紅柳綠，好一幅春意盎然的景象，前方是平靜無波的恩澤湖，湖水碧綠，在天光的映射下平整如鏡，一陣微風吹過，道路兩旁垂柳紛紛舞動身姿，宛如婀娜少女，水面在此刻泛起漣漪，一時間湖面上浮光掠影美不勝收。

湖心處建有一座福壽山，乃是開挖恩澤湖時候，挖掘的土方堆積而成，樓台亭閣，依山而建。山頂有慈恩宮，那裡就是蔣太后現在的居所。

他們乘坐馬車一直來到長橋入口。

鐵錚打開車門，柳玉城和胡小天從車上下來。

鐵錚道：「到了！」

胡小天舉目望去，卻見橋頭之上，一個慈眉善目的老太監帶著一名小太監站在那裡。

鐵錚上前恭敬行禮道：「董公公好。」

董公公乃是蔣太后身邊的老人，他聲音尖細道：「怎麼？柳先生沒來？」

鐵錚道：「柳先生不在家，所以我將他的公子請來了，柳公子盡得其父真傳，醫術稱得上青出於藍而勝於藍。」

柳玉城玉面微紅，他可當不起這句話。真正到了皇家庭院內，柳玉城的內心中不免有些忐忑。

董公公嗯了一聲道：「你們兩個隨我進來吧。」眼睛朝鐵錚掃了一眼道：「回吧！」

鐵錚慌忙躬身告辭。

董公公又想起了一件事：「怎麼燕王殿下沒過來？」

鐵錚道：「王爺今天事情繁忙，他是想過來著，可惜抽不開身。」

董公公道：「太后就那麼兩個兒子，皇上日理萬機，忙於國事，百忙之中還不忘過來探望，燕王殿下難道比皇上還忙？」

鐵錚腦袋耷拉著不敢多說什麼。

聽話聽音，胡小天一聽就知道這董公公極其得寵，不然也不會當著那麼多人的面直接數落燕王的不是。

董公公道：「趕緊走吧，把咱家的話說給燕王聽聽，自打他從外面回來，也有些日子了，還沒有到慈恩園來過一趟，別以為送兩個郎中過來，就能夠表示他的孝心，自個好好反省反省吧。」

董公公說完就走，胡小天向柳玉城遞了個眼色，兩人一起跟著走上長橋。走過長橋就到了福壽山腳下，他們從山腳的瓊樓玉宇牌樓，經過福壽門，日月門，福壽堂，德輝殿，佛香閣，一直來到山頂的慈恩宮。董公公雖然對鐵錚的態度不怎麼樣，可是對胡小天和柳玉城這兩個外人倒是相當客氣，一邊走，一邊給他們兩人介紹著經過的地方。

因為胡小天幫柳玉城拎著藥箱，董公公也沒有生疑，應該是把他當成一個拎藥箱的藥僮了。

來到慈恩宮外，董公公道：「雖然你們是燕王推薦來的，可是這裡有這裡的規矩，按照常理是要檢查一下你們的東西。」他說得委婉，其實就是搜身的意思。

胡小天道：「應該的。」他和柳玉城兩人舉起雙手，那兩名小太監伸手在他們身上搜索了一遍，又看了看胡小天背著的藥箱，確信毫無異狀，這才帶著兩人走入宮內。

步入宮門，首先看到的就是一個大大的壽字照壁，繞過照壁，水聲淙淙，卻是一個天然的噴泉出現前方，溫泉跳躍在三丈方圓的水潭之中，水潭周圍用漢白玉砌起圍欄，雕欄玉砌，周邊水渠環繞，分成六個通道，形成園林水系，設計精妙，巧奪天工。

四名小太監正在花園內修剪花木，看到董公公進來，慌忙停下手頭的工作向他行禮，董公公笑瞇瞇道：「忙你們的，太后在殿裡嗎？」

一名小太監答道：「太后在後花園養心亭聊天呢。」

董公公笑道：「太后和勝男姑娘總是說不完的話。」

胡小天心中暗自奇怪，這個勝男又是何許人物？難不成是皇室的公主？轉念一想又不像，若是皇家公主，董公公也不會這樣稱呼她。

跟著董公公沿著右側長廊繞過太后的寢宮，來到後花園內，踩著茵茵綠草，來到了養心亭，遠遠就聽到養心亭內傳來一陣酣暢淋漓的大笑聲，從聲音聽來應該是一位老太太，胡小天舉目望去，卻見一位白髮蒼蒼的老太太面朝自己的方向坐著，左右站著兩名宮女，還有一位女子背身朝著自己，身材絕佳，雖然只是一個背影，卻已經讓人過目不忘，此女頭髮宛如男子一般束起，身軀斜靠在憑欄上，顯得頗為隨意，看來她和皇太后關係非比尋常，換成旁人決不敢在太后面前如此隨意。

或許是聽到了身後的動靜，那女郎回過頭來，她正值花信年華，膚色沒有尋常大家閨秀那種白皙，呈現出小麥般的色澤，雙眉濃秀，眉峰如劍，一雙美眸雖然不算很大，可是墨瞳幽深，清澈明亮，流光溢彩，顧盼之間英氣逼人，鼻樑高挺，唇形豐滿。她的外貌不屬於小家碧玉，甚至並不符合當今時代的主流審美，但是她的身上充滿著一種奇特的魅力，健康而狂野。對，應該就是野性之美。

那女郎直起身子，向蔣太后道：「董公公把郎中帶來了。」

說話間董公公已經走了進來，恭敬道：「啟稟太后，神農社的人來了。」

蔣太后揮了揮手道：「讓他們進來就是。」

柳玉城和胡小天一起走了進去，兩人屈膝跪在蔣太后面前，恭恭敬敬道：「草民柳玉城見過太后。」胡小天沒說話，反正別人也以為他只是個跟班的。

蔣太后笑道：「起來吧，不用那麼客氣。」

柳玉城和胡小天這才站起身來，柳玉城向那位女郎行禮道：「霍將軍也在！」原來那女郎乃是大雍赫赫有名的女將霍勝男，她還有一個身分是大帥尉遲冲的義女，而尉遲冲又是蔣太后的乾兒子，也就是說她是蔣太后的乾孫女，深得蔣太后的寵愛，蔣太后將她視如己出，柳玉城之前曾經在尉遲冲的帥府和霍勝男見過面，但是彼此算不上相熟。

霍勝男顯得頗為驚奇：「怎麼？柳館主沒來？」

柳玉城道：「我爹剛巧有事，所以就讓我來了。」

霍勝男道：「既然來了，就幫太后看看吧。」

蔣太后道：「過來幫哀家瞧瞧，哀家這眼睛實在是難受。」

柳玉城走了過去，胡小天也背著藥箱跟上前去。蔣太后指了指眼睛，柳玉城湊過去一看，卻見老太后眼睛有些紅腫，他讓宮女取來一盆水，洗淨雙手，然後道：「小的冒犯了。」

蔣太后道：「什麼冒不冒犯的，快幫哀家看看。」

柳玉城這才小心將蔣太后的眼瞼翻開，胡小天只看了一眼就明白了，蔣太后是倒睫，小毛病而已。

柳玉城道：「啟稟太后，乃是倒睫！只需將向裡面生長的睫毛拔掉就好，不妨事。」

蔣太后道：「哀家當然知道是倒睫，可是今兒拔了，過不幾日又長出來，如此這般反反覆覆，搞得哀家心情好不煩躁，我兒說你們神農社醫術高明，不知你們有沒有什麼法子可以根除我這個倒睫的毛病，以後不要再犯。」

柳玉城所知道治療倒睫的辦法就是這個，聽蔣太后提出這樣的要求他不禁有些為難了，其實拔除睫毛是行之有效的方法，但並不能除根，誰也不敢保證以後不會再犯。柳玉城道：「啟稟太后，治療倒睫也就是這個辦法。」

蔣太后聽他這樣說不由得有些失望，歎了口氣道：「哀家還以為你們能有什麼辦法，想不到也不過如此。」

霍勝男道：「看來神農社也是浪得虛名。」

柳玉城被她當面揶揄，面子頓時有些掛不住，頃刻間面紅耳赤。怪只怪自己學藝不精，所以才連累神農社被人看輕。

一旁胡小天卻道：「根治倒是有個辦法。」

其實自打胡小天跟進來，所有人都以為這貨是個跟著拎藥箱的藥僮，誰都沒有注意他的存在，可這句話一說出口，所有人的注意力瞬間都集中在了他的臉上。

柳玉城心中暗暗叫苦，他對胡小天的醫術並不瞭解，眼前可不是普通的患者，她乃是當今大雍皇太后，皇上薛勝康的親娘，在她面前可不能隨便說話，說了要是做不到，那可是欺君之罪，柳玉城暗自為胡小天捏了一把冷汗。

霍勝男一雙美眸在胡小天臉上打量了一下，顯得頗為不屑：「你可知道這是什麼地方？」

胡小天微笑道：「我當然知道這是什麼地方，也知道眼前的是蔣太后，若沒有十足的把握，我也不敢說這種話。」

霍勝男不由得有些驚奇，咦了一聲道：「神農社的少館主都沒有辦法，你一個小小的跟班懂什麼？」

柳玉城暗自苦笑，他可不是我的跟班，可這事兒也不能說破。

蔣太后道：「勝男，你聽他說說也無妨。」老太后的脾氣倒是不錯。

霍勝男於是不再說話，向胡小天昂了昂下頜，示意讓他把治療方案說出來。

胡小天道：「太后，其實這世上的事情凡事皆有利弊，請恕小的冒昧，雖然在下沒有機會見到太后年輕的時候，可從太后如今的樣貌也能夠推斷出，太后年輕之時，必然是傾國傾城的絕代佳人，尤其是一雙眼睛光彩照人，明眸善睞，很少有您那麼大而美麗的眼睛。」

在旁人聽來胡小天的這通馬屁拍得可謂是相當的肉麻，柳玉城聽得心驚肉跳，生怕這馬屁萬一不巧拍在馬蹄子上，激怒了太后，將他們兩人都給咯嚓了。霍勝男聽得喉頭反酸，雞皮疙瘩都起來了，這小子什麼人啊？阿諛奉承，一副小人嘴臉。董公公卻有種驚豔的感覺，千穿萬穿馬屁不穿，這小子竟然是同道中人啊！

蔣太后的眼睛用力睜大了，這樣一來，額頭的皺紋顯得更加深了，胡小天看到她這般表情，心裡也有些沒底，我靠！拍錯了？再看蔣太后乾癟的唇角露出了一絲笑意，然後嘴巴張開，抬起衣袖擋住嘴巴，呵呵笑了起來。

胡小天瞬間放下心來，看來拍對了地方。

蔣太后道：「你這孩子會算命嗎？怎麼知道哀家年輕時候的樣子？不過說起來，哀家年輕的時候還真算得上是美女呢。」她轉向董公公道：「小董子，你說是不是啊？」

董公公道：「那是自然，太后年輕的時候乃是大雍第一美女，不！應該是天下第一美女。」太監拍馬屁從來都不嫌肉麻。

胡小天道：「照我看，太后現在仍然是風華絕代，高貴典雅，雍容華貴，小天從來都不說謊話，剛剛走進來的時候，雖然太后身邊有那麼多的青春少女，可是小天的目光還是第一眼被太后吸引了過來，太后給人的感覺簡直就是眾星捧月，在您面前，就算是青春少女也要自慚形穢了。」

董公公一雙眼睛差點沒瞪出來，深吸一口氣，胸脯挺起老高，這誰誰誰啊？你也太不要臉了，這種厚顏無恥的奉承話也說得出來？一旁無論是宮女還是女將軍霍勝男全都橫眉冷對，她們就算再不濟也不至於被一個老太太給比下去，這小子分明在拍馬屁！

蔣太后笑得越發開心了，樂呵呵道：「眾星捧月……哀家老了，怎麼比得過她們這些小姑娘呢。」

胡小天道：「何止是眾星捧月，簡直是鶴立雞群！」

霍勝男雙眸中冒出火來，這小子簡直無節操無下限，什麼不要臉的話都能說出來，可老太后偏偏愛這一口，聽得眉開眼笑，前仰後合，有日子沒看到她這麼開心了。

蔣太后好不容易才止住笑聲，她喘了口氣平復了一下情緒方才道：「你這孩子當真有趣，真會哄哀家開心。」

霍勝男道：「你好像說了半天，沒有一句和太后的病情有關呢。」

胡小天微笑道：「這位姑娘不必心急，其實這世上的事情有利就有弊，太后年輕時候，眼睛很大，很美，可是往往美麗都會有些代價，等到上了年紀，皮膚鬆弛之後，引起睫毛內翻，反倒是眼睛小的人倒很少遇到這種事情。」說到這裡的時候他看了霍勝男一眼，其實霍勝男的眼睛不小，在這個崇尚大眼睛的時代中不屬於驚豔的那種，可是若是生在現代，這種眼睛卻是最為慵懶性感的一種。

霍勝男也聽出他影射自己眼睛小，禁不住狠狠瞪了他一眼。

胡小天心中暗笑。

蔣太后道：「你這麼一說倒是有些道理，如何解決呢？」

胡小天道：「拔掉睫毛只是權宜之計，治標而不治本，若想標本兼治，就要將垂下的眼瞼提拉上去，這樣睫毛就會重新翻出，新生的睫毛再也不會摩擦到您的眼睛。」

第五章

刀架在脖子上的手術

在柳玉城為太后上麻藥之後，胡小天取刀展開了手術，
他動手的時候，霍勝男就站在他的身後，目光如刀盯住胡小天的後頸，
她早已拿定主意，只要胡小天膽敢做任何危害太后的事情，
她就第一時間結果了他的性命。

蔣太后點了點頭道：「不錯啊，可是如何提拉上去？難不成哀家隨時讓人幫我捏著眼皮不成？」

胡小天道：「若是這樣太后又何須請我們過來，太后一直都是單眼皮吧？」

蔣太后道：「是啊，說起來還真是有些遺憾呢，哀家當年若是雙眼皮，這雙眼睛就更加完美了。」

胡小天笑道：「雙眼皮有雙眼皮的好處，可單眼皮有單眼皮的魅力，春蘭秋菊各擅其長，有特色的才叫美，若然天下間清一色都是雙眼皮，也未必如單眼皮更有韻味。」

蔣太后笑道：「好一句春蘭秋菊各擅其長，這話說得在理。」

胡小天無意中目光和霍勝男相遇，卻再次遭她狠瞪了一下，忽然發現這霍勝男也是單眼皮。要說自己可沒有說她的意思，可言者無心聽者有意，霍勝男八成以為自己又是在影射她了。

胡小天道：「我的辦法就是將太后的單眼皮變成雙眼皮，然後太后倒睫的毛病自然而然就徹底痊癒了。」

蔣太后道：「真能痊癒？」

胡小天道：「必然痊癒，非但如此，太后還能變得更加美麗呢。」

蔣太后呵呵笑道：「聽起來好像很不錯，可是你要用什麼辦法將我變成雙眼皮呢？」

胡小天向蔣太后深深一躬道：「太后，小人的方法可能有些大膽，太后權且聽聽，若是覺得可行，我就盡力為太后完成此事，若是太后有所顧慮，權且當我沒說過。」

蔣太后道：「說吧，不用有顧慮。」

胡小天道：「我的辦法就是用小刀去除太后眼瞼上方的部分皮膚，然後再重新縫合。」

「什麼？」一旁董公公道：「混帳，你竟然要對太后用刀，簡直無法無天，來人……」

柳玉城嚇得面如土灰，撲通一聲跪倒在了地上，胡小天卻仍然微笑站在那裡：「太后，您若覺得小人的方法不可行，作罷就是，我們兩人只當沒來過這裡，現在就走。」

董公公勸道：「千萬不可，千萬不可！」

蔣太后臉色一沉道：「囉嗦！哀家聽他說得倒是很有道理，為了治好這倒睫的毛病，哀家嘗試一下也無妨。你現在就為我治病，如能治好哀家，一定重重有賞。」

胡小天道：「太后，我雖然願意為太后治病，可是手上卻無襯手的工具。」

蔣太后笑道：「這有何難，我差人去拿就是。」

雙眼皮手術對胡小天來說只不過是一個小之又小的手術，只可惜他此次帶來的手術器械已經遺失在庸江之中。胡小天道：「神農社也沒有，唯有找工匠打造，所以還請太后多些耐心，等我準備停當之後再來登門為太后療傷。」

蔣太后卻是個急性子，她搖了搖頭道：「哀家可等不了那麼久，你要什麼器械，只說出來，我馬上讓人去準備。」

胡小天看老太后如此心急，唯有點頭，他跟著董公公一起來到書房，在書房內將自己需要的器械畫了一遍，每樣東西力求畫得極盡詳細，胡小天對今天就能將這些器械做好是不抱希望的，雖然這些器械並不複雜，放在現代社會到處都是，可在如今的時代，即便是能夠找到能工巧匠，也未必能夠理解自己的意思。

董公公拿了他所繪製的圖紙之後馬上離開。

柳玉城這會兒已經六神無主，等到董公公離去之後，他叫苦不迭道：「胡兄弟，你可要仔細想好了，這可是當今太后，你若是有所閃失，只怕……」

胡小天微笑道：「別怕，柳兄對我如此厚意，我豈能坑害柳兄。」

柳玉城道：「不是我怕連累，而是這件事真的非同小可。」

胡小天道：「我就是有些奇怪，太后居然不知道我的身分，難道鐵錚沒有對他們說？」

柳玉城道：「若是讓他們知道你的身分，這件事更加麻煩。」說到這裡他忽然想起一件事：「胡兄弟，咱們是不是坦白相告，將你的身分和盤托出？」

胡小天道：「他們不問，咱們沒必要說，而且現在說了我的身分，說不定別人會說我陰謀加害太后。」

柳玉城倒吸了一口冷氣：「那該如何是好？」

胡小天道：「我對太后絕無任何的惡意，而且我有足夠的把握治好太后的病，柳兄，你不用擔心彷徨，不如冷靜下來，幫我想想怎樣能夠讓太后感覺不到疼痛，又或者有沒有什麼特效藥可以加快太后術後傷口的癒合，而不留疤痕。」

柳玉城知道此事已經是勢成騎虎，胡小天說得不錯，既然已經箭在弦上，不如沉下心來想想如何才能將這次的事情做到最好。柳玉城道：「我們家傳的麻藥非常靈驗，即便是刮骨療傷也不會感覺到疼痛，我爹獨門配製了一種『枯木逢春膏』對外傷非常有效，普通的傷痕，兩天就能癒合如初。」

胡小天聞言大喜，他要的就是這種效果，雖然他在手術方面並無問題，但是他在癒合時間上並無把握，為太后開刀，雖然做的是小手術，可是想要獲取她的信任，最重要的就是讓她儘快看到效果，如果兩天能夠癒合，就能證明自己的醫術有效。

胡小天道：「你有沒有桑皮線？」

「有的！藥箱裡就有！」

胡小天笑道：「萬事俱備只欠東風，只要他們當真能夠將我需要的手術器材弄來，今天我就為太后解除病痛。」

門外響起了輕盈的腳步聲，胡小天舉目望去，卻見霍勝男大步走了進來，她步伐矯健充滿韻律和彈性，一看就知道她應該是一位武道高手，霍勝男的身材很高，和胡小天相若，男女身材比例不同，霍勝男的一雙美腿尤為修長，相當吸睛，若是在現代社會，絕對是個九頭身美女。

柳玉城起身相迎道：「霍將軍！」

霍勝男表情冷淡，並沒有假以辭色，目光灼灼盯住胡小天道：「你是何人？來到慈恩園究竟有何目的？」

胡小天笑了起來：「霍將軍這話問得好生奇怪，是燕王殿下派人將我們從神農社請了過來，說是給太后看病，不然我們就算有天大的膽子也不敢不請自來。」

霍勝男向前一步，氣勢咄咄逼人，胡小天卻仍然站在那裡，毫不退縮，非但如此，胸脯還向前挺了挺，他一挺，霍勝男也是毫不退縮，胸口也向前一挺，也就是這個動作讓胡小天意識到一件事，這位霍將軍居然是個飛機場，體型雖佳，可畢竟還是有弱項，這胸脯忒小了一些。

霍勝男道：「你是神農社的弟子？」

胡小天搖了搖頭道：「高看我了，我就是一拎包的。」

霍勝男仔細觀察著胡小天的表情，他沒有流露出一絲一毫的驚慌，面對自己氣勢洶洶的逼問，居然仍舊能夠保持這份鎮定，實在少見，反觀柳玉城早已變了臉色，霍勝男知道柳玉城的身分，他才是神農社的少館主，眼前的跟班居然比主人還要氣勢，這件事真是有些奇怪。

霍勝男道：「你叫什麼？」

「胡小天！」

霍勝男點了點頭道：「胡小天，你若是膽敢對太后有絲毫加害之心，我必然要了你的性命。」她霍然轉過頭去，怒視柳玉城道：「還有你！」

柳玉城道：「霍將軍，我們神農社一直對大雍忠心耿耿，豈會有加害太后之心！」

外面響起尖細的聲音道：「沒有最好，咱家也相信柳公子不會拿著神農社上上下下的性命冒險。」卻是董公公回來了。

胡小天想不到他這麼快就已經回來，從離開到現在還不到兩個時辰。愕然道：「董公公找到我要的東西了？」

董公公道：「幸不辱命！」他將手中的木盒打開，裡面陳列著胡小天剛才所繪製的手術器械，胡小天幾乎以為自己看錯，眨了眨眼睛，確信眼前都是真的，拿起盒中的柳葉刀，做工精巧，刀鋒銳利，和他所繪製的圖形幾乎一模一樣。能夠製作得一模一樣並不稀奇，稀奇的是這麼短的時間內居然可以完成，胡小天嘖嘖讚歎道：「不錯，不錯！董公公從哪裡弄來的？」

董公公道：「你就不必管那麼多了，現在東西都齊備了，你只需為太后好好治病就是。」

胡小天將器械放入事先準備好的沸水中消毒，他做每件事霍勝男都全程緊盯，雖然蔣太后答應，可是慈恩園內的其他人對胡小天和柳玉城並不能完全信任，嚴密監視兩人的一舉一動，生怕他們偷偷動什麼手腳。其實他們對神農社的招牌還是非常信任的，信不過的是胡小天。

一切準備停當之後，也已經到了未時，胡小天和柳玉城連中午飯都沒能吃上，柳玉城因為緊張並不覺得餓，胡小天的肚子早已咕咕叫了，他向霍勝男抗議道：「我說你們好歹也準備點吃的吧？餓著肚子哪有力氣給太后開刀？」

其實霍勝男也沒吃東西，因為所有人都關注著太后的事反倒將這事給忘了，霍勝男道：「你又何必在乎這一頓飯？為太后治好病，肯定用山珍海味來招待你，如果你治不好太后的病，直接送你去喝孟婆湯。」

「我說霍將軍，咱倆沒仇沒恨的，用得著這麼毒嗎？」

霍勝男狠狠瞪了他一眼，心中暗嗔，誰讓你說我單眼皮小眼睛來著，本姑娘眼睛是不大，可也沒有你說的那麼不堪吧？

終究還是讓人給胡小天他們端來了一些點心，胡小天隨隨便便吃了點，洗淨雙手之後，開始為太后施行手術。

切開法是一種永久性的重瞼術，手術是通過切口去除鬆弛的皮膚、眼輪匝肌以及肥厚的脂肪，在直視的條件下，直接將皮膚和眼輪匝肌或提上瞼肌腱膜縫合在一起，形成重瞼，也就是常說的雙眼皮，這種方法需要切開皮膚，創傷略大，如果單純割雙眼皮還有其他的方法可用，比如埋線法、壓線法、無腫切開法等等。

胡小天考慮到蔣太后年紀大了，眼瞼皮膚鬆弛，脂肪增生較為嚴重，所以決定採取切開法，為她再造雙眼皮的同時徹底解決她的倒睫問題。可以一併切除鬆弛上瞼的皮膚，取出多餘眶隔脂肪，加深眶窩，等於幫老太后美容一下。

在柳玉城為太后上麻藥之後，胡小天取刀展開了手術，他動手的時候，霍勝男就站在他的身後，目光如刀盯住胡小天的後頸，她早已拿定主意，只要胡小天膽敢做任何危害太后的事情，她就第一時間結果了他的性命。

胡小天此時的狀況可以用刀架在脖子上來形容，不過他穩定的心態讓他忽略周圍的一切，全身心投入到手術之中。雙眼皮手術對胡小天而言實在太過簡單，雖然在過去他並非是一個美容整形專科的醫生，可是胡小天觸類旁通，天生妙手，他開這種手術即便是在美容專業也能夠出類拔萃，也就是一袋煙的功夫已經為太后完成了手術。

包紮之後，讓宮女過來幫忙按壓。雙眼皮手術雖然簡單，可是術後護理卻非常關鍵，術後要保持乾淨，術後一天內需要包紮按壓，包紮以防感染，術後半小時需要按壓，以防出血增多，避免傷口感染形成疤痕，尤其注意不能沾水。

胡小天特地交代，一天之後方能解開紗布。

看到胡小天如此快捷地做完了手術，眾人心頭的疑慮也已經去了大半，宮女扶太后回寢宮休息。胡小天洗淨雙手，那邊柳玉城已經將手術用具收拾乾淨，原本胡小天是扮演他的助手，可到了慈恩宮，柳玉城扮演的才是助手的角色。雖然柳玉城家學淵源，可是像胡小天這種為人治病的方法他卻沒有見過，在人的眼皮上動刀子，而且這位患者是當今大雍太后，別說是做，來此之前他連想都不敢想。

柳玉城心繫父親的安危，看到胡小天完成了初步治療，順勢提出離開的要求，卻沒有想到，他剛剛提起就被董公公否決，董公公的理由也非常充分，雖然他們為太后治療，卻不知療效究竟如何，而且萬一病情有所反覆，他們留下照看也方便一些。

胡小天明白柳玉城現在的心情，他向董公公道：「董公公，其實給太后療傷的是我，柳公子只是幫忙，雖然您說得很有道理，可是神農社那邊也有很多事情要處理，館主不在，必須要有一個人主持大局，你看，不如先讓柳公子回去，我留在這裡。」

董公公仍然顯得有些猶豫。

胡小天又道：「董公公，有神農社的招牌在那裡，您還擔心什麼，更何況是燕王殿下保薦我們過來，若是信不過，他也不會讓我們前來給太后治病。」

董公公終於被胡小天的這句話打動，點了點頭道：「也好。」

柳玉城離開之前，胡小天將他拉到一邊，悄悄叮囑他，將自己目前的情況告訴周默，讓兄弟們不要擔心。

柳玉城還是有些擔心，低聲道：「胡兄弟還需多多小心。」

胡小天笑道：「你擔心什麼？是對我的手術沒信心還是對你的枯木逢春膏沒有信心？」

柳玉城道：「不是沒信心，而是我過去從未見過用這樣的方法治療，居然在別人的眼皮上動刀，那雙眼皮和單眼皮都是天生，我還沒見過用刀將單眼皮割成雙眼皮的。」

胡小天道：「不僅如此，其實還可以用刀去除皺紋，開眼角等等等等，可以讓一個人顯得更年輕更漂亮。」

柳玉城宛如聽到了天方夜譚，瞪大了雙眼不可思議道：「可人的樣貌全都是爹娘給的，怎麼可以改變呢？」

胡小天笑道：「每個人都有追求美的權力，在不違背道德的前提下，幫忙調整一下容貌，也可以起到增強信心的作用，或許可以改變一個人的人生呢。柳兄，等這件事過去之後，咱們再好好聊。」

柳玉城這才想起自己還有重任在肩，的確是不能在此逗留了，他向胡小天道：「胡兄弟，這次多虧了你，咱們以後再說。」

胡小天叮囑他道：「我看柳館主未必會有什麼事情，而且……」他看了看周圍，壓低聲音對柳玉城道：「這件事很可能和燕王有關，所以你回去儘量不要將事情鬧大。」

柳玉城其實也有同樣的想法，他低聲道：「胡兄弟教我應該怎麼做？」

胡小天道：「須得找一個有份量的人出來施壓。」

柳玉城心領神會，他點了點頭道：「我也想過，這次只能硬著頭皮去找尉遲將軍了。」

柳玉城臨行之前又將藥箱留給胡小天，將其中幾種藥物的用法簡單跟他說了。

柳玉城走後，胡小天隨同董公公一起來到太后的寢宮，詢問太后術後的情況。蔣太后倒是沒有任何的不適感，笑道：「胡大夫，痛倒是不痛，只是哀家現在有些心裡沒底了，你這兩刀下來，哀家該不會變成疤瘌眼吧？」

胡小天笑道：「太后還是對小的沒有信心，這兩刀只是將太后的單眼皮變成了雙眼皮，癒合後徹底根除您倒睫的毛病，而且眼睛會變得更大，更有神彩，保證太后比過去變得更加美麗。」

蔣太后為人頗為慈和，性情也極其開朗，聽到胡小天這麼說不禁呵呵笑了起來：「你這孩子真是會逗人開心。」

霍勝男道：「希望他的醫術和嘴巴一樣厲害。」

胡小天道：「霍將軍並不瞭解我，我這個人嘴巴始終比醫術要厲害。」

霍勝男道：「我看也是。」表情充滿威懾之意，顯然是在提醒胡小天，若是他治不好太后，絕沒有他的好日子過。

胡小天道：「太后，您還是早些休息，明早我給您換藥。」

蔣太后道：「這天還沒黑吧，哀家睡不著。」

胡小天笑道：「睡不著也得歇著，太后要是想聊，等明個兒我再陪您聊個夠。」

蔣太后嗯了一聲，忽然想到一件事：「你有沒有吃飯呢？」

胡小天道：「不餓！」不餓就是沒吃，話說從來到慈恩園到現在也就是墊了幾塊點心，沒人招呼他正式吃飯。

蔣太后道：「小董子，不可怠慢了胡大夫，他可是哀家的恩人哪。」

董公公道：「太后放心，已經去安排了。」

蔣太后道：「勝男也去吧，幫我招呼一下胡大夫。」

清晨從茶樓出來，直到現在胡小天才算正兒八經地吃上一頓飽飯，這皇家的差事可沒那麼容易做，大康如此，大雍也是如此。董公公和霍勝男作陪，董公公端起酒杯道：「咱們祝太后早日痊癒，福壽萬年。」

胡小天舉起酒杯回應道：「那是必然的，太后必然痊癒。」喝了這杯酒，一旁小太監給他倒上，胡小天發現霍勝男並沒有動那杯酒，一雙眼睛充滿警惕地望著自己。

胡小天道：「霍將軍因何不喝呢？」

霍勝男道：「我從不和不熟悉的人一起喝酒。」

胡小天笑了起來：「一回生，二回熟，下次見面咱們就是朋友了。」

霍勝男道：「胡小天，你何時加入的神農社？」

胡小天歎了口氣道：「此事說來話長，改天我再細細告訴你，現在有些餓了，先吃飯。」

霍勝男被這廝氣得直翻白眼。

董公公一旁暗笑，霍勝男乃是大雍赫赫有名的巾幗英雄，說她是大雍開國以來第一女將也不為過，平日裡連太后對這個乾孫女都寵著慣著，很少有人對她這樣不客氣。

霍勝男也不是真的生氣，總是覺得胡小天非常可疑，但是今天胡小天的的確確也沒做什麼危害太后的事情。

胡小天既來之則安之，慈恩園的伙食不錯，說起來，他離開康都之後就沒吃過那麼講究的飯菜了，這一頓自然是大快朵頤，酒足飯飽，當晚就在董公公給他安排的房間內歇息，反正老太后的身邊有那麼多人照料，也輪不到他去值守，其實就算他願意，人家也信不過他。

折騰了這麼多天，這一夜睡得那個舒坦，直到一陣急促的敲門聲將他驚醒，胡小天睜開惺忪的睡眼一看，方才知道，外面天還沒亮。

胡小天起身開了門，卻見董公公急火火地出現在外面，一臉惶恐道：「快……快……太后眼睛癢得厲害，你趕緊跟我去看看。」

胡小天聞言也是一驚，慌忙跟著董公公向太后寢宮而去，按說現在還不到換藥的時候，昨天自己為太后開刀也是極盡小心，難道當真出了什麼差錯？還是神農社的藥物引起了過敏反應？胡小天內心不由得忐忑起來，自己本不應該如此樂觀的，雖然這個時代的人們體質頗為強健，耐受性很強，感染率很低，但凡事皆有例外，若是太后剛巧是個特例，豈不是麻煩？胡小天想到種種術後併發症的可能，心中越發惶恐起來，蔣太后如果出了問題，自己多少顆腦袋都不夠砍啊，非但如此，只怕還要連累神農社，還要連累使團的其他兄弟。

短暫的驚慌後，胡小天迅速冷靜了下來，其實形勢再壞又能壞到哪裡去？他和神農社柳家父子雖然見面的機會並不久，可是他卻對父子兩人的人品深信不疑，不然，秦雨瞳也不會親筆修書，讓柳長生關照自己，神農社既然是雍都第一醫館，柳長生的醫術也毋庸置疑。自己開刀的過程中也是極盡小心，沒犯任何的錯誤。藥物過敏？可能性微乎其微？難道是傷口即將癒合了？想起這一時代的人們抵抗力和癒合速度都要超出之前許多，或許也很有可能。

胡小天來到太后寢宮，看到太后已經起來了，坐在那裡，不停道：「這眼睛癢得很！快幫我將紗布取下來。」

霍勝男也沒走，輕聲勸道：「太后，您別著急，還是等胡小天來了再說。」

胡小天此時剛巧走入宮內，平靜道：「怎麼了？」

霍勝男道：「半個時辰之前就有些發癢，太后強忍著不去抓撓，你到底給太后用了什麼藥？為何會如反應？」

胡小天道：「難道你以為我會加害太后嗎？」他走上前去，本來一天之後方才能夠拆開紗布，可看到現在的樣子只能提前拆開觀察一下傷口情況了，萬一有感染滲出，再做其他的打算。

胡小天讓人取來他的手術箱，為太后將蒙在眼上的紗布剪開，等到紗布揭開，胡小天打心底長舒了一口氣，我靠，差點沒把老子給嚇死。太后的雙眼非但沒有任何的感染滲出，甚至連一絲一毫的浮腫都沒有，痊癒的速度簡直不可思議，從切口的情況來看，太后竟然已經痊癒了。

胡小天雖然早就知道這一時代的人在創傷修復方面速度幾乎是他過去認知的一倍，卻沒有想到太后傷癒的速度如此驚人，這才過去了一晚，想必是和柳玉城提供的藥物有關。

蔣太后仍然閉著眼睛，低聲道：「好些了，清爽多了，只是這眼皮上還有些緊繃呢。」

胡小天仔細檢查了一下她的眼瞼切口，確信痊癒無疑，這才壯著膽子將用來縫合眼瞼的桑皮線抽出。

眾人圍繞在周圍，都屏住呼吸，靜靜關注著胡小天的一舉一動，表面上看蔣太后似乎沒有太大的損傷，誰也不知道她睜開雙眼以後的情況，視力會不會受到影響都很難說。

胡小天為蔣太后拆線之後，已經可以確定，太后的傷口竟然完全癒合了，這和太后的體質固然有關，另一方面是因為柳長生配置的枯木逢春膏極其靈驗的緣故。

想起了枯木逢春膏，胡小天這才憶起柳玉城臨行之前所說的話，慌忙招來柳玉城留下的藥箱，從中取出一個藍色小瓶，這裡面所盛的藥液對止癢有奇效。

胡小天讓宮女打來溫水，在水中滴了三滴，然後讓太后洗臉。

蔣太后按照他的指引，將臉洗乾淨了，那藥液果然靈驗無比，清洗面容之後，舒適無比，再也沒有剛才那種難忍的癢感。

蔣太后道：「胡先生，哀家現在是否能夠睜開眼睛了？」

胡小天道：「等等！」他讓宮女將室內所有的燭火熄滅，這是為了讓蔣太后有充分地適應過程，避免強光對她的眼睛造成刺激。這麼久的太監也不是白當的，胡小天考慮事情就是周到，尤其是伺候人的活兒。

一切安排停當之後，蔣太后這才緩緩睜開了雙眼，因為還是黎明，室內光線黯淡，老太后感覺視力和過去也沒什麼區別，只是感覺眼睛周圍的皮膚似乎緊繃多了，再也沒有昔日倒睫的異物感。

眾人模模糊糊看著太后和昔日也沒什麼區別，都在暗想，看來這個胡小天還是有些本事的，至少太后的眼睛沒什麼問題。

蔣太后也沒怎麼說話，轉身向右側走去，宮女明白她的意思，趕緊扶著她，陪她來到梳粧檯前，另外一名宮女徵求胡小天同意之後，點燃了燭火。

蔣太后借著燭光向銅鏡中望去。

胡小天遠遠看著老太后的舉動，內心還是有些忐忑，雖然自己這雙眼皮拉得相當不錯，可每個人的審美觀有異，焉知蔣太后會不會如意？倘若她不滿意，跟自己打起了醫療官司，自己連一點贏面都沒有。真要是鬧起來，可不是賠點錢就能解決的，搞不好連命都得搭進去。

蔣太后似乎嫌看得還不夠清楚，又從桌上拿起一面小小的銅鏡，對著燭光觀察自己的眼睛。突然之間，噹啷一聲，銅鏡從太后的手中掉落在地上。

眾人心中都是一驚，胡小天的一顆心也隨著銅鏡落地聲跌落到了谷底，暗歎，十有八九是完了，老太后不滿意現在的樣子。

「哈哈哈哈……」蔣太后發出一串暢快的大笑聲：「我幾乎都認不出來自己了！」

胡小天頭皮發麻，敢情是冷笑啊，老太后對現在的樣子反應居然如此強烈，簡單的美容小手術而已，拉個雙眼皮就這樣，如果要是幫您老拉個皮那不得瘋了！

蔣太后激動地站起身來，快步來到霍勝男面前：「勝男，你看看，你看看，你還認得出我來嗎？」

霍勝男道：「您還是您吶！」

胡小天心中感慨，霍勝男還算是說了句公道話。

蔣太后又抓住董公公的手：「小董子，你認得出我嗎？」

董公公看了一眼，沒說話。

蔣太后道：「把所有燭火都點燃起來，你們都看看哀家現在的樣子。」

胡小天只差把腦袋耷拉到地上了，我靠！老子是好心啊，幫你拉雙眼皮美美容，早知道你對原生態如此看重，我也不攬這檔子事啊。

不一會兒工夫，寢宮內已經變得燈火通明，蔣太后激動道：「你們說，還認得出哀家嗎？」

胡小天心中暗道：「老黃瓜刷綠漆，再刷還是一根老黃瓜，化成灰也認得你。」

一名宮女壯著膽子道：「啟稟太后，不太像了，只是……只是……」

蔣太后道：「只是什麼?說！」

那宮女道：「您好像比過去年輕了好多。」

胡小天長舒了一口氣，這孩子會講話，回頭給你加工資。

蔣太后道：「你們看哀家是過去好看，還是現在好看？」愛美是人之天性，就算是年過花甲的太后也會糾結這個問題。

董公公道：「都好看！」典型的太監式回答，百面玲瓏，不過不失。

宮女道：「現在年輕！」所問非所答，但骨子裡是肯定了現在。

霍勝男道：「太后，您看起來就快跟我差不多年紀了，咱們要是這麼走出去，別人一定以為咱們是姐妹了。」話雖然說得有些犯上，可本質上絕對是奉承。

蔣太后眉開眼笑，居然流露出幾十年少有的嬌羞：「哀家這輩子最大的遺憾就是沒有生成雙眼皮，小時候無數次祈禱上天，希望某天一夜醒來會從單眼皮變成雙眼皮，前些日子居然還做過這樣的夢，卻想不到今天竟然美夢成真，胡先生，你真是妙手無雙啊！」

胡小天聽到最後一句方才確定蔣太后是在誇讚自己。高懸在心中的石頭總算落地，微微一笑道：「都是太后洪福齊天，小天並沒做什麼。」

蔣太后道：「賞！重重有賞！董公公去拿一百兩黃金給胡先生，另賜神農社妙手回春匾額一塊！」

「是！」

「謝太后！」胡小天一揖到地。

蔣太后笑道：「胡先生不用客氣，你以後就是我這慈恩園的貴賓，有時間就要經常來坐坐，就算不是為了看病，陪哀家聊聊天也是好的。」

胡小天恭敬道：「多謝太后垂青。」他並沒有將自己的身分道出，畢竟這件事還牽連到神農社。雖然胡小天很想當面道出兩國聯姻的事情，可斟酌之後，現在並不是最佳時機，終於還是打消了念頭。既然太后已經沒事，胡小天於是提出離開。

蔣太后道：「胡先生為何要急著離去？你治好了哀家的頑疾，不如留下來吃頓午膳，哀家好好敬先生幾杯。」

胡小天道：「太后厚愛，小天誠惶誠恐，只是我們館主昨日突然失蹤，不知現在身在何處，小天需要回去找尋館主的下落。」

蔣太后聞言皺起眉頭道：「你是說柳先生失蹤了？」

胡小天點了點頭。

蔣太后道：「有這等事？勝男，你去幫忙找找。」

霍勝男抱拳領旨道：「是！」

胡小天笑道：「不用麻煩了，或許等我回去館主就回來了。」

蔣太后道：「說起來柳先生也是我們大雍不可多得的人才，他有事情，我們也不能坐視不理，勝男，你發動手下的娘子軍去查查。」

霍勝男道：「柳館主和我乾爹是莫逆之交，這也是勝男的責任所在。」

胡小天聽她這樣說也只能默許，當下領賞之後，辭別了太后，和霍勝男一起離開了福壽山。

他們經過長橋之時，迎面一群人走了過來，正中一人大腹便便，胡小天一眼就認出他是燕王薛勝景。陪在薛勝景右邊的是他的管家鐵錚。胡小天看到是他們，心中頓感不妙，慌忙將頭低了下去，其實昨天鐵錚沒有點破他的身分他就覺得此事必有蹊蹺，可是胡小天藝高人膽大，雖然預料到或許會有陰謀，但是將計就計，把握住了這次接近太后的難得機會。

薛勝景看到霍勝男，眉開眼笑道：「勝男啊！」

霍勝男拱手道：「王爺早！」

薛勝景小眼睛轉了轉，目光落在胡小天的臉上，鼻息中哼了一聲道：「這不是大康遣婚史胡大人嗎？」

胡小天被他道破身分，只能硬著頭皮抬起頭來，嘿嘿笑道：「王爺早！想不到咱們這麼快就見面了。」

霍勝男聽到兩人對話，美眸中流露出錯愕萬分的神情，她一直以為胡小天是神農社的人，卻想不到真正的身分卻是大康遣婚史。

薛勝景白胖胖的臉上笑容卻突然收斂，冷哼一聲道：「你一個康國使節混入慈恩園中作甚？來人，將他給我抓起來！」

鐵錚率領幾名武士一擁而上，將胡小天圍攏起來。

胡小天臨危不亂，呵呵笑道：「燕王殿下，您這是什麼意思？昨兒分明是鐵總管將我從神農社中請過來的，怎麼？這才一夜功夫就翻臉不認人了？」

鐵錚怒道：「昨天我可沒見過你，把這個奸細抓起來！」

胡小天聞言怒道：「混帳！你說誰是奸細？我乃堂堂大康遣婚史，我來慈恩園也是為了給太后治病，你們信口雌黃，恩將仇報，究竟是何居心？鐵錚，你昨天分明見到了我，卻沒有聲張，如果我是奸細你就是共謀。」

鐵錚怒道：「你胡說！」他大步向前，想要向胡小天出手，霍勝男望著眼前的突發狀況，目光充滿了疑惑，冷冷開口道：「我不管他是誰，他治好了太后的頑疾是無可否認的事實，太后以上賓之禮相待，這兒是慈恩園，你們這麼做有沒有問過太后？」

鐵錚幾人似乎對霍勝男頗為忌憚，聽到她開口說話頓時變得猶豫起來，同時向燕王薛勝景望去。

薛勝景笑得格外和善：「勝男，他是你朋友啊？」

胡小天現在對這位燕王已經有了足夠深刻的認識，這貨絕對是笑裡藏刀的人物，百分百不是個好東西。

霍勝男道：「他治好了太后的病，太后還因此念著你的孝心呢，說幸虧你給她推薦了這麼好的大夫，方才解除了困擾她這麼久的麻煩。」

薛勝景有些驚奇，小眼睛轉了轉：「真的？我母后的病當真好了？」

霍勝男沒好氣道：「不信你自己去看呢。」

薛勝景使了個眼色，鐵錚幾人趕緊退了回去。短時間內，薛勝景又變成了滿臉堆笑的表情，望著胡小天小眼睛熠熠生光：「胡大人莫怪，本王給你開個小小的玩笑，其實本王又怎能不知道你的身分，如果本王不點頭，你又怎麼可能順利進入慈恩宮？」這貨翻臉比翻書還快。

胡小天呵呵笑道：「是嗎？王爺真是風趣啊！」心中卻想，薛勝景說得應該不假，他對自己進入慈恩宮的事應該一清二楚，不過他到底打什麼算盤就不清楚了。

薛勝景道：「胡大人看來真是名不虛傳，難怪貴上對你會如此看重。」

胡小天從他的話中推斷出，薛勝景很可能對自己的身分進行了一番調查，說不定已經證實了自己給龍燁霖治病的事情，所以他才會默許自己進入慈恩園，不過想想這貨膽子也夠大的，居然拿他老娘做試驗。

薛勝景道：「勝男，胡大人，不如跟我一起去見太后。」說到這裡又感覺胯間奇癢，伸出手去撓了撓，若是在平時倒還罷了，現在卻是當著霍勝男的面，霍勝男雖然性情豪爽，但終究還是一個雲英未嫁的少女，看到薛勝景此番行徑，臉上不由有些發熱，目光顯得有些不屑。

胡小天正準備婉言謝絕，霍勝男卻率先發聲道：「奉了太后懿旨，我們還有要事去辦。」

薛勝景笑著點了點頭道：「那兩位先請。」他居然向一旁讓了一步。

霍勝男昂首闊步從人群中走過，胡小天跟在她身後，經過燕王面前之時，故意道：「王爺，今日柳長生柳館主是否去了府上？」

薛勝景眉頭一皺：「沒有，昨日他就爽約了！胡大人因何有此一問？」

胡小天笑道：「沒事，隨口問問，我還以為，柳館主昨天沒過去，今天一定會去王府給王爺賠罪呢。」他說完就走。

薛勝景望著胡小天的背影，臉上的笑容漸漸收斂。鐵錚來到他身邊低聲道：「王爺，要不要跟著他們？」

薛勝景冷冷看了他一眼道：「你以為會是霍勝男的對手嗎？」

鐵錚被他說得老臉一熱，腦袋頓時耷拉了下去。薛勝景道：「去看看太后，想不到，這小子居然名不虛傳，還真是有些本事呢。」

走過長橋，兩名小太監各牽著一匹馬走了過來，前面一匹毛色純黑，唯有四蹄白毛如雪，這匹正是難得一見的四蹄踏雪，是霍勝男的坐騎，霍勝男抓轡在手，翻身上馬。身姿矯健英姿颯爽，果然是一位巾幗英雄。

她俯視胡小天道：「你可懂得騎馬？」

胡小天道：「只要是能騎的，都還湊合。」他從小太監手中接過另外一匹棗紅馬，翻身上馬，一看就知道身手不凡。

兩人離開了慈恩園，行進的速度並不快，霍勝男已經知道了胡小天的真正身分，現在看他的目光中更多出了幾分警惕。看似漫不經心道：「真看不出，你藏得還真是夠深啊！」

胡小天笑道：「霍將軍誤會了，我並不是故意隱藏身分，而是有不得已的苦衷。」

「有何苦衷啊？」

胡小天道：「柳館主昨日清晨突然失蹤，可恰恰就在昨日清晨燕王派人前來神農社，說是要請柳館主前往慈恩園為太后治病。神農社弟子大都在外行醫，只有柳玉城坐鎮，太后傳召他怎敢抗命，所以不得不走這一趟。」

霍勝男道：「真是答非所問。」

胡小天笑道：「霍將軍的性子似乎有些急了一些，應該對我也沒什麼瞭解，其實我醫術還算不錯，在大康時就曾多次為我們皇上解除病痛。可這次我是以使臣的身分前來大雍，並不想出什麼風頭，但是我和柳玉城是好朋友，見他因為父親失蹤而心慌意亂，所以生怕他來慈恩園出了什麼差錯，於是才決定陪他一起過來。」

霍勝男道：「就這麼簡單？沒其他的目的？」

胡小天道：「其實昨天燕王府的鐵總管就認出了我，我之前也去過燕王府，他們也知道我的身分，連我都感到納悶，為何明明知道我的身分，卻不點破，還將我送到了慈恩園，我畢竟不是雍人，難道他們不擔心我會對太后不利嗎？」

霍勝男道：「幸好你沒有這樣的心思，不然我定然讓你死無葬身之地。」

胡小天笑道：「霍將軍一看就是通情達理之人。」

霍勝男道：「別把你阿諛奉承的一套用在我身上，你剛才這番話，字字句句指向燕王，你和他之間究竟有何矛盾？」

胡小天本以為霍勝男有勇無謀，現在才發現霍勝男頭腦極其清晰，短短幾句話中已經察覺到問題之所在。胡小天笑道：「我和燕王沒什麼矛盾，只是見過一面。」

兩人說話間已經來到了神農社外，胡小天翻身下馬，此時大門處一個小丫頭蹦蹦跳跳迎了出來，正是樊玲兒，看到胡小天，她欣喜道：「胡公子回來了，我師叔讓我在這裡等著你呢。」她又看到霍勝男，一雙大眼睛頓時閃爍著興奮的神采，驚喜道：「你是霍將軍嗎？」

霍勝男對這位可愛的小姑娘也極其喜歡，微笑道：「你認識我？」

樊玲兒激動地連連點頭道：「當然認識，你是我們大雍的女英雄，收復北方七城，單槍匹馬，萬軍之中怒斬黑胡大將扎爾赤，誰人不知誰人不曉？」小丫頭一直都將霍勝男視為自己的偶像，今日見到偶像就出現在自己的面前，心中的激動自然難以形容。

胡小天雖然知道霍勝男是位女將軍，卻沒想到她的名氣如此之大，戰功如此顯赫。霍勝男反倒有些不好意思了，翻身下馬，伸手摸了摸樊玲兒的小辮子，笑道：「小妹妹，你叫什麼？」

第六章

兩國之間

初見胡小天，霍勝男對他還是充滿了疑惑，
在後來胡小天以聞所未聞的醫術治好了蔣太后之後，
霍勝男對他的看法已經從懷疑變成了好奇，
等她知道胡小天真正的身分之後，又開始懷疑胡小天的動機。
大雍和大康之間雖然這幾年並沒有發生戰事，
可是兩國之間骨子裡仍然是彼此敵對的。

「樊玲兒！霍將軍我們所有人都很佩服您感激您。」

霍勝男淡然笑道：「保家衛國是每個大雍人的責任，原本就是我該做的事。」

「可是你給咱們所有的女人都爭光了，誰說女子不如男，咱們大雍所有的女孩子都因您而揚眉吐氣呢！」

胡小天一旁哈哈笑了起來。

樊玲兒以為他在笑自己，小臉紅了起來。

霍勝男瞪了他一眼，認為這廝不該在小姑娘面前如此肆無忌憚發笑。要說霍勝男長得真是有超前，這種單眼皮女生在古代好像並不符合傳統審美，可是在現代這模樣絕對是風姿綽約，秒殺無數小家碧玉的那種，她的身上有種傳統女性沒有的大氣之美。

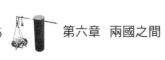

胡小天道：「樊玲兒，有沒有館主的消息？」

樊玲兒搖了搖頭，小臉上流露出擔憂之色。此時遠處傳來鑾鈴聲響，樊玲兒抬頭望去：「師叔他們回來了。」

胡小天和霍勝男同時轉過身去，卻見遠處三騎馬朝這邊來了，正中一人是柳玉城，旁邊兩人胡小天並不認識，不過從兩人的穿著打扮來看，應該有官職在身。

柳玉城遠遠就看到胡小天回來，既然胡小天平安回來，就證明太后的病情已然好轉，心中大感寬慰，他身邊的那兩人慌忙下馬，快步來到霍勝男面前拱手行禮道：「卑職白敬軒參見霍將軍！」

霍勝男道：「原來是白捕頭，你也是為了柳館主的事情來的？」

白敬軒乃是京兆府的捕頭，他也找柳長生治過病，和柳家父子的關係都很好。白敬軒道：「是！柳館主離奇失蹤，我身為京兆府的捕頭，於公於私都應該儘快找到柳館主的下落。」

柳玉城道：「霍將軍還請裡面坐。」

霍勝男道：「有沒有什麼線索？」

柳玉城看了胡小天一眼沒敢說話，雖然霍勝男是尉遲冲的乾女兒，可是柳玉城跟她遠談不上熟悉。

白敬軒道：「目前能夠斷定的是，柳館主是被人劫走，而且劫匪武功非常高強，從神農社中劫走柳館主，而沒有驚動任何人。」

霍勝男道：「若非為了尋仇就是為了求財，劫匪有沒有提出什麼條件？」

柳玉城道：「我爹至今已經失蹤了一天一夜，劫匪也沒有傳來任何的消息。」

他劍眉緊鎖，憂心忡忡。

胡小天道：「還有一種可能。」

眾人全都將目光投向他，胡小天道：「劫走柳館主或許是為了看病。」

白敬軒道：「不可能吧，若是看病為何不登門求醫？卻要採取這種極端的手段？以柳館主寧折不彎的性情，越是這樣，他越是不會答應。」

胡小天微微笑道：「也許此人之前向柳館主求醫，可是卻被柳館主拒絕呢，於是懷恨在心，所以才採取這種卑鄙手段，想要脅迫柳館主屈從。」

幾人都聽出他話裡有話，柳玉城心中明白，胡小天懷疑的是燕王，其實他何嘗不是一樣，可燕王是何等身分，即便是懷疑也不能公然說出來。

霍勝男微微皺了皺眉頭道：「你這人好不爽利，何必拐彎抹角，有什麼話直截了當地說出來就是。」

胡小天道：「霍將軍果然不瞭解我，我從來都是有什麼說什麼，我的這番話只是分析存在的另一種可能性。」

霍勝男道：「既然這樣，咱們還是分頭尋找，希望能夠儘快找到柳館主。對了，我去乾爹那裡問問，讓他也幫忙找找。」

柳玉城道：「尉遲將軍被皇上召入宮中議事，還沒有回來。」他之前已經去找過尉遲冲了。

霍勝男道：「我去召集人手，到處找找看。」

柳玉城道：「勞煩霍將軍了。」

霍勝男翻身上馬，胡小天向柳玉城說了一聲，也翻身上馬，他已經離開一天一夜，有必要回南風樓看看，以免那幫兄弟們擔心。

霍勝男看到胡小天隨後而來，以為他在追趕自己，放緩馬速等胡小天趕過來，胡小天來到霍勝男身邊笑道：「霍將軍去哪裡？」

霍勝男道：「你去哪裡？」

胡小天將自己要去的地方說了，剛好和霍勝男同路，兩人一左一右行進在雍都西門大街之上，霍勝男道：「如果我沒有領會錯你的意思，剛才你的那番話中好像意有所指。」

胡小天發現霍勝男雖然做事雷厲風行，可心思卻是極其縝密，他笑了笑道：「霍將軍想多了，我剛到雍都，對這裡的一切還談不上熟悉，哪有什麼發言權。」

霍勝男將信將疑地看了胡小天一眼，顯然並不相信他的話。

清晨的朝陽剛剛升起就已經隱沒在雲層之中，天色呈現出一片濃重的鉛灰色，彤雲密佈，似乎一場風雨就要到來。前方的街道突然變得狹窄，這裡名為積水巷，因為地勢低窪，每逢陰雨天氣，街道必然積水難行，今日氣溫較低，路上行人稀少。馬蹄落在青石板路面上發出清越的噠噠聲，沿著幽深狹長的街道遠遠送了出去。

霍勝男忽然顰起劍眉，低聲向胡小天道：「你先走！」

胡小天微微一怔，轉身看了看她，從霍勝男突然凝重的表情上意識到了某種危險正在迫近。胡小天傾耳聽去，周圍並沒有絲毫的動靜，正因為如此，這種靜謐才顯得格外可怕。

霍勝男揚了揚頭，示意胡小天加速通過這片地方。

胡小天點了點頭，用力一夾馬鐙，棗紅馬發出一聲嘶鳴向街巷的盡頭亡命奔去。

霍勝男從馬鞍之上緩緩抽出一柄精鋼短劍，劍身僅有兩尺長度，闊卻有三寸，邊緣呈鋸齒形狀，劍脊寬厚，古樸而沉重。

右側屋頂之上，一道黑影倏然掠過。與此同時，從左側有三支羽箭已經射向霍勝男。黑影是為了引開她的注意力，羽箭才是真正的殺招所在。

咻！咻！咻！三支羽箭呈品字形分取霍勝男的要害，箭勢凌厲，撕裂空氣，夾帶著風雷之聲。

霍勝男雙眸迸射出犀利的光芒，手中短劍拍擊而出，蓬！蓬！當！兩拍之後用力一挑，將三支羽箭盡數擋住。

屋頂之上，一個魁偉的身軀出現，他從屋頂騰躍而起，雙手揚起一把長達六尺的斬馬刀，高舉過頂以雷霆萬鈞之勢向霍勝男力劈而下。一寸長一寸強，更何況他出場就已經佔據地利之勢，居高臨下，力劈華山，勢要一刀將霍勝男連人帶馬劈成兩半。

霍勝男怒叱一聲，嬌軀脫離馬背飛起，她就算擋得住這雷霆一擊，也很難保證胯下愛駒可以承受得住這次重壓，人馬分離之後，她的身體等於完全滯留在虛空之中，腳下無承重之地，以這樣的方法對敵，明顯落入弱勢。

在這樣的形勢下若是硬撼其鋒實屬不智，霍勝男也沒有採取硬碰硬的戰術，短劍側鋒與對方長刀相撞，爆發出一聲驚天動地的金戈鳴響，一股強大的勁力由上而下，直貫而下，震得霍勝男虎口發麻，她的身軀向下急墜而下，足尖接觸到地面之後，旋即向後方飄去。

襲擊者並沒有給她任何的喘息之機，如影隨形，一擊過後，斬馬刀宛如秋風掃落葉般向霍勝男的纖腰橫掃而去，這一刀要是砍中，必然將霍勝男攔腰斬斷。

霍勝男手中短劍並未急於迎擊，而是平貼在自己的身前，以靜制動。

斬馬刀宛如驚濤駭浪般席捲而來，砍在短劍的劍身之上，霍勝男恰如風浪中的一葉孤舟，隨著對方的刀勢，嬌軀借力飛速旋轉飄蕩開來，看似落盡下風，卻是在保障自身安全的前提下，最大限度地保存自身的實力。

兩側屋頂之上，四名蒙面射手同時現身，拉開弓弦，瞄準了狂風駭浪中的霍勝男，同時施射。

四道寒光追風逐電般射向霍勝男，霍勝男手中短劍來回格擋，雖然將羽箭磕飛，但是逃離的速度受到了影響，不得已落在地面之上。

時機稍縱即逝，襲擊者揮舞手中斬馬刀再次逼近霍勝男，刀光閃爍織成一面鋪天蓋地的刀網，向霍勝男頭頂籠罩而來。霍勝男舉目望去，但見前方幻化出萬千刀影，凜冽殺氣從四面八方向她壓迫過來，刀影未至，強大的壓力已經先行迫近。

四名弓手在屋頂縱橫跳躍，尋找更佳的射殺良機。

此時一個身影悄無聲息地出現在西側屋簷之上，正是剛剛縱馬離開的胡小天。霍勝男讓他先走，胡小天縱馬奔出包圍圈，可是這廝聽到身後刀劍相撞，鏗鏘不斷，總覺得自己如果就這樣一走了之，棄霍勝男於不顧實在是太不仗義，於是他在前方拐角處又從馬背上跳了下來，翻身上了屋頂，悄悄向幾名襲擊者靠近。

四名弓箭手的注意力全都集中在霍勝男的身上，並沒有留意到胡小天去而復返，等到幾人意識到的時候，胡小天已經來到距離他們不到五丈的地方，西側屋簷上的兩人率先反應過來，原本已經瞄準了街道上的霍勝男，慌忙調轉鏃尖向胡小天施射，這幾名弓箭手全都是一流箭手，反應神速。咻！一箭已經率先射向胡小天的咽喉。

胡小天的身體後仰以一個駭客任務中標準的躲子彈動作躲過對方的射擊，他修煉的雖然只是無相神功的基礎內功，但是身體方方面面的感官已經有了本質上的提升，再加上老叫花子教給他的躲狗十八步原本就是天下間最為玄妙的身法之一，論反應之快，身法之靈動，胡小天在這方面已經躋身一流境界。

胡小天躲過那支羽箭，腳下步伐卻不見減緩，咻！又是一支冷箭射向他的心口，胡小天目力銳利，竟然可以看清羽箭運行的軌跡，羽箭在飛行中摩擦空氣引起細微的能量波動也無從逃脫他的感覺，腳步變幻，躲狗十八步自然而然地運用起來，身體一個急轉已經躲過箭矢。

兩名弓箭手幾乎不能相信他們的眼睛，這小子手無寸鐵，竟然可以在如此近的距離之下躲避他們凌厲射出的箭矢。

兩人再度彎弓搭箭，卻已經來不及了，胡小天將彼此的距離拉近到一丈，然後手中的暗器就招呼了過去，忽！忽！卻是兩塊瓦片分別照著兩人的腦袋飛扔過去。弓箭適合遠距離攻擊，在貼身肉搏之時根本派不上用場，兩人用長弓格擋瓦片，胡小天卻抓住這一時機，又如猛虎出閘般衝了過去，過去他一直都將躲狗十八步用來逃命，今天才是第一次用來主動攻擊。其實胡小天之前運用躲狗十八步面對的都是須彌天、李長安之類的高手，眼前的弓箭手和他們當然不是一個級數的對手。

胡小天鬼魅般靈動的身法讓兩人目不暇接，瞬息之間，胡小天已經繞到一人的身後，玄冥陰風爪扣住對方的咽喉，手指收縮內勾，喀嚓一聲，清脆的骨骼碎裂聲響起，胡小天將對方的咽喉一下就捏得粉碎。

另外那名弓手慌忙去抽腰間的彎刀，彎刀只是拔出了一半，就看到胡小天凌空飛躍而起，揚起手中的羽箭，寒芒閃過一道弧線，噗！的一聲，鏃尖深深貫入弓手的右眼中。

胡小天搶過對方手中的彎刀，反手一刀將對方脖子從中切斷，鮮血宛如噴泉般從斷裂的腔子裡噴射出來。生死搏殺決來不得半點猶豫，你不殺敵，就要被敵人所殺。

藏身在東側屋脊的兩名弓箭手被眼前的一幕震驚，胡小天頃刻之間就解決了他們的兩名同伴，在兩人從震駭中清醒過來，馬上調整位置，向胡小天連番射擊。

胡小天抓起一名弓手的屍體，擋在身前，連續幾支羽箭射入屍體之中，鏃尖鑽透屍體，從後背透出，胡小天足跟用力一蹬，身體向前方狂奔而行，咻！咻！咻！羽箭宛如連珠炮般從對側向他射來，落空之後，篤！篤！篤！不停地射入屋脊瓦片之上。鏃尖擊碎瓦片，碎裂的瓦片沿著傾斜的屋頂宛如落雨般向下方滾落，聲勢駭人之極。

噹！霍勝男手持短劍直刺眼前刀網，漫天刀影伴隨著這聲鳴響消散，劍尖抵住斬馬刀的刀尖，兩人強大的內息宛如兩股奔騰咆哮的潮水撞擊在一起，然後向四面八方排浪般席捲而去，激起漫天揚塵，頭頂紛紛而落的瓦礫也被這強大的內息席捲而起，逆行向上空飛去。

刀劍接觸的那一點寒芒閃爍，襲擊者一雙灰褐色的瞳孔驟然收縮，手臂向後回縮，斬馬刀後撤一尺，重新蓄力之後，又以勢不可擋的氣勢向霍勝男刺去。

霍勝男以劍身做盾擋住對方的刀鋒，襲擊者暴吼一聲，手中斬馬刀全力向前推進，霍勝男的雙腳在地上後退滑行，猛然，她的嬌軀向右側擰轉，斬馬刀從她的身側偏出，襲擊者旋即變幻刀勢，改刺為削，反削向霍勝男的頸部。

霍勝男手握劍柄，劍身朝下，又擋住了對方勢大力沉的攻擊，兩人之間的距離已經拉近到五尺以內，霍勝男握緊左拳，一拳向對方杵去，對方雙手握刀，招式在此時已經用老，再想後撤已經來不及了，霍勝男這一拳正中他的胸口，蓬！的一聲，砸得那襲擊者向後連退三步。霍勝男如影隨形，以驚人的速度來到對方面前。對方慌忙舉起斬馬刀再度劈落，霍勝男用短劍擋住斬馬刀，然後又是一拳擊中了襲擊者的右肋。她聽到骨骼的斷裂聲，這一拳至少打斷了對方三根肋骨。

襲擊者在連中兩拳之後，已經變得手忙腳亂，霍勝男此時方才展開了暴風驟雨般的攻擊，劍光霍霍，宛如長江大河般向對方攻擊而去，轉瞬之間已經在對方的手臂和大腿上連刺數劍，那襲擊者終於無法堅持下去，噗通一聲摔倒在地上。

此時屋頂發出兩聲慘叫，卻是剩下的兩名弓箭手被胡小天成功擊敗，當場斬殺一人，還有一人被他一腳從屋頂上踢了下來。一邊慘叫一邊揮舞著手足重重摔落在街心道路之上，摔得暈死過去。

霍勝男用短劍抵住那名襲擊者的咽喉，那襲擊者望著她，目眥欲裂，宛如野獸般咆哮起來，牙齒間流出鮮血，面目猙獰恐怖。霍勝男反轉短劍，用劍柄重擊在他的下頜上，將這廝砸得當場昏倒。

胡小天此時也從上方跳了下來，望著地下昏倒的兩名刺客，有些好奇道：「都是什麼人？」

霍勝男看了他一眼，此時目光中已經沒有了之前的陌生和警惕，反而帶著些許的感激，雖然她和胡小天認識不久，可是從剛才胡小天冒險為她解圍可以看出此人也是個有膽有色的人物，霍勝男生平最欣賞的就是勇者，她輕聲道：「看不出，你身手還不錯。」

胡小天道：「對付大BOSS不行，小嘍囉沒啥問題。」

「大波士？」霍勝男好奇道。

胡小天笑道：「就是厲害的角色。」

霍勝男點了點頭，她用短劍挑開那刀客胸前的衣襟，卻見在他的胸膛之上有一頭青狼紋身，從這紋身上已經可以斷定對方的身分，霍勝男道：「是黑胡人，想不到他們居然混入雍都，對我行刺。」

胡小天道：「是不是因為你殺了什麼扎爾赤的緣故？」

霍勝男道：「可能是這個原因。」

這時候遠方傳來一陣急促的馬嗚之聲，兩人心中同時升起警惕，舉目望去，卻見一隊騎兵朝他們的方向奔來，這一隊人全都是清一色的少女，正是霍勝男手下的娘子軍。

為首一人是霍勝男的副將常紅珠，她們來到霍勝男前方紛紛下馬，常紅珠率眾行禮道：「霍將軍，我等接應來遲，還望將軍恕罪。」

霍勝男道：「你們怎麼知道我會在這裡？」

常紅珠道：「剛剛看到黑風獨自跑回軍營，於是我們就跟著牠一路尋來，卻想不到終究還是來晚了一步。」

霍勝男道：「算不上晚，反正我也沒什麼事。」她向地上兩人指了指道：「你們把他們兩個押回去，順便清理一下戰場，這件事暫時不要聲張，等我親自審問之後再做決定。」

「是！」

嗚律律一聲馬鳴，卻是霍勝男的坐騎黑風來到她的身邊，霍勝男親切拍了拍黑風的額頭，翻身上馬。

有女兵將胡小天的那匹棗紅馬也牽了過來。

霍勝男道：「胡大人，前面不遠處就是南風客棧了，我們送你過去。」

胡小天翻身上馬，笑道：「我自己回去就是，反正我在這雍都也沒什麼仇人。」

霍勝男道：「過去沒有未必將來沒有，你今天幫我擊退黑胡刺客，說不定已經被他們的同黨看到，以後很可能會報復你哦！」

胡小天哈哈大笑。

霍勝男道：「笑什麼？」

「如果擔心報復，我也不會出手。」經過剛才這場同仇敵愾的生死搏殺，胡小天和霍勝男之間的距離似乎突然就拉近了許多。

初見胡小天，霍勝男對他還是充滿了疑惑，在後來胡小天以聞所未聞的醫術治好了蔣太后之後，霍勝男對他的看法已經從懷疑變成了好奇，等她知道胡小天真正的身分之後，又開始懷疑胡小天的動機。大雍和大康之間雖然這幾年並沒有發生戰事，可是兩國之間骨子裡仍然是彼此敵對的，大雍日漸強盛，而大康日薄西山，此消彼長讓大雍國人普遍看清大康，認為大康朝中無人。

胡小天今日的表現已經改變了霍勝男對康人的看法，想不到大康還是有很多能人的。

在一隊娘子軍的簇擁下胡小天成了萬綠叢中一點紅，不多時就已經來到南風客棧前方。站在門前的高遠看到眼前情景，驚得下巴頦差點沒掉在地上。

胡小天向霍勝男抱拳道：「霍將軍，我就住在這裡，多謝諸位姑娘相送了。」

霍勝男向南風客棧的招牌看了一眼點了點頭道：「胡大人保重！」

胡小天笑道：「霍將軍保重！」目送霍勝男帶著那幫娘子軍離去之後，胡小天這才翻身下馬，高遠迎了上來，胡小天將馬韁扔給他。高遠道：「叔，怎麼個情況？」

胡小天道：「小孩子家哪有那麼大的好奇心。」

「這馬是哪來的？」

胡小天道：「送給你了！」他從馬鞍上拎下蔣太后賜給他的賞金，大步走入南風客棧內。

在大堂中的武士看到胡小天，已經激動大聲道：「胡大人回來了，胡大人回來了！」

還沒有走回自己居住的小院，就看到龍曦月匆匆迎了出來，美眸之中充滿牽掛之色，胡小天向她笑了笑道：「去，幫我打一盆熱水洗洗臉。」

龍曦月應了一聲，心中總算安定了下來。

胡小天回到房間內，將裝著賞金的包袱扔在桌上，發出咚的一聲巨響。

龍曦月端著水盆進來，詫異道：「裡面是什麼？」

胡小天笑道：「蔣太后賞給我的金子。」他來到水盆前洗了把臉，接過龍曦月遞來的棉巾，擦淨臉上的水漬。

龍曦月道：「聽說你去了慈恩園，大家都很擔心你呢。」

胡小天道：「慈恩園也不是什麼龍潭虎穴，皇太后也不是母老虎，無須擔心。」

龍曦月本想問他去慈恩園後究竟發生了什麼，外面忽然傳來吳敬善的聲音：「胡大人，你可總算回來了。」

胡小天起身笑道：「吳大人，我剛剛才回來，還沒顧得上去找您呢。」

吳敬善隨聲走了進來：「你辛苦了一天，趕緊坐下歇著。」

胡小天讓龍曦月給他們沏一壺茶過來，邀請吳敬善坐下喝茶，坐定之後，吳敬善歎了口氣道：「胡大人，聽說你去了慈恩園，可曾見到了太后？」

胡小天笑瞇瞇點了點頭道：「見到了！」

吳敬善關切道：「那，你是否將咱們送公主前來和七皇子完婚的事情說了？」

胡小天搖了搖頭。

吳敬善不覺有些失望：「胡大人，你為何不說，這可是千載難逢的機會，好不容易才見到了太后，為何不將這件事告訴她知道？」

胡小天微笑道：「還不是時候。」

吳敬善眨了眨眼睛，不解道：「不是時候？」

胡小天點了點頭，岔開話題道：「吳大人是否去探望了公主？」

提起這件事，吳敬善不禁又長歎了一聲道：「起宸宮那幫侍衛實在是過分，竟然不讓老夫進去，這究竟是何道理？」

胡小天道：「背後定然有人指使，只是不清楚指使他們這樣做的究竟是誰？」

吳敬善向周圍看了看，龍曦月此前已經出去，小樓內除了他們兩個再也沒有其他人在。吳敬善壓低聲音道：「我已經聯繫到大康使節。」

胡小天道：「怎麼說？」

吳敬善苦笑道：「根據他們所說，七皇子的母親淑妃對此次聯姻並不滿意，我看這次的事情十有八九是淑妃搞出來的。」

胡小天早已從蕭天穆那裡聽說這個消息，現在吳敬善也這麼說應該不會有錯。

吳敬善道：「我看，大雍皇室未必全都知道公主到來的事情，他們將公主留在起宸宮，目的就是為了封鎖消息，假如只是故意刁難倒沒什麼，最怕的就是他們還有什麼陰謀。」

胡小天點了點頭，端起茶盞飲了一口茶，低聲道：「吳大人是擔心他們會對公主不利？」

吳敬善道：「公主不能出事啊，若是公主出事，咱們之前的努力等於白費，皇上那裡咱們又如何交代？」

胡小天默然不語。

吳敬善又道：「受到這等屈辱，其實咱們本可啟稟公主，撕毀婚約一走了之，可是庸江發生那種事情之後，你我只剩下一個選擇，必須要讓公主順順當當地嫁過去，若是此次聯姻不成，咱們什麼都完了。」吳敬善的意思很明顯，現在的安平公主只是一個冒牌貨，如果正牌公主活著，還有回頭路可走，現在這個冒牌貨只能硬著頭皮一條道走到黑，務必要將她嫁給大雍七皇子，也只有這樣，他們才能對大康皇帝龍燁霖有個交代。只可惜，現在貨送到了，收貨人似乎並不滿意，隨時有退貨之憂，若然遭遇退貨，他和胡小天只有死路一條了。

胡小天道：「吳大人不必擔心，兩國聯姻是兩國君主定下來的事情，普通百姓尚且遵從父母之命媒妁之言，更何況一國君主乎？無論淑妃母子在背後搞什麼手段，都不會影響最終的結果。」

吳敬善道：「當務之急，是要將公主抵達雍都之事儘快讓大雍皇帝他們知道。」

胡小天道：「此事包在我的身上。」治好了蔣太后的病，現在想要辦成這件事根本不會有太大的困難，只是胡小天在選擇合適的時機罷了。

吳敬善道：「胡大人，此事不可拖延，越早越好，我擔心淑妃母子會對公主不利，若是公主出了什麼岔子，咱們多少顆腦袋都不夠砍啊！」

胡小天道：「看來，咱們今天無論如何都應該去一趟起宸宮，跟公主好好聊聊了。」

「越早越好，只是那幫侍衛總是刻意刁難，想要見到公主恐怕沒那麼容易。」

胡小天笑道：「一幫鼠輩罷了，既然咱們來到了雍都，就不怕將事情鬧大。」

吳敬善倒吸一口冷氣道：「胡大人，強龍不壓地頭蛇，此地乃是大雍國都，咱們還需小心從事。」

胡小天道：「事情鬧得越大，越是會引起皇室的關注，吳大人放心，我會把握好分寸。」

吳敬善道：「凡事還是謹慎為妙，畢竟不是在大康。」他顯然沒有胡小天這樣的膽色和底氣。

外面響起展鵬的通報聲：「胡大人，燕王府有人過來，說要見大人。」

胡小天道：「我和吳大人正在談事情，讓他在外面候著。」

「是！」

吳敬善慌忙道：「胡大人，依老夫看，你還是儘快過去，說不定燕王找你有要緊事。」

胡小天笑道：「咱們見他們難於登天，現在他們主動登門，咱們總不能沒點架子，你說是不是？」

吳敬善道：「胡大人，這裡是雍都啊。」

「雍都又如何？人都是這樣，你越是敬他，他越是看不起你，你如果不搭理他們，他們反而死乞白賴的湊上來了。」

吳敬善道：「總得去聽聽他來的目的。」

胡小天將手中的茶盞放在桌上，揚聲道：「讓他進來吧！」

前來見胡小天的卻是燕王的首席幕僚馬青雲，這倒是有些出乎胡小天的意料之外，他本以為這次來的又是多次跟自己打交道的總管鐵錚，卻想不到換了一位。

馬青雲和冷冰冰的鐵錚形成了截然不同的對比，他滿臉堆笑來到胡小天面前，抱拳行禮道：「在下馬青雲，奉王爺之名特地來請胡大人前往燕王府一敘。」

吳敬善聽說是燕王府特使，也是滿臉笑容，轉頭看了看胡小天，卻見這廝臉上一點笑意都沒有，彷彿眼前沒有馬青雲這號人似的，翹著二郎腿，端起茶盞慢吞吞抿了口茶道：「這茶有些涼了。」

龍曦月看到胡小天裝腔作勢的樣子不覺有些想笑，忍住笑意上來給他添了些熱茶。

胡小天道：「你是誰來著？」

馬青雲焉能看不出胡小天在故意刁難自己，依然笑道：「在下馬青雲，在燕王府中謀事。」

「我之前好像沒見過你呢。」

馬青雲道：「胡大人何等身分，怎麼可能記住小的。」

胡小天心中暗歎，這燕王還真是不尋常，唱紅臉的，唱白臉的，手下什麼人都有。不過這種能伸能屈的人物絕對要比鐵錚那種更加厲害，胡小天道：「馬先生坐！」

馬青雲笑道：「不坐了，我此次過來是給王爺帶話，請胡大人過府一敘。」

胡小天道：「王爺找我有什麼事情？」

馬青雲道：「王爺的事情我一個做屬下的怎麼敢問，我估摸著王爺和胡大人一見如故，是想和胡大人加深感情。」

胡小天笑道：「難得王爺抬愛，小天本該即刻前往，只可惜現在諸事纏身，一時半會兒走不開啊。」

馬青雲想不到胡小天會這樣拒絕自己，張口想要說話，胡小天又道：「其實燕王殿下若是沒事可以來我這裡坐坐啊！」

馬青雲一聽這還了得，這廝說清了是不知天高地厚，說中了是給臉不要臉，我們王爺什麼身分？請你過府一趟就是給你臉子，你拒絕不算，竟然還說要王爺親自登門，馬青雲雖然心中惱火，可臉上仍然是笑得春光燦爛：「胡大人，王爺可是誠心請你過去，你要是不去，只怕小的回去不好對王爺交代。」軟中帶硬，威脅胡小天就範。

胡小天道：「展鵬，幫我送送馬先生。」

馬青雲此時方才意識到自己遇到的是何種奇葩了，這貨不是傻了就是有心為之，他這是要掃王爺的臉面啊。話既然都說到了這種地步，馬青雲也沒有繼續留下的必要，點了點頭道：「那我就先回去，胡大人還是好好想想。」

馬青雲離去之後，吳敬善惶恐不已道：「胡老弟，你豈可這樣說啊，燕王是什麼人……」

胡小天笑道：「什麼人？不過就是個王爺，這種王爺在雍都一抓一大把，只不過就是個虛名罷了，沒什麼權力。」

吳敬善叫苦不迭道：「胡老弟啊，你是真不知道還是假不知道？燕王是大雍皇帝的同胞兄弟，又是蔣太后的親生兒子，你得罪了他，咱們以後還能有什麼好果子吃？」吳敬善誠惶誠恐，本來他們一路走到現在，面臨的形勢已經是如履薄冰，胡小天非但不聽他的話要小心謹慎，反而有種不怕將事情鬧大的勁頭。吳敬善已經感到前程不妙，假如真要是觸怒了這位燕王，讓他們死無葬身之地只是一念之間的事情。

胡小天卻有恃無恐，燕王當初在府上故意展示藏寶來表示對自己的不屑，此後卻又對自己進入慈恩園睜一隻眼閉一隻眼，想必他已經對自己的來歷調查清楚，如今自己為蔣太后成功施行了重瞼術，薛勝景此人十有八九對自己的能力有所認識。從種種跡象來看，薛勝景必然有病在身，此前他邀請神農社的柳長生十有八九就是為了看病。

柳長生拒絕前往所以得罪了他，薛勝景因此而設下圈套陷害柳長生，此人的人品絕非像外界傳言那樣。什麼當世孟嘗，只不過是虛名罷了。

吳敬善憂心忡忡，總覺得大禍臨頭，也沒了和胡小天聊天的心境，起身告辭離去。

胡小天卻沒事人一樣，等到周圍人散去，龍曦月來到他身邊坐下道：「你拒絕燕王，當真不怕他報復你？」

胡小天笑道：「不怕！如果我沒猜錯，他讓人登門請我應該是有所求，別人有事求你，當然要拿出點架子，想讓我幫他，總得拿出一點的誠意，不說三顧茅廬，怎麼也得親自登門吧。」

龍曦月道：「吳大人所說的也不是沒有道理，總之你還是小心為妙，若是當真惹火了他，很可能會遭到報復。」

胡小天微笑拍了拍她的俏臉道：「放心吧，我心裡有數。」

龍曦月抓住他的大手，將俏臉貼在他的掌心之上，柔聲道：「小天，答應我，一定不可以出事。」

胡小天點了點頭：「你放心，我一定會帶你平平安安返回大康。」

吳敬善並沒有料到，燕王薛勝景居然真的親自登門，當燕王的豪華座駕出現在南風客棧門前，頓時引起了轟動，街坊四鄰紛紛圍觀，展鵬第一時間進去向胡小天通報。

胡小天沒有絲毫的意外，禮下於人必有所求，看來燕王病得不輕，不然以他的身分，無論如何都不會低下那顆高昂的頭顱。胡小天向展鵬道：「你去幫我回覆他，就說我正在午睡，不敢打擾。」

展鵬也不得不佩服這位小兄弟的定力，燕王都到了門前，他居然還能耐著性子不見，這份心態實在是世間罕見。

展鵬點了點頭，出去回覆燕王，看到吳敬善已經慌慌張張迎了出去，來到燕王面前深深一揖道：「大康遣婚史吳敬善不知王爺前來，有失遠迎，還望王爺恕罪。」

燕王嗯了一聲，瞇起小眼睛打量了一下吳敬善。

吳敬善被他看得心裡發毛，花白的頭顱垂得更低了。

薛勝景道：「胡小天呢？」

吳敬善暗叫不妙，你胡小天剛才不給人家面子，現在人家親自找上門來了，今天恐怕有大麻煩了。吳敬善轉身道：「快去將胡大人請來！」

展鵬抱拳答道：「胡大人正在午休，我等不敢打擾他。」

吳敬善臉色又變了，他當然知道胡小天肯定不會午休，這小子是嫌事情還不夠大啊。

燕王薛勝景臉色一沉，怒氣浮現在臉上，一旁鐵錚怒道：「他以為自己是誰？我家王爺親自登門，還不讓他趕緊前來接駕！」

吳敬善看到鐵錚疾言厲色的模樣，嚇得雙腿發軟，慌忙道：「展鵬，快去叫醒胡大人。」

展鵬豈會聽他的號令，站在那裡並沒有移動腳步的意思。

燕王薛勝景此時臉色卻是一變，瞬息之間居然變得如沐春風，呵呵笑道：「鐵錚，不得無禮，胡大人這兩日為太后治病，廢寢忘食，想來是辛苦了，是該好好歇歇，本王反正也沒什麼事情，就在這裡等著。」他挪著臃腫肥胖的身材來到大廳的椅子上坐下。

吳敬善慌忙道：「泡茶，趕緊給王爺泡茶。」

燕王薛勝景雖然長相胖蠢，可此人卻是心機深厚，笑裡藏刀。端著一盞香茗靜靜坐在那裡，吳敬善雖然主動搭話，可是薛勝景根本懶得理會，他已經算出胡小天肯定是故意在刁難自己，當著那麼多人滅自己的威風，薛勝景心中自然不爽，要說敢跟他來這套的人真的並不多見。

其實登門之前，薛勝景已經對將要發生的一切有了一定的心理準備。胡小天是在利用這種方式宣洩對他的不滿，以薛勝景的身分地位，大可雷霆震怒拂袖而去，可是他沒有，畢竟今天過來是有求於人。

這段時間最為煎熬的要數吳敬善了，他額頭冷汗不停冒出，整個後背的衣物都被冷汗濕透，胡小天啊胡小天，你好大的膽子，初來雍都，你就敢得罪燕王薛勝景，你自己作死就罷了，千萬不要把我這把老骨頭也折進去。

薛勝景喝了三杯茶，中途還跑了一趟茅房，算起來約有大半個時辰，胡小天這才讓展鵬傳話，說是請燕王一個人進去相會。

燕王府的這幫隨從都快把肺給氣炸了，一個別國的小太監居然對大雍王爺如此傲慢，先讓王爺登門不算，還讓王爺在外面等了大半個時辰，現在居然還要王爺自己單獨去見他，以為自己是什麼人？擺什麼臭架子？

薛勝景卻絲毫沒有動怒，微笑點頭道：「好！前方引路，本王這就過去。」

吳敬善雖然一直忐忑，可看到薛勝景將姿態放得這麼低，心中也有些懷疑了，看來這位燕王真是有求於胡小天，不然他也不會忍讓到這種程度。

薛勝景來到胡小天居住的小樓之中，胡小天打著哈欠從裡面走了出來，拱手道：「王爺來了，哎呀，小天有失遠迎還望恕罪。展鵬，你怎麼回事？也不叫我！」

薛勝景笑瞇瞇道：「不妨事，不妨事！」心中暗罵這廝裝腔作勢，小小年紀怎地如此陰險。

胡小天邀請薛勝景坐下，微笑道：「王爺找我不知有何見教？」

薛勝景心中將胡小天祖宗十八代問候了一遍，剛剛老子讓馬青雲過來請你，你不給我面子，現在又裝出一無所知，當著明白人，你裝什麼糊塗？薛勝景也沒戳破，呵呵笑了一聲道：「本王此次前來，是特地感謝胡大人治好了我母后的頑疾。」

胡小天道：「區區小事，王爺又何必親自登門呢？」

薛勝景道：「胡大人此言差矣，本王向來恩怨分明，得人恩果千年記，胡大人對我的恩情，本王這輩子都忘不了。」一語雙關，提醒胡小天自己不但知道報恩也擅長報仇，你小子別玩得太過分，老子的耐性也是有限的。

胡小天道：「太后的事情小天可不敢居功，如果沒有神農社出手，太后也不可能康復得那麼快。」

薛勝景道：「可是我聽母后說，最應該感謝的那個人就是你啊！」

胡小天道：「我這次也是趕鴨子上架，如果神農社的柳館主在，也就用不著我出手了。」

薛勝景聽他兩次提起神農社，已經猜到這廝想說什麼，微微一笑，並不答話。

胡小天認定柳長生的失蹤和薛勝景有關，故意道：「王爺見到柳館主了嗎？」

薛勝景道：「聽說他失蹤，我怎麼可能見到他呢。」

胡小天道：「我來大雍之前就聽說大雍國泰民安，律令嚴明，雍都更是到了夜不閉戶路不拾遺的地步，可沒想到任何事情總有例外，連神農社的柳館主在家裡都會被人劫持呢。」

薛勝景道：「此事本王也是剛剛知曉，已經發動府中的人幫忙尋找，相信柳館主吉人自有天相。」

胡小天道：「柳館主是我的世伯，真希望他平安無事，否則小天此次的雍都之行必然以失望收場。」

薛勝景笑道：「本王此前還真是不知道胡大人和柳館主的交情如此深篤。」

胡小天微笑道：「物以類聚人以群分，誰都有三五個至交好友。」說到這裡他笑道：「好像跑題了，王爺，您今次來找我究竟為了什麼事情？」

薛勝景欲言又止，胖乎乎的臉上顯得有些難為情。

胡小天道：「王爺是想找我看病嗎？」

薛勝景點了點頭道：「是！」

胡小天道：「王爺有什麼話只管明說！」他向展鵬和龍曦月使了個眼色，兩人離開了房間。

薛勝景嘴巴囁嚅了一會兒，終於硬起頭皮道：「胡大人可願意為我保密？」

胡小天道：「身為醫者當然會為每一位患者保守秘密，尊重每個人的隱私。」看薛勝景猶豫的神情，已經推測到這廝的毛病十有八九出在了下三路。

薛勝景咬了咬嘴唇，向房間周圍四處看了看，確信無人，方才低聲道：「咱們去屏風後面說話。」

胡小天看到這廝神神秘秘的樣子，心中暗暗想笑，點了點頭道：「好！」等來到了屏風後面，薛勝景方才道：「胡大人，我不瞞你，我下面癢得很。」

胡小天強忍著笑道：「那就多洗洗！」

薛勝景道：「不是洗的問題。」說著說著又癢了起來，這貨忍不住伸手又撓了撓。如果不是無法忍受，他也不會忍氣吞聲，低聲下氣地登門求醫。其實此前胡小天在燕王府的時候就主動提出為他看病來著，只是那時薛勝景並不瞭解胡小天的醫術，錯過一個主動送上門的好機會，等到胡小天為蔣太后治好倒睫，他也調查清楚胡小天在大康為皇上龍燁霖治病的詳情，這才感到追悔莫及，自己的一時不察，險些錯過了一位可遇而不可求的神醫。

第七章

預付的診金

燕王薛勝景猜測胡小天只是故意在人前演戲，
聯姻是兩國君主定下來的，你一個小太監說作罷就作罷？
除非你不想要這顆腦袋了，薛勝景知道自己是時候說句話了，
既然都已經出面了，索性讓胡小天利用一次，
權當是自己預付的診金。

胡小天道：「王爺把褲子脫了給我看看。」

薛勝景一張胖臉漲得通紅，雖然他也夠無恥，可畢竟身分尊崇，還是愛惜這張臉面的。胡小天說話實在是太直白，弄得他尷尬萬分。

胡小天道：「王爺如果不配合，我也無能為力了。」

薛勝景道：「好，本王也知道，你們行醫之人講究望聞問切。」

胡小天心中暗罵，聞你媽個頭，你當自己生著一根金條啊，聞就免了，老子連多看一眼都覺得噁心，惹火了我，給你一切了之。

薛勝景感覺自己這輩子都沒那麼尷尬過，忸忸怩怩脫了褲子。小眼睛羞得都閉上了，薛勝景忽然發現自己還是蠻有些羞恥之心的。

胡小天道：「底褲也脫了！」

薛勝景撩起長袍，把底褲脫了，胡小天只看了一眼，心想這玩意兒跟他的體型明顯不成正比啊。

薛勝景總算是克服了羞恥心，睜開雙眼道：「這裡癢得很。」

胡小天道：「過長了，能擼上去嗎？」

薛勝景點了點頭。

「那就常洗洗，注意個人衛生。」

薛勝景道：「不是，裡面長了顆東西。」

胡小天看了一眼，明白了，小菜花啊，敢情這位燕王得了尖銳濕疣，該！活該，讓你亂搞男女關係來著。胡小天道：「王爺請把褲子提上吧。」

燕王薛勝景這才把褲子提了上去，陪著小心問道：「胡大人，你看我這毛病有得治嗎？」

胡小天故意沒有回答他，來到自己的位置上坐下，濃眉緊鎖，一副陷入沉思的模樣。

薛勝景小心翼翼來到他的身邊，也不敢打擾他思考。等了好一會兒胡小天方才道：「辦法不是沒有，可王爺須得先回答我幾個問題。」

燕王薛勝景連連點頭道：「胡大人請問。」

「王爺這毛病得了多久了？」

燕王薛勝景道：「有一個月了。」

胡小天道：「王爺，恕我直言，你這毛病啊是別人傳給你的，你仔細想想，最近有沒有光顧過什麼風月場合？做過什麼風流事情？」

薛勝景老臉通紅道：「也算有過，我此前外出的時候，曾經逛過幾次窯子，也就是逢場作戲，若是知道會染上這種髒病，本王無論如何也不敢啊。」

胡小天道：「你回來之後有沒有跟其他女人做過那種事情？」

薛勝景搖了搖頭道：「回來的途中就已經發病了，回到雍都之後，我哪還有心情做那種事情，真是悔不當初，剛開始的時候才粟粒一般細小，後來就變成了米粒，現在竟然有花生米一般大小了。」

胡小天道：「若是不聞不問，說不定過不幾天就長出兩個頭來，甚至拳頭大小也有可能。」

薛勝景被他嚇得面色蒼白，伸出手去抓住胡小天的手臂道：「胡大人，這次你一定要幫幫我，只要治好本王的暗疾，你要什麼，我給你什麼。」

胡小天望著他的雙手道：「勞煩王爺將手放開，你這病會傳染的。」

薛勝景尷尬無比，只得縮回手去。

胡小天道：「這世上的事情有一利必有一弊，只圖一時痛快，隱患無窮啊。」

薛勝景道：「胡大人，本王現在也是悔不當初，只要能夠治癒此病，以後本王必然吃齋念佛，修心養性。」

胡小天道：「想治好說難不難，說簡單也不簡單。」

薛勝景道：「洗耳恭聽。」

胡小天道：「這段時間內王爺只怕不能再近女色了。」

薛勝景連連點頭道：「只要是可以治好我的病，別說這段時間，就算這輩子不近女色又有何妨？」

胡小天聽他說得堅決，心中卻一點都不信，忍不住揶揄道：「既然王爺有了這種打算，倒是有個簡單可行的方法，揮刀自宮一切了之，保管乾乾淨淨，以後再也不會有什麼毛病。」

薛勝景倒吸了一口冷氣，再看胡小天唇角露出笑意，知道這廝是故意消遣自己來著，尷尬咳嗽了一聲道：「本王又不是要做太監。」

胡小天道：「太監怎麼著？太監就不是人了？」

薛勝景忽然想起這廝就是個太監出身，自己無意中一句話又把他得罪了，既然有求於他，只能陪著笑臉道：「胡大人勿怪，我也沒有看不起太監的意思，只是我做了三十八年的男人，現在再讓我轉換角色只怕已經無法適應了。」

胡小天道：「王爺，其實你這裡本來長得就有些毛病，發育得不好，包皮太長。」

薛勝景被他當面說出自己的短處，面子自然有些掛不住，不好意思笑道：「的確跟許多人的不一樣。」

胡小天道：「所以啊，您這輩子還沒有真正體會到當男人的好處，卻得了這種毛病，治療的辦法就是將你新生的這顆小菜花連根切除，順便也切掉你過長的包皮，讓它變得乾乾淨淨、清清爽爽、漂漂亮亮。」

薛勝景聽得滿臉期待，拱手道：「拜託，胡大人，請為本王即刻進行治療吧。」

胡小天卻歎了一口氣，搖了搖頭。他現在哪怕任何一個細微的表情都會讓薛勝景心驚肉跳，薛勝景低聲道：「怎麼？還有什麼事情？」

胡小天道：「只可惜柳館主不在，有他幫我，一定可以事倍功半的。」

薛勝景心中明白，胡小天這是提條件了，他假惺惺道：「胡大人放心，我馬上發動王府上下去尋找柳館主的下落，一定幫你將柳館主找回來。」

胡小天道：「今天日落之前找得回來嗎？不然我今晚一定又難以安眠了。」

薛勝景心裡暗罵，胡小天啊胡小天，你是認定了柳長生的事情就是我幹的，他歎了口氣道：「本王最擔心的是我的病，胡大人有把握治好嗎？」

胡小天道：「王爺若是不信我的手段，大可另選高明。」

人往往就是犯賤，別人畢恭畢敬地討好他，要為他看病的時候，他不假辭色，現在兩人顛倒了位置，胡小天傲得跟二五八萬似的，薛勝景反倒越發覺得他莫測高深，現在就算柳長生肯為他治病，他都不信了，在他看來胡小天的醫術要比柳長生更加厲害，自從母后的倒睫被胡小天治好之後，薛勝景對胡小天已經從開始的懷疑變成了信服的死心塌地。

薛勝景道：「你只要治好本王的暗疾，我一定將柳長生找出來平平安安地送到神農社。」這句話等於是攤牌了，柳長生就在我手裡，你想見到他可以，但是必須要先將我的病治好。

胡小天道：「王爺誤會了，我和柳長生雖然也算是朋友，可並不是什麼親人，他的死活我其實並不關注，王爺找到他，感激您的也是神農社的人，我可不急。」

薛勝景道：「胡大人千萬不要誤會，我這就安排人去尋找，想必日落之前應該會有結果。」

胡小天心情大悅，薛勝景此人還真是識時務，既然抓住了你的把柄，老子不妨多要脅你一次。胡小天道：「王爺病程太長，想要根治此病，千萬不可操之過急，需要先行固本培元，等到病情穩定之後，才能進行手術切除。」

胡小天說得一本正經，薛勝景也認為很有道理，他點了點頭道：「胡大人怎麼說，本王就怎麼做。」

胡小天道：「我先給你拿一些藥，王爺回去服用。」

薛勝景道：「多謝胡大人。」

胡小天起身好像要去拿藥，卻突然又想起了什麼，拍了拍自己的腦門道：「你看我這記性，我將藥箱全都留在起宸宮了。」

薛勝景道：「我陪胡大人去取。」

胡小天道：「那豈不是要勞煩王爺跑一趟了？」

薛勝景道：「沒關係！」為自己的事情別說跑一趟，就算一百趟他也願意。

於是胡小天叫上展鵬和趙崇武，私下交代他們兩人道：「等回頭到了起宸宮，沒事也要找事兒，只要我一個眼神過去，你們衝上去就打。」

趙崇武愣了一下，顯然沒有明白胡小天的意思：「打？人家可是王爺啊。」

胡小天罵道：「笨蛋，當然是打驛館那幫人。」

展鵬明白胡小天這是要趁機把燕王拉下水，心中不禁暗笑，這小子實在是太能折騰了，不知他和燕王在小樓中嘀咕什麼？

胡小天又叮囑高遠，讓他回頭將燕王坐過的凳子，用過的茶具全都扔出去，怕傳染是一，主要是心中膈應，這薛勝景實在是個醃臢貨色。

一群人向起宸宮而來，燕王薛勝景雖然知道胡小天這幫人都被趕出了起宸宮，卻不清楚他們和起宸宮的關係惡劣到了這種地步，來到起宸宮附近，胡小天勒住馬韁，向薛勝景道：「王爺請在這裡等著，我們過去就行了，不想引起太大的動靜，更不想他們知道我和王爺之間的關係。」

薛勝景點了點頭，他也不想太多人知道自己和胡小天的關係，微笑道：「胡大人去吧，本王就在這邊等著。」

目送胡小天三人縱馬朝著起宸宮的方向而去，薛勝景一雙小眼睛中迸射出逼人寒光。

總管鐵錚低聲道：「王爺，屬下實在不明白，您為何會對這個囂張小人如此客氣？」

薛勝景冷冷看了鐵錚一眼：「本王以後不想聽到你再說胡大人的不是！」

鐵錚低下頭去：「是！」

薛勝景想起剛才答應胡小天的事情：「鐵錚，你帶人去找找，看看能不能找到神農社柳館主的下落，本王剛剛答應了胡大人，日落之前爭取幫他找到柳館主。」

鐵錚道：「屬下這就去辦。」

薛勝景道：「不急，等胡大人回來再說。」

馬青雲道：「王爺，據太醫院的幾位太醫所說，胡小天為太后療傷的方法真是聞所未聞，見所未見，大康和大雍雖然只有一江之隔，可兩國的醫術發展卻截然不同。」

薛勝景道：「他在大康也是一個異類，入宮不過半年卻能夠得到大康皇上的器重，並委以重任，足以證明他有些真材實料。」

胡小天來到起宸宮前，門外六名侍衛守在那裡，看到胡小天一行過來，馬上嚴陣以待。

胡小天笑瞇瞇向幾人拱了拱手道：「幾位守門大哥，我乃大康遣婚史，特來拜見我家公主，勞煩幾位大哥行個方便。」

為首一人冷冷道：「胡公公還是請回吧，今天公主心緒不佳，什麼人都不見。」

胡小天道：「曹千戶在不在？」

那人答道：「胡公公，還請不要為難我們幾個，公主發話，我等不敢不從。」

胡小天道：「公主一日未嫁就是我們大康的公主，哪有媳婦沒過門就被婆家給控制起來的道理。」

那人笑道：「胡公公不要誤會，我們也是為了保護公主殿下的安全，並不故意阻攔胡大人進來，不如這樣，您先回去，明天再過來，說不定到時候公主的心情會好一些。」

胡小天心中一萬隻草泥馬飛奔而過，這幫不開眼的侍衛，難道就不知道今天自己是有備而來？他笑著點了點頭道：「也好！」話剛一說完，就率先衝了過去，一拳就砸在那名侍衛的下頷之上，打得那侍衛橫飛出去，胡小天這邊一出手，展鵬和趙崇武同時啟動，兩人武功都非同泛泛，絕不是這幫守門侍衛能比，雖然守門的侍衛人數是他們的一倍，可是在三人彪悍的戰鬥力下根本沒有反手之力，轉眼之間六人已經盡數被擊倒在地。

外面乒乒乓乓的打鬥自然引起了裡面的注意，不一會兒工夫，曹昔率領十多名侍衛衝了出來，曹昔怒吼道：「住手！」他的話根本起不到任何作用，展鵬和趙崇武兩人只聽胡小天的號令，看到曹昔出來，展鵬宛如豹子般衝了出去，一拳砸向曹昔的面門。

曹昔氣得臉色鐵青，揮手去拿展鵬的手腕，兩人展開了一場近距離的肉搏戰。趁著展鵬和曹昔纏鬥的時機，趙崇武和胡小天宛如兩頭猛虎出閘，對曹昔的那幫手下痛下狠手，一時間現場慘呼不斷，陷入一片混戰之中。不但是胡小天，連他的這幫手下無不心頭壓著一口惡氣，和起宸宮的這幫侍衛動手根本無需動員。趙崇武在神策府也稱得上出類拔萃，一身橫練功夫爐火純青，別人打他一拳根本毫無痛覺，他一拳卻能將對方打得鼻青臉腫。

趙崇武是穩紮穩打，大開大合，胡小天卻如同一個遊魂一般，利用他神乎其技的躲狗步伐，在一眾侍衛之間穿行，別人連他衣角都碰不到，胡小天施展玄冥陰風爪，下手也是極盡陰損，摳眼撩陰都用上了，不過胡小天還是將尺度控制得很好，以擊倒對方，瓦解對方的戰鬥力為目的，絕不是為了傷人。

驛丞也帶著起宸宮內的護衛雜役全都衝了出來，那驛丞之前挨了胡小天的耳光，一直懷恨在心，現在看到他居然又膽敢帶人過來鬧事，大叫道：「快來人啊，康賊在咱們大雍的地盤上造反了……」

薛勝景第一時間就得到了消息，心中這個鬱悶啊，胡小天啊胡小天，難怪你小子讓我陪你一起過來，搞了半天你是要鬧事，讓老子幫你滅火啊！被人利用的滋味絕不好受。

燕王的一幫手下眼巴巴看著他，等他做出決定。

薛勝景斟酌了一下，終於縱馬向起宸宮而去。

驛丞氣急敗壞，冷不防眼前虛影一晃，卻是胡小天來到了他的面前，揚起巴掌，劈頭蓋臉給了他一個耳光，這巴掌打得清脆且狠，驛丞被他抽得滿臉開花。

而此時薛勝景充滿威嚴的聲音在後方響起：「幹什麼？居然對胡大人無禮！」

薛勝景心中明白胡小天今天這麼做，一是為了出心頭的惡氣，二是在逼迫自己站在他的一方，為他撐腰，雖然明知道被胡小天利用，明明心中不爽，可想到自己有求於人家，薛勝景明知是顆苦果也要往肚子裡咽。

曹昔和展鵬又對了一掌，兩人各自向後退了一步。

鐵錚唇角的肌肉跳動了一下，他領教過展鵬的箭術，想不到展鵬的近身搏擊功夫也是如此之好，曹昔身為四品侍衛，武功絕非泛泛，展鵬能夠和他打成平手，由此可以推測出他的武功水準。展鵬真正厲害的還是箭術，拳腳方面並非他的長項。

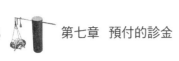

曹昔看到燕王薛勝景親自前來，上前行禮道：「卑職曹昔參見燕王千歲千千歲！」

薛勝景小眼睛轉了轉，從鼻孔中冷哼了一聲道：「曹昔，這究竟是怎麼回事？爾等為何要對胡大人無禮？」

曹昔道：「王爺明鑒，胡公公率領手下前來，不由分說就對我等大打出手，我等也不明白何處招惹了胡公公，因何招致他這樣仇恨。」

薛勝景目光望向胡小天，心想你真不是個好東西，挑事還拽著我墊背。

胡小天嬉皮笑臉道：「我和曹千戶沒什麼私人仇怨，剛才只不過是想進去面見公主，並拿回一些東西，卻想不到被守門的侍衛惡語相向，我只是跟他們理論了幾句，這六人就瘋狗一樣衝上來打我。」

曹昔聽他顛倒黑白，不由得怒道：「胡公公，明明是你先出手的。」

胡小天道：「我不出手，難道等著被你們圍毆不成？王爺，我知道這裡是大雍的國都，我們身在異國他鄉，處處陪著小心，雖然受盡冷臉卻也忍氣吞聲，有道是，在人屋簷下怎敢不低頭，您幫我評評理，我們只有三個，曹千戶他們這邊有二十幾人，這天下間還有以寡凌眾的事情嗎？」

那驛丞捂著流血的鼻子走過來：「王爺……求您給我們做主啊……」

胡小天指著驛丞道：「還有這個醃臢貨色，他剛剛還叫嚷著什麼康賊在大雍的地盤上造反，是可忍孰不可忍，王爺，我等此來雍都乃是為了護送安平公主和七皇子殿下完婚，帶著大康永結同好的願景而來，卻想不到來到雍都竟然遭到如此對待，將我等趕出起宸宮尚且罷了，現在連我要見公主爾等竟也百般阻撓，也罷！待我奏請公主，我等護送公主返回大康，此次聯姻不提也罷！」

燕王薛勝景猜測胡小天只是故意在人前演戲，聯姻是兩國君主定下來的，你一個小太監說作罷就作罷？除非你不想要這顆腦袋了，薛勝景知道自己是時候說句話了，既然都已經出面了，索性讓胡小天利用一次，權當是自己預付的診金，想到這裡，薛勝景將面色一沉，冷冷道：「曹昔，你們好大的膽子，竟然對大康特使無禮，難道你們不清楚胡大人乃是我朝上賓，爾等如此作為，不怕皇上知道怪罪下來，要了你們的腦袋？」

曹昔心中暗暗叫苦，心想此事與我何干？身後那幫侍衛和驛丞等人早已嚇得跪了下去。

胡小天此時卻道：「王爺，您千萬別為難他們，其實他們也是奉命辦事，肯定背後有人指使，不然就算他們吃了熊心豹子膽也不敢阻攔於我。」

曹昔暗想，這太監總算說了句公道話。

胡小天道：「王爺，我先去見公主了。」他拱了拱手，大搖大擺向起宸宮內走去，幾十名侍衛眼睜睜看著他走了進去，竟然無人敢上前阻攔。燕王薛勝景並沒有跟著進去，向曹昔勾了勾手指，曹昔來到燕王面前，恭敬道：「王爺有何吩咐？」

薛勝景道：「都是誰的主意？」

曹昔的臉上露出猶豫的神情。

薛勝景冷笑道：「不說就算了，本王回頭就將你們慢待大康特使的事情如實上奏給皇上，到時候看看他怎麼發落你們。」

曹昔嚇得額頭冷汗涔涔而落，低聲道：「昆玉宮的方公公……」

薛勝景點了點頭，方公公乃是淑妃身邊紅人，昆玉宮乃是淑妃所掌控，淑妃何許人也？她是七皇子薛道銘的親娘，也就是安平公主龍曦月未來的婆婆，媳婦兒還沒有正式進門，婆婆就搞出這樣的事情，看來最近關於淑妃母子不滿這場聯姻的傳聞全都屬實，同時也證明曹昔並沒有對自己說謊話。

安平公主雖然是大康皇室身分不假，可是她的父親龍宣恩早已被架空權力成為大康的太上皇，如今坐在大康皇位之上的是她的哥哥龍燁霖，龍燁霖自然不會關心這個妹妹的死活，只不過將她當成了一件政治道具罷了，也就是說龍曦月在大康皇族中沒有任何的影響力。淑妃母子都是有野心之人，他們認為從這樁婚事中撈取不到任何的好處，所以才會如此抵觸。

薛勝景對此早有認識，其實胡小天登門之日，他就已經猜到了胡小天的目的，但是薛勝景並不想插手此事。今天卻是被胡小天綁架，現身說話也是迫於無奈。再看那驛丞被胡小天打得滿臉開花，十多名侍衛也都受了輕傷，胡小天今次顯然是有意為之，薛勝景忽然意識到想讓這小子給自己治病恐怕沒那麼容易，只怕還要付出一定的代價。

胡小天來到起宸宮內苑，幾名宮女看到胡小天一個個嚇得花容失色，那天胡小天掌摑柳嬤嬤的情景仍然歷歷在目，在她們眼中胡小天儼然已經成為一個心狠手辣的魔頭，胡小天四處看了看，並沒有發現柳嬤嬤的身影，想必這老婆子因為害怕自己悄悄躲了起來，看來該出手時就出手還是有必要的，不給這幫賤人一些顏色看看，他們就不知道自己的厲害。過去打人還怕背後無人撐腰，現在燕王薛勝景有求於自己，毆打這幫下人根本算不上什麼大事兒，就算燕王心中不爽，也得硬著頭皮幫自己擺平，這就是有求於人的代價。

胡小天和顏悅色道：「幾位姐姐，公主在嗎？」

幾名宮女面對這廝誰也不敢說話，只是用力把頭點了點。胡小天哈哈笑了一聲，大步走入宮室。

紫鵑坐在窗前呆呆望著外面，胡小天記得上次來的時候，她好像也是這個姿勢坐在同樣的位置，向前微笑拱手道：「公主殿下別來無恙。」

紫鵑淡淡然道：「還活著！」然後坐直了身子，目光懶洋洋向胡小天掃了一眼道：「你們倒是逍遙自在，說走就走，就剩下本公主一個人孤零零留在這裡。」

胡小天笑道：「公主此言差矣，我們是被迫離開了起宸宮，我等雖然走了，可是我們的心全都留在公主這裡，小天這幾日寢食難安，無時無刻不在牽掛著公主殿下。」

紫鵑呵呵冷笑了一聲，打量了胡小天一眼道：「剛才外面打得那麼熱鬧，估計又是你搞出來的吧？」

胡小天道：「幾個不開眼的傢伙想要阻攔小天面見公主，一時氣不過跟他們打了起來。」

紫鵑道：「你是有心將事情鬧大吧，最好鬧到雍都人盡皆知，那麼你的目的就達到了。」

胡小天暗讚此女頭腦精明，恭敬道：「公主明鑒，自從咱們來到雍都之後，事情就有些不正常，根據屬下目前掌握到的情況，大雍皇室並不清楚咱們已經抵達了雍都，所以皇宮方面才沒有任何反應，有人想要刻意隱瞞這件事。」

紫鵑道：「是不是淑妃母子？」

胡小天道：「屬下沒有確實的證據。」

紫鵑歎了口氣道：「本公主也能猜到一些，一定是他們母子二人覺得我配不上他們，所以才會製造出那麼多的障礙。」

胡小天道：「公主不必多想，聯姻是兩國君主定下來的事情，任何人都不能輕易改變。以公主的容貌才德，嫁來這裡其實是屈就了。」

紫鵑道：「你心中當真是這麼想？他們看不上我，以為我真想嫁給他們嗎？如果不是形勢所迫，本公主才不會受這窩囊氣。」

胡小天向前走了一步，低聲提醒她道：「公主千萬不要有其他的想法，任何的麻煩都有卑職去解決，您只需好好休養，靜待下月的大婚就是。」

紫鵑凝望胡小天的雙目道：「你無非是想將我儘快嫁出去，也只有這樣才能保住你自己對不對？」

胡小天乾笑道：「公主為何總將小天往壞處想？」

紫鵑道：「你心中一切都只是為了她，又怎會顧及到我的感受。」

胡小天聽得有些莫名其妙，紫鵑的這番話充滿了幽怨，難不成她也對自己生出情愫，因為龍曦月的事情而醋海生波？沒想到啊沒想到，我胡小天的魅力居然如此之大。

胡小天道：「公主天生富貴命，等到完婚之後，您就是大雍皇子妃，如果以後七皇子能夠成為太子，您可就是太子妃。」他也明白自己這事兒辦得有些不夠道地，可是為了龍曦月的幸福，只能將紫鵑犧牲掉，更何況紫鵑也不是什麼好人，此前和文博遠勾結，賣主求榮，沒殺她已經是足夠仁慈，現在還給她一個機會當太子妃，胡小天認為紫鵑應該知足，甚至應該感謝自己才對。

紫鵑道：「為什麼有人寧願犧牲掉一切，也要離開？」

胡小天向窗外望了望，確信無人偷聽，這才低聲道：「公主的話實在是莫測高深。」

紫鵑道：「自由！這世上還有什麼能比自由更可貴呢？所以你不要以為可以安

排我的生活，我的未來，你不可以，任何人都不可以！」她的一雙美眸迸射出激動的光華。

胡小天道：「公主的命運一直都掌握在你自己的手中。」

紫鵑道：「你走吧，以後都不要再過來。」

胡小天道：「保護公主殿下乃是小天的職責，公主殿下完婚之前，小天不會離開雍都。」

紫鵑靜靜望著他道：「你現在不走，將來後悔就來不及了。」

胡小天笑道：「既然做出選擇，小天就無怨無悔。」

紫鵑道：「好一個無怨無悔，胡小天，你瞞得過天下人，卻唯獨瞞不過我，你留在雍都不走，絕不是為了保護我，而是你擔心現在回去，對我皇兄無法交代。真是受不了你的惺惺作態，從康都到這裡，一路之上你做了什麼，以為我當真不清楚嗎？」

胡小天道：「小天明白做任何事都瞞不過公主殿下，可公主殿下也應該明白，那是因為小天壓根沒打算瞞著你，因為小天始終將公主當成我的朋友，我的夥伴，而不是敵人。」

紫鵑凝望胡小天的雙目，過了許久方才道：「你配嗎？」

胡小天裂開嘴笑道：「你有選擇嗎？」

人生中很多時候是沒有選擇的，正如胡小天不得不錯認紫鵑為公主，又如燕王不得不向胡小天暫時低頭。當天下午，柳長生就回到了神農社，對於被劫之後的情形柳長生也是一頭霧水，只知道當時迷迷糊糊地被人抓起，雖然意識到可能遭遇綁架，但是因為頭、眼睛被黑布蒙住，自然也無從分辨綁匪的樣子，柳長生的右腿根本沒有骨折，當初這麼說也是為了敷衍燕王。

胡小天在得知柳長生平安返回神農社的消息之後，給燕王薛勝景拿了一瓶藥，神神秘秘叮囑燕王道：「此藥名為三鞭腎寶丸。」

薛勝景好奇道：「何為三鞭腎寶丸？」

胡小天信口胡謅道：「腎乃藏精之所，三鞭乃是牛、虎、驢的命根子。」

薛勝景恍然大悟道：「補藥啊，可是本王的毛病不在這裡，我這方面一直都還過得去。」

胡小天呵呵笑了一聲道：「王爺不明白我的意思，吃這味藥物目的不是讓王爺進補，而是讓王爺生精。」

薛勝景苦笑道：「胡大人，本王既然這段時間都不能行房事，你讓我生精又有何用？」

胡小天道：「王爺，你只看到了表面的毛病，卻不知道內在的流毒，必須要將體內的毒素排淨，方才能為你施行手術，也只有這樣才能做到標本兼治。」

「如何排清體內的毒素？」

胡小天道：「你每天服用一顆，每天要自行擼出三次。」

薛勝景一雙小眼睛幾乎就要瞪出了眼眶子，驚聲道：「三次？」

胡小天道：「王爺不明白？」

薛勝景點了點頭道：「明白。」

胡小天強忍著笑，任你奸猾似鬼，也要喝老子的洗腳水，不玩死你也要玩殘你，胡小天道：「切記，每日三次，不可假手他人，這段時間飲食務必清淡，不可飲酒熬夜，絕對禁止房事，必須自食其力，自己解決。」

薛勝景連連點頭：「只是本王需要這樣做多久，方才能將體內的毒素排淨？」

胡小天掐指一算道：「大概需要七個日夜吧，王爺切記，儘量早中晚各來一次。」吃了壯陽藥，再教你自擼，胡小天也夠陰險的，不過這薛勝景反正也不是什麼好東西，從他劫持柳長生一事就能看出其人陰險歹毒，做事毫無下限，對付這種人就不能心軟。

薛勝景道：「胡大人，是不是我每天多來幾次，就可以加速排毒呢？」

胡小天看了看這死胖子，顯然是對自己的話深信不疑，再聰明的人都有犯糊塗的時候，薛勝景求醫心切，壓根沒有察覺到胡小天是在坑他。胡小天雖然有心懲戒這廝，但是也並沒有想把他當真玩死，真要是將燕王玩死了，自己也落不到任何的好處，胡小天道：「三次足矣，擼多傷身！」

胡小天和薛勝景約定好下次複診之期，就在路口分手。隨後前往了神農社，前往探望剛剛返回的柳長生。

神農社的那幫弟子早已將胡小天視為上賓，見到胡小天過來，慌忙將他請了進去。迎面遇到樊玲兒和一名中年漢子，那中年漢子乃是樊玲兒的父親樊明宇，也是神農社的首席大弟子。樊明宇上前拱手行禮道：「在下樊明宇，參見胡大人。」

胡小天聽過他的名頭，不過見到本人還是第一次，笑道：「樊大哥什麼時候回來的？」

樊明宇道：「聽到師尊失蹤的消息，所以日夜兼程從麗陽趕過來，幸好師尊已經被人送回來了。」

胡小天道：「柳館主何在？」

樊明宇還沒有來得及回答，就聽到柳玉城的聲音響起：「胡兄弟，你來了！」

胡小天微笑點頭：「聽說柳館主回來了，小弟特來探望。」

經歷這場波折之後，柳玉城和胡小天之間的友誼突飛猛進，他上前親切握住胡小天的手：「來！我爹正想見你呢。」

胡小天向樊明宇父女笑了笑，這才隨同柳玉城一起走了進去。

進入柳長生所住的小院，柳玉城一臉悲愴向胡小天道：「我爹的腿斷了。」

胡小天心中一怔，柳長生的腿不是早就斷了嗎？旋即就明白了過來，此前柳長生宣稱右腿摔斷只是一個藉口，皆因他不想給燕王薛勝景治病，他的腿應該是此次被劫之後方才折斷，想必是燕王下令讓人做的，胡小天不禁義憤填膺，這薛勝景實在是太陰狠了，報復心居然如此強烈，心中也不由得警醒起來，以後和薛勝景這種人物相處需要多留個心眼，自己多次整蠱於他，說不定薛勝景早已懷恨在心，以後圖謀報復也未必可知。

來到柳長生的房間內，看到柳長生坐在床上，雖然右腿被人打斷，可是精神還算不錯。見到胡小天進來，柳長生微笑道：「胡大人來了！」

胡小天慌忙上前道：「柳伯伯千萬別這樣稱呼我，我和玉城兄相交莫逆，彼此投緣，現在都以兄弟相稱，若是柳伯伯看得起我，叫我小天就是。」

柳長生點了點頭道：「那老夫就不客氣了，小天，此次神農社遇到麻煩，多虧有你幫忙。」

胡小天道：「我也沒幫上什麼忙，初來乍到，還是玉城兄幫我更多一些。」

柳長生對眼前的這個年輕人產生了不少的好感，他低聲道：「你為太后治病的事情我聽玉城說了，能不能將你用來治療的器械拿給我看看？」

胡小天道：「柳伯伯，那些器械都是太后方面提供的，為太后治病之後，所有器械都留在了慈恩園，小天並沒有將之帶回來。」

柳長生聞言，面露失望之色。

胡小天道：「不過，柳伯伯既然想看，我可以畫給您看看。」

柳長生欣慰道：「如此最好不過。」他讓柳玉城拿來紙筆。

胡小天當著柳長生父子二人的面，將用到的幾種器械畫了一遍，畫好之後拿給柳長生過目。

柳長生看到畫中的器械，濃眉緊鎖，過了好一會兒方才道：「小天，你的醫術究竟是從何處學來？」

胡小天心想這事兒說了你也不信，我這身醫術從來到這世界時就擁有了，既然不能實話實說，就唯有撒謊：「家傳的！」這個理由最為充分合理，誰也不知道人家家裡祖傳了什麼秘密，一旦提到家傳，別人也不好繼續刨根問底。

柳長生道：「家傳？」他濃眉緊鎖，應該是將信將疑，又看了看畫上的器械這才道：「小天，你認不認識鬼醫符刓？」

胡小天還從未聽說過這個名字，搖了搖頭道：「從未聽說過，這個人很厲害嗎？」

柳長生道：「鬼醫符刓乃是不世出的奇才，他可以斷肢再植，剖腹取嬰。」

胡小天停在耳中，心裡卻沒覺得有什麼新奇，無非是剖宮產和斷指再植術，對

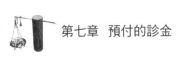

他來說都是些簡單手術罷了，不過在這個傳統醫學佔據絕對統治地位的時代，鬼醫符刓的存在倒是一個讓人極其驚歎的事情，難道在自己之前已經有某位外科醫生先一步來到了這個世界？

柳長生道：「我看你所繪製的器械，這把刀和鬼醫符刓所用極其類似，所以才會有此一問。」

胡小天道：「柳伯伯和鬼醫符刓很熟悉？」

柳長生撫鬚道：「有過一面之緣，說起來也是十年之前的事情了。」他目光顯得有些迷惘，似乎在追憶往事。

「那鬼醫符刓現在何處？」

柳長生道：「九年前就已經去世了，他的墳塚在燕州郊外的黑駝山。」

胡小天點了點頭。

柳長生道：「你年紀輕輕就有如此醫術，真是讓人驚歎，不過這種頭疼醫頭腳疼醫腳的方法終歸不是大道。」從這番話就能夠看出柳長生在醫學方面還是非常守舊。

柳玉城道：「爹，我看小天這種醫術大有可取之處，若是能夠和咱們神農社的醫術相輔相成，必然可以將醫術發揚光大，推向一個新的台階。」

胡小天暗讚柳玉城見識不凡，可是柳玉城的這番話並沒有得到柳長生的認同，柳長生道：「神農社的醫術總在治本而非治標，身體毛髮受之父母，雖然採取切除患處的方法可以起到一些奇效，但是這種醫術始終逆天而行，小天，我這樣說你不會生氣吧？」

胡小天笑道：「柳伯伯的話我明白的。」他知道柳長生並無惡意，只是讓一個傳統的醫者去接受這樣現代的醫學理念並不是一朝一夕的事情，凡事皆不可強求。

柳玉城道：「爹，孩兒並不認同您的這番話，我覺得醫者就應該以治病救人為最終的目的，改變一個人的身體和挽救一個人的性命相比哪個更重要？倘若一個人被毒蛇咬中了手臂，蛇毒無藥可醫，第一時間是應該將手臂斷掉保全性命還是應該為了保全手臂而送掉性命呢？」柳玉城的問題雖然簡單，可是無疑問到了關鍵之處。

柳長生無言以對，輕聲歎了口氣道：「天命、人命究竟哪個更加重要？」

胡小天微笑道：「其實我總覺得既然選擇了行醫，就無需顧慮太多，只需做到無愧於心就是。」

柳長生點了點頭。

柳玉城道：「我爹濟世為懷，救人無數，可是又得到了怎樣的回報？」他望著父親折斷的右腿，一臉悲憤，雖然明明知道父親此次被劫和燕王薛勝景有關，可是苦無證據，就算落到如此境地也無從伸冤。

柳長生道：「玉城，此事不可再提。」

柳玉城憤然道：「爹，這世上難道沒有天理了嗎？」

柳長生沉下臉來：「不得胡說。」

胡小天道：「有件事小天還未跟柳伯伯說呢，我剛答應了燕王要為他治病。」

柳長生點了點頭道：「玉城，你先出去，我有幾句話想單獨跟小天說。」

柳玉城應了一聲，退出門外。

柳長生望著胡小天，長歎了一口氣道：「小天，這次的事情多虧你了。」

胡小天笑道：「柳伯伯此話從何說起？」

柳長生道：「燕王的為人我清楚，這次的事情因何而起我也清清楚楚，一定是你答應為他治病，方才換得他對我網開一面。」

胡小天沒想到柳長生將這件事看得如此清楚，心中不禁有些好奇，低聲道：「柳伯伯既然知道燕王的為人，為何不答應為他治病呢？」

柳長生道：「皆因他曾經害死過我的一位徒兒。」說到這裡他將眼睛閉上，黯然歎了一口氣道：「此事不提也罷。」他睜開雙目望著胡小天道：「燕王雖然人稱當世孟嘗，慷慨大方，仗義疏財，可這一切只不過全都是表像罷了，其人心機深沉，睚眥必報，你跟他相處務必要小心。」

胡小天點了點頭道：「柳伯伯放心，我心裡有數。」

柳長生道：「神農社自從成立以來，我向來奉行著一個原則，就是和皇室官場保持一定的距離，須知伴君如伴虎，越是身居高位者，他們的壓力就越大，性格反覆無常者最為多見。」

胡小天道：「柳伯伯的腿傷要不要緊？」

柳長生道：「不要緊，權當是一個教訓吧。」他已經決定在這件事上採取息事寧人的態度，其實就算追究下去又能如何？他只不過是一個醫館的館主，豈能和燕王抗衡？更何況他根本沒有人家綁架自己的任何證據。

胡小天道：「柳伯伯，小侄還有一個請求。」

「但說無妨。」

「小天既然答應了燕王要為他治病，這件事就不會更改，小天想向柳伯伯討要一些傷藥，促進術後傷口癒合，不知柳伯伯是否應允？」

柳長生道：「老夫只是堅持自己不去給他治病，你想怎麼做，我當然不會反對，至於傷藥，你何時想要，我這邊何時提供。」

胡小天道：「多謝柳伯伯。」

此時外面傳來柳玉城的聲音，卻是又有人過來探望，這次過來的是霍勝男，她代表她的義父大帥尉遲冲前來。霍勝男見胡小天也在，向他笑了笑，將手中禮品放在一邊。

第八章

權力交接的危機

胡小天並不認為事情僅僅像表面這樣，大
雍朝廷的內部也和大康一樣面臨著權力交接的危機。
胡小天並不想介入他國內部的權力紛爭，
他只想順順利利將假公主紫鵑嫁給七皇子，
為這次的計畫畫上一個圓滿的句號，
但是從眼前的局勢來看，一切還為之過早。

柳長生道：「霍將軍怎麼來了？」

霍勝男道：「聽說柳館主平安歸來，所以義父讓我過來代他探望。他本來是要親自過來的，可是皇上讓他去大應城解決一些事情，所以抽不出時間，還讓我向柳館主致歉呢。」

柳長生道：「尉遲將軍日理萬機，終日為國事操勞，百忙之中還惦記著他的這個窮朋友，老夫已經感激涕零了。」

霍勝男笑了笑，柳玉城搬來椅子請她坐下。霍勝男搖了搖頭謝絕道：「不了，我還有些事情要趕著去處理，親眼看到柳館主平安歸來，勝男不勝欣慰，柳館主，勝男這就告辭了。」她來去匆匆，看來的確有要緊事。

柳長生連忙讓兒子去送，胡小天道：「柳伯伯，我也該走了，您好好養病，等過幾天我再來看您。」

柳玉城陪著他們兩人出來，行至中途，柳玉城道：「霍將軍，尉遲姑娘的病是否好些了？」他問的乃是尉遲冲的寶貝女兒尉遲聘婷。

霍勝男笑道：「你不會自己去問？聘婷現在都在家裡呢。」

柳玉城的臉明顯紅了，胡小天從他的表情就判斷出柳玉城十有八九對尉遲冲的女兒有意思。

霍勝男美眸蕩漾起一絲笑意：「放心吧，自從服用了柳館主開的那些藥，已經止住了咳嗽，過兩天就要複診，既然柳館主受了傷，你這位少館主肯定要替他走一趟了。」

柳玉城的臉紅得越發厲害了，被人道破了心思，有種做賊被抓了個現形的感覺。

來到神農社外，他們和柳玉城道別之後，分別上了自己的坐騎，霍勝男望著胡小天胯下的小灰，不由得眨了眨眼，一時間分辨不出這究竟是匹馬還是一頭騾子。

小灰似乎不喜歡霍勝男的目光，兩隻耳朵耷拉了下來。

霍勝男道：「你這匹馬長得好特別。」

胡小天道：「人也特別！」

霍勝男已經知道了他的身分，以為他是在說太監這回事兒，輕聲道：「的確與眾不同，我聽說今兒你帶人去起宸宮大打出手？此事震動京師。」

胡小天哈哈笑道：「當真是好事不出門壞事傳千里，區區小事何足掛齒呢。」

霍勝男道：「你一個康人跑到我們大雍的國都大打出手，是不是欺負我們大雍無人？」

胡小天笑道：「霍將軍誤會了，我可沒那個意思，事情全都因那幫狗眼看人低的傢伙而起，我去見安平公主，他們卻百般阻撓，而且對我惡語相向，是可忍孰不可忍。」

霍勝男唇角露出一絲笑意：「好一句是可忍孰不可忍，胡小天，念在咱們相識一場的份上我提醒你，你今天的作為可得罪了不少大雍的熱血男兒，以後要多點小心啊。」

胡小天道：「多謝霍姑娘提醒，在下還有要事在身，先行告辭了。」他在馬上抱了抱拳，催馬向遠方的街巷狂奔而去。

霍勝男望著他離去的背影，緩緩搖了搖頭，表情顯得有些無奈，這個胡小天還真是有些讓人看不透了。

胡小天來到雍都的初衷原打算夾起尾巴做人，可是真正抵達這裡之後，方才發現一切並不像預想中那樣簡單，使團非但沒有受到應有規格的接待，反而屢屢遭到冷遇，歸根結底卻是因為淑妃母子在其中作祟。

雖然找到了原因，可是胡小天並不認為事情僅僅像表面這樣，大雍朝廷的內部也和大康一樣面臨著權力交接的危機。

胡小天並不想介入他國內部的權力紛爭，他只想順順利利將假公主紫鵑嫁給七皇子，為這次的計畫畫上一個圓滿的句號，但是從眼前的局勢來看，一切還為之過早，想要達成這個願望恐怕還需一番努力。

胡小天回到南風客棧，看到兩人正背著行囊仰望著客棧的招牌，他們的身形看起來有些熟悉，聽到身後的馬蹄聲，兩人同時轉過身來，看到胡小天，頓時臉上露出驚喜之色。

胡小天這才認出，這兩人竟然是梁英豪和熊天霸，梁英豪倒還罷了，熊天霸見到胡小天如同見到親人一樣，他大聲嚷嚷道：「叔啊！我們總算找到你了！」他這一嗓子將半條街人的注意力都吸引了過來。

胡小天哈哈大笑，翻身從馬上跳下來，將馬韁扔給身後的趙崇武，迎向熊天霸，伸手在這小子的肩膀上拍了拍，大聲道：「熊孩子，你怎麼來了？」

熊天霸道：「不但是我來了，梁大哥也來了，還有不少人也過來了。」

胡小天微微一怔：「除了你們兩個，還有誰來？」

梁英豪上前行參拜之禮，和展鵬他們見面也是格外親熱。

胡小天將他們請到了客棧大堂，熊孩子就大聲嚷嚷道：「小二，給我來碗麵，我餓死了，我就快餓死了。」

胡小天笑著讓高遠去給他安排，熊天霸是個莽漢，從他嘴裡問出來的事情也是不清不楚，好在有梁英豪，原來庸江沉船發生的當天，倉木縣也發生了民亂，梁英豪離開不久就聽說發生了事情，於是又折返回到了倉木縣，抵達那裡，已經亂成一團，梁英豪輾轉和唐家兄妹等人會合，他們也聽說了沉船的事情，一個個既擔心又害怕，擔心的是胡小天一行遭遇危險，害怕的是，若是公主出了事情，他們這些人全都要跟著遭殃。

他們商量之後，決定前往青龍灣看看，卻又巧遇了熊安民父子，這才知道胡小天和公主無恙，已經在大雍軍隊的護衛下前往雍都。

這群人思來想去，還是來雍都尋找胡小天。

胡小天和梁英豪說話的功夫，熊天霸已經唏裡呼嚕地吃上了牛肉麵，眼看著一大碗就下了肚，這貨又要了一碗，連吃三碗方才填飽了肚皮。

胡小天道：「熊孩子，你爹呢？」

熊天霸道：「唐鐵鑫還有一幫傷患陪著我爹去康都報信了，我爹讓我過來保護公主。」

胡小天點了點頭。

梁英豪道：「唐鐵漢和唐輕璇他們帶著五十多名弟兄暫時住在城南的東臨客棧，我這就去告訴他們這個好消息。」

胡小天笑道：「我跟你一起去。」

這時候周默從外面走了進來，看到眼前一幕也是大感驚奇，熊孩子一扁嘴就撲了上去：「師父，我可找到你了。」

周默一邊拍著他的肩膀一邊道：「熊孩子，你這鼻涕，你這鼻涕……」

「徒兒看到師父激動啊！」

「激動你倒是流眼淚，你流鼻涕幹嘛？」

雖然胡小天並不需要人手，可是他鄉遇故人仍然帶給他以及使團的所有人意外的驚喜，唐鐵漢兄妹帶來了五十多名兄弟，這讓他們使團的人數激增到九十多人，這五十多人基本上都是因為輕傷留在了倉木，經過了一段時間的休養，他們的身體已經完全康復。

再次見到胡小天，唐輕璇居然顯得有些不好意思，咬了咬櫻唇向胡小天道：「你不是好人。」

胡小天愕然道：「剛剛見面，不知在下何處得罪了唐姑娘？」

唐輕璇道：「是你讓我哥裝病騙我來著？」

胡小天這才明白她為何會這樣說，目光找到唐鐵漢，唐鐵漢一臉尷尬，原來他裝病的事情被唐輕璇發現，幾經追問，唐鐵漢終於禁不住盤問，把胡小天給供了出來。

唐輕璇道：「我不是怪你，只是你們深入虎穴，我又豈能袖手旁觀。」她心底深處卻因為這件事而感動，認為胡小天之所以出這樣的主意乃是為了保護她，對胡小天的人品越發敬重了。

胡小天真是有些哭笑不得了，他想讓唐家兄妹留下的初衷，乃是為了方便對文博遠下手，同時也好帶著安平公主逃離，畢竟唐輕璇和龍曦月義結金蘭之後，終日形影不離，想要分開她們就得採取一些必要的手段。

唐輕璇道：「公主在哪裡？」

胡小天道：「起宸宮。」

「我好想見她！」

胡小天笑道：「現在恐怕不是時候，大雍方面已經全面接管了保護公主的職責，別說是你，就連我也不可能想見就見，總之，公主大婚的時候，咱們一定可以見到了。」

唐輕璇道：「我還答應要給姐姐當伴娘呢。」

胡小天道：「此事以後再議，你們長途跋涉而來，好好休息一下，高遠，準備一下，今晚開十桌宴席，好好款待一下咱們的兄弟們。」

「是！」

南風客棧內陷入一片歡樂的海洋中。

胡小天悄然回到院落之中，看到龍曦月正在院子裡漿洗衣物，他慌忙走了過去，低聲道：「你怎麼幹這種粗活？」

龍曦月笑了笑道：「衛兵幫大人漿洗衣物不是應該的嗎？」她繼續揉搓。

胡小天定睛望去，看到她洗的乃是自己的內褲。

龍曦月道：「你這上面不知沾了些什麼，硬梆梆的。」

胡小天感覺老臉一熱，趕緊鑽入了小樓之中，我的傻丫頭，改天我應該好好給你普及一下這方面的知識了。心中暗歎，最近這火實在是有些大了。

龍曦月洗完衣服，走入小樓內，平日裡她很少出去，雖然聽到外面人聲鼎沸，卻不知發生了什麼事情，聽胡小天說唐輕璇他們都到了，龍曦月也感到驚喜，可旋即又有些擔心，她現在已經易容成這個樣子，斷然是不能和唐輕璇相見的。更麻煩的是，如果唐輕璇見到了紫鵑，那麼她就會知道現在的安平公主是假冒，還不知會生出什麼事端。

胡小天道：「曦月，我想你暫時去寶豐堂那邊迴避一下。」

龍曦月道：「我不走！」

胡小天笑道：「不是讓你走，而是讓你儘量避免和唐輕璇見面，通常女人要比男人敏感得多，我不想她發現什麼，反正你去了那邊，咱們仍然每天都可以見面。」

龍曦月道：「也好！」她咬了咬櫻唇。

胡小天看出她目光黯然，來到她面前，展臂將她擁入懷中，低聲勸慰道：「總之，我答應你，只要一有時間我就過去看你，你若是願意，我仍然每晚過去陪著你睡覺好不好。」

龍曦月俏臉一熱，在胡小天懷中扭動了一下嬌軀，小聲道：「我發現自己好沒用，原來什麼都不會，什麼都幫不到你。」

胡小天笑道：「傻丫頭，你會的多著呢，只不過現在還沒有意識到自己的本事。」

「我有什麼本事？」

胡小天捧著她的面龐笑道：「比如說生孩子！」

龍曦月咬了咬櫻唇再次撲入胡小天的懷中捶打著他的胸膛道：「你壞，你壞死了！」女人說男人壞的時候，通常心中都是愛到了極點。

胡小天欣慰的笑了起來，能有如此美人眷顧，此生夫復何求？

梁英豪的到來讓胡小天欣喜不已，他決定未雨綢繆，在南風客棧內挖一條暗道，以備不時之需，梁英豪出身峰林峽渾水幫，在挖洞方面有著他人不能及的特長。

在接到胡小天的這個任務之後，梁英豪馬上就開始選址，確定方案之後開始挖掘，起始點就選擇在胡小天所住的小樓之中。

隨著他們瞭解到方方面面的情況，雍都的大致狀況也開始漸漸浮出水面。來到雍都不覺已經過去了六天，眼看就是三月，距離公主大婚也只剩下了半個月的時間，大雍皇室仍然沒有正式接待這個來自大康的遣婚史團。

胡小天也不急不躁，當晚，他和蕭天穆、周默、展鵬四人聚在了寶豐堂內，共同商議接下來的計畫。

蕭天穆面前的桌上平鋪著一張大雍皇城的地圖，胡小天拿起地圖看了看。

蕭天穆道：「事情已經基本查明，將公主安置在起宸宮，故意隱瞞使團抵達雍都消息，乃是淑妃母子的主意。淑妃娘家姓董，她哥哥董炳泰乃是大雍吏部尚書，董家在大雍世代為官，在朝中影響極大，唯一能和董家相提並論的只有李家，也就是曾經的大雍丞相李玄感，李玄感十五年前去世之後，他的大兒子李明輔繼承了靖國公的稱號，李明輔的能力雖然不及他的父親，但是他善於處理方方面面的關係，也深得皇上器重，到了李家的第三代，又湧現出一位出類拔萃的人物。」

胡小天道：「李沉舟？」

蕭天穆點了點頭道：「不錯，就是李沉舟，三弟此前應該和他已經打過交道了。」

胡小天道：「李沉舟這個人很不簡單，對人防範心很重，我雖然和他從南陽水寨一路來到這裡，可是對這個人的瞭解並不多。難道他也被淑妃收買？對我們使團來到雍都的事情居然隻字不提？」

蕭天穆道：「和大康聯姻乃是皇后的主意，大雍皇帝點頭同意的，此前淑妃一心想讓她的兒子迎娶項太師的女兒，以此來鞏固董家在朝中的地位，從而也讓七皇子薛道銘增加一個強有力的幫手，以期日後登上太子之位，項太師其實也有此意，可是到了大雍皇帝那裡卻遭到了否決，知不知道是什麼緣故？」

胡小天想了想道：「一定是薛勝康考慮到董家和項家如果聯姻，那麼他們兩家的勢力等於如虎添翼，對他以後的統治不利。」

蕭天穆微笑道：「三弟果然是明白人，帝王的心思正是如此，所以他才會否決淑妃的提議，改向大康提親，大康方面現在氣勢衰微，遇到這樣的事情，自然是求之不得，聯姻之事一拍即合，這其中真正不高興的當然是淑妃母子。」

胡小天道：「他們高興也罷，不高興也罷，大雍皇帝定下來的事情他們萬萬是不能更改的。」

周默道：「李沉舟難道也是他們同一陣營的？」

蕭天穆搖了搖頭道：「李家一直都是支持大皇子薛道洪的，這件事我也有些不解，按理說大皇子方面一定早就收到了消息，可是為什麼他們一直都沒有出面？」

胡小天道：「興許他們就想看著淑妃母子如何折騰，等他們將事情鬧大了，再狠狠在大雍皇帝面前狠參他們母子一本，這樣才能起到痛擊對手的作用。」

蕭天穆點了點頭道：「很有可能。」

展鵬道：「只是這樣一來，咱們的處境就非常尷尬了，安平公主被他們控制起來，咱們又無法接近，萬一淑妃母子生出歹意，對安平公主不利，豈不是麻煩？」

周默道：「是啊，我也一直在擔心這件事。」

蕭天穆和胡小天都沒有說話，兩人默契地保持沉默。

蕭天穆雖然雙目失明，可是論到對胡小天心思的揣摩他卻是最清醒的一個，起宸宮的安平公主只是一個冒牌貨罷了，胡小天當然不會在乎她的死活，即便是淑妃母子將她害死，說不定自己的這位兄弟還會倍感欣慰，死無對證，從此以後就少了一個隱患。

可是胡小天應該不想這個冒牌公主現在就死，他最理想的就是在這位假公主大婚之後，完全撇開干係，離開大雍，圓滿完成他的此次行程。

胡小天道：「距離大婚還有半月之久，淑妃母子肯定還會有其他的動作，我擔心他們針對的不僅僅是公主，還有我們。」

周默愕然道：「三弟是什麼意思？為何他們要針對咱們？已經將咱們從起宸宮內趕出來了，為何還要做那種事情？」

胡小天道：「現在的公主就是個包袱，咱們想甩掉，將責任推卸給大雍方面，淑妃母子也一樣，我敢斷定，他們同樣想將包袱推卸給咱們，說穿了就是萬一有事，誰來承擔這個責任的問題。」

蕭天穆道：「不錯，還有一種可能，淑妃母子或許想將責任推卸給大皇子，既擺脫了麻煩，又打擊了對手，何樂而不為？」

周默道：「如此說來，公主的處境豈不是如履薄冰？咱們無人在她的身邊守護，萬一出了什麼事情，豈不是麻煩？」

胡小天道：「這兩天我也在想這個問題，當初我是想帶她一起離開，可是她堅決不從。」

周默道：「此女也很不尋常呢。」

胡小天道：「她才是咱們之中最大的變數。」

蕭天穆道：「假如她當真一心想飛上枝頭變鳳凰倒也不怕，就怕她別有居心。」

胡小天道：「如此說來，我也許應該返回起宸宮，盯住她的一舉一動，以免她生出事端。」

展鵬道：「她現在生出事端對她自己也沒有任何的好處，如果事情敗露，倒楣的可不僅僅是咱們。」

蕭天穆道：「不要小看任何人，從現在的情形來看，她應該充分意識到自己的價值，在搞清她真正用意之前，我們不妨多些耐心，只有找出她的弱點，方才能夠讓她一心一意地跟咱們合作。」

胡小天點了點頭道：「我打算從燕王那裡入手，讓他幫忙將此事上奏給大雍皇上。」

周默不無好奇道：「燕王究竟得了什麼病？」

胡小天呵呵笑道：「富貴病！」

幾人同時會心一笑，男人對這種事情天生敏感。

展鵬道：「燕王那個人陰險狡詐，只怕沒那麼容易對付。」

「再狡猾的狐狸也逃不過我的獵槍！」胡小天信心滿滿，對付燕王他還是有些辦法的。

蕭天穆道：「為何不去找太后？」

胡小天道：「如無必要還是儘量不去麻煩太后，我不想她懷疑我的動機，也不想這件事給神農社造成太多的影響。」

蕭天穆點了點頭，胡小天做事果然很有原則。蕭天穆道：「大哥，你將咱們商量準備返回的路線告訴小天。」

周默從一旁拿出一張疆域圖：「我和二弟研究了一下，為了以防夜長夢多，等到公主大婚之後，咱們即刻離開雍都，先向東到海陵郡，約莫四百里陸路，從那裡可以登船入海，我們會提前在港口準備商船，乘船一直南下，直達大康海州，在那裡登陸，選擇這條路線最大的好處一來可以躲過大雍境內的重重盤查，二來可以繞過大康北方民亂。」

胡小天道：「走海路乃是最穩妥的，這件事就交給二哥去安排。」

蕭天穆道：「寶豐堂剛好有一批瓷器要運往康都，那邊的關係早已打通，到時候你們就隨同商船一起返回。只是……」他欲言又止。

胡小天道：「二哥是不是擔心我們使團現在人員太多，到時候目標太大，一舉一動都會引人注目？」

蕭天穆點了點頭道：「正是這個道理，如果此次大婚能夠順順利利，自然也不會有什麼麻煩，若是中途出了任何的偏差，這麼多人想要順利離開大雍只怕沒那麼容易。」

周默道：「二弟說得極是，很多時候人多未必是好事。」

胡小天道：「唐家兄妹過來，也是我意料之外的事情。」雖然這些人不顧安危前來相助，可是胡小天也明白目前的狀況下，並不是人多力量大，別說就是增加五十多人，就算給他增加五千人，在大雍的地盤上也翻不起任何的風浪。

展鵬道：「唐輕璇和安平公主義結金蘭，感情頗深，她此次前來就是為了安平公主。」

胡小天歎了口氣道：「若是不讓她見到安平公主，她未必肯答應，可若是讓她見到，只怕又會有麻煩。」

蕭天穆笑道：「這應該不是什麼大問題，哄女孩子不一直都是你的強項嗎？」

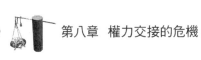

幾人望著胡小天同時點頭。

胡小天苦著臉道：「拜託，二哥，我是太監嗳！太監！」

蕭天穆微笑點頭，意味深長道：「通常來說，太監要更懂得女人的心思！」

看到蕭天穆滿懷深意的表情，胡小天隱約明白，自己的這位二哥十有八九已經猜到自己是個假太監的秘密，別看蕭天穆雙目失明，他看事情卻比有眼睛的人更加透徹。

展鵬道：「我認為從海陵郡撤離要放在最後一步，而且不宜人數太多，其餘多數人還是提前離開雍都為妙。」

周默道：「最近南風客棧的周圍時常有陌生人走動，看來已經有人在監視我等的動向。」

胡小天道：「那是自然，從進入大雍境內，他們對咱們的警惕就沒有放鬆過。」

蕭天穆道：「九十多個人，他們不可能盯住每一個，而且也沒那種必要，他們著重關注的應該是三弟、吳敬善和安平公主，其他人在他們的眼中應該沒有那麼重要。」

胡小天點了點頭。

蕭天穆道：「吳敬善雖然是這次的總遣婚使，可從頭到尾應該沒有起到半點作用，是時候讓他離開了。」

胡小天愕然道：「讓他走？」

蕭天穆道：「如果事情敗露，他斷然無法逃脫責任，如果事情順利，他卻要拿下首功，此人對你來說已經沒有了任何的價值，留他在雍都只會礙事，不然就會搶功。雞肋之人，留他作甚？」

胡小天點了點頭道：「找個理由讓他先行離開，這樣就能理所當然地讓一部分人跟著他先走。」

周默道：「就是不知吳敬善會不會配合？」

胡小天道：「應該沒什麼問題，他留在雍都也是度日如年，我讓他先走，他肯定求之不得。」

蕭天穆道：「其實曦月若是肯走最好不過。」

胡小天歎了一口氣道：「只能慢慢勸她，大婚之前，爭取先將她送出雍都，去海陵郡等我。」

蕭天穆點了點頭，感情上的事情並不是他們能夠左右的，多數人都會在感情面前變得不理智，性情柔弱的安平公主也不例外。蕭天穆忽然問道：「如果這次咱們的計畫圓滿完成，回到康都之後你打算做什麼？」

胡小天被蕭天穆問得沉默下去，其實他不止一次考慮過這個問題，然而至今都沒有一個明確的答案，來雍都之前，救出龍曦月是他心中最大的願望，可救出龍曦月之後呢？他不可能帶著她就此亡命天涯，畢竟爹娘還在，不把他們救出困境又有何面目為人子女？回去繼續當太監嗎？繼續游走在姬飛花和權德安、李雲聰各股勢力之間？這樣的日子何時是個盡頭？

蕭天穆低聲道：「人無遠慮必有近憂，想要在亂世求生，就必須要比他人更強。如果可以給你一個機會選擇，你是願意做一個久居人下得過且過的太監，還是要做一個可以自己主宰命運，挽救親人於水火之中的英雄呢？」

胡小天道：「不瞞你說，我過去只想渾渾噩噩的混上一輩子，沒事喝點小酒，泡個小妞，打個小牌，聽個小曲，可時運弄人，活在這亂糟糟的世界裡面，你想落得清靜，除非去死。」

周默道：「亂世出英雄，你我兄弟何不攜起手來，做一番轟轟烈烈的大事，不求流芳千古，但求造福百姓，拯救萬民於水火之中。」

蕭天穆道：「想要成就大事不僅僅依靠個人的能力，還要看天命，所謂天命，說白了就是機會。」

周默道：「我命由我不由天，我從來都不相信什麼天命，兄弟同心其利斷金，大康國主昏庸，國運衰微，如此下去亡國已經為之不遠。」

他當年也一心報效家國，即便是戰死沙場，馬革裹屍也在所不惜，可是現實卻如此殘酷無情，他和他的兄弟們成為政治鬥爭的犧牲品。

正是血的教訓，讓周默意識到大康的統治早已腐朽，想要重整河山，想要讓百姓安居樂業，就要從根本上改變，他對大康朝廷早已不報任何的期望。

展鵬沒有蕭天穆和周默那般宏偉的志向，他之所以會在這裡的根本原因是報恩，胡小天於他有恩，滴水之恩必湧泉相報，這是展鵬的做人準則。

胡小天道：「走一步看一步，我雖然沒有什麼雄心壯志，可是我想舒舒服服地過日子，誰要是想讓我不自在，我就會跟他死磕，幾位哥哥為了我的事情可以不遠千里來到雍都，換成是你們有事，我同樣會這樣做。」

蕭天穆微笑道：「三弟這番話說得好，無論想要走多遠，最重要的還是要將腳下的路走好，正所謂千里之行始於足下。」

離開寶豐堂的時候，蕭天穆又想起一件事道：「你托我打聽的事情已經查到了，那位霍小如霍姑娘如今在雍都北城舞月坊編排歌舞。」

胡小天點了點頭，自從離開康都之後他和霍小如就再也沒見過面，這段時間，偶然也會想起霍小如，想起和她的約定，可是那絕非刻骨銘心的思念，也許他和霍小如相處的時間實在太短，彼此之間的感情仍然只停留在欣賞的狀態，遠沒有達到相思刻骨的地步。

在從燕王那裡得到霍小如的消息之後，胡小天也曾經湧現過要和她見面的想法，所以才讓蕭天穆代為打聽。可是真正知道霍小如的下落之後，胡小天反倒沒有了去見霍小如的強烈願望，也許是因為他有要事在身，此次雍都之行還不知要面臨怎樣的驚濤駭浪，既然如此，何苦去給霍小如招惹麻煩？

翌日清晨，慈恩園的董公公一早就來到了南風客棧，胡小天聽聞這個消息慌忙到大堂迎接，恭敬作揖道：「董公公大駕光臨，小天有失遠迎，恕罪，恕罪，恕罪！」

董公公此次見到胡小天眉開眼笑，態度比起之前還要和藹可親，尖著嗓子道：「胡公公瞞得咱家好苦，搞了半天，咱們還是同道中人。」

胡小天心中暗罵，同你媽個頭，老子又不是太監，臉上堆起春風般溫暖的笑容：「不是小天想瞞董公公，而是董公公位高權重，小天高攀不起。」

董公公親切地扯著胡小天的手道：「咱家就說嘛，這舉手抬足的氣派，說話辦事的機靈勁兒，也只有常在宮裡辦事的才能做得如此恰當，胡公公如此年輕就得到貴上如此眷顧，真是讓人羨慕啊！」

胡小天道：「哪比得上董公公德高望重。」

「哪裡！哪裡！」

胡小天道：「董公公請裡面坐。」

董公公道：「不必了，咱家今日過來是特地請胡公公前往慈恩園走一趟，太后有請！」

胡小天聽到這個請字頓時放下心來，蔣太后對自己應該並無惡意，今次找自己過去難道是為了複診？胡小天微笑道：「太后的眼睛恢復得怎麼樣了？」

董公公眉開眼笑道：「太后對你的醫術讚不絕口，幾乎每天都在念叨你呢。」

胡小天跟著董公公上了外面的馬車，馬車行進之後，董公公道：「胡公公還真是深藏不露，上次去慈恩園的時候，因何沒有說出自己的身分？」

胡小天笑道：「如果董公公知道我乃是大康的使臣，您還敢讓我為太后醫病嗎？」

董公公呵呵笑道：「大康和大雍互為友邦，胡公公對太后自然沒有惡意。」話雖然這麼說，可是如果在此之前他就知道胡小天的真實身分，肯定不敢讓胡小天為太后治病的。

蔣太后最近的心情一直都不錯，胡小天為她施行了重瞼術，讓她實現了多年的心願，不但變成了雙眼皮，同時也在一夜之間年輕了不少，愛美之心人皆有之，雖然蔣太后已近古稀之年，可是這並不妨礙她對美貌的追求。

此次再見蔣太后，連胡小天都不由得驚歎她恢復速度之快，表面上看去已經看不出任何開刀的痕跡了，蔣太后今日還特地畫了淡妝，人逢喜事精神爽，蔣太后眼角都掩飾不住心中的喜色。

胡小天參拜之後，蔣太后讓人賜坐，笑瞇瞇道：「今兒將胡先生請來，是特地感謝你的。」

胡小天道：「太后客氣了，能為太后解除病痛實乃小天的榮幸。」

蔣太后道：「哀家也是剛剛知道，你居然是大康的使臣。」

胡小天道：「小天此前隱瞞身分乃是為了避免麻煩，還望太后體恤小臣。」

蔣太后道：「哀家心裡明白的，對了，你這次來大雍是為了護送貴國公主和我那七皇孫道銘完婚吧？」

胡小天巴不得蔣太后主動提起這件事，他笑道：「正是為了這件事。」

蔣太后點了點頭道：「辛苦了！」

說完這句話居然就繞過這個話題，胡小天本以為能夠趁機將來到大雍受到的不公待遇告訴蔣太后，可是看蔣太后的態度，顯然是對這次的婚事沒有太大的關注，胡小天心中難免有些失望，看來大雍皇族內部對這樁婚姻缺少足夠的重視，難怪淑妃母子膽敢為所欲為。

蔣太后道：「小董子，你去看看小君來了沒有。」

董公公應了一聲，起身出去了。

胡小天心中暗自好奇，小君？卻不知又是哪個？難道蔣太后還有其他事情找我？

陪著蔣太后聊了約莫半個時辰，方才聽到外面傳來一聲銀鈴般的格格嬌笑聲，聲音中透著一股子嫵媚的味道：「母后，女兒來遲了！」

胡小天循聲望去，卻見一位身穿黃色華麗長裙的美豔少婦在董公公的陪同下緩步走入，衣裙極盡華美，光輝燦爛，秀髮如雲，飾以金簪明珠，眉目如畫，肌膚勝雪，腰肢纖細盈盈一握，腰臀曲線起伏，走起路來宛如春風拂柳，又如波浪起伏，舉手抬足之間流露出性感慵懶的風情。

胡小天心中暗讚，此女絕對稱得上難得一見的尤物。

來人卻是大雍天子的同胞妹妹，蔣太后的親生女兒薛靈君，此女深得蔣太后寵愛，後嫁給大雍才子洪興廉為妻，可惜紅顏命薄，結婚不到三個月，洪興廉就因為一場急病一命嗚呼，此後不到半年，洪興廉的父母兄弟接連暴斃，嚇得洪家人連京城都不敢待了，走的走逃的逃。

外界都傳言薛靈君命中克夫，這薛靈君自從孀居之後，又耐不住寂寞，和一位前來念經超度的和尚偷情，醜聞被人爆出之後，大康天子薛勝康顏面無光，一怒之下，將那和尚連同寺院中的其他僧人全都斬盡殺絕，寺院也付之一炬。

薛靈君因此而跟皇兄反目，自此以後變得自暴自棄，這些年在雍都鬧出了不少的醜聞，薛勝康拿這個妹子也是頭疼不已，可念在一母同胞的份上又不好懲戒她，只能遷怒於那些敢於跟她來往的男子，所以這些年因為薛靈君送命的男子不計其數，薛靈君因此在雍都也變得聲名狼藉，雍人在背後偷偷稱她為天下第一蕩婦。所有深悉內情的男子對她畏之如蛇蠍，唯恐避之不及。

薛靈君的名聲再差，可是在蔣太后的眼中始終是自己的女兒，對她的寵愛卻從未改變過。看到女兒前來，蔣太后眉開眼笑，招了招手道：「小君，你這孩子怎麼來得那麼晚？」

薛靈君格格笑道：「昨兒心情不好，一個人多喝了幾杯，所以睡過了頭。」

蔣太后心疼道：「我說過你多少次了，一個人孤零零住著作甚？不如搬到園子裡來，每天陪我這個老太婆聊聊天也是好的。」

薛靈君道：「那可不成，你實在是太能絮叨，跟你住在一起，我不死也要瘋了。」

蔣太后笑罵道：「你這個討嫌的丫頭，信不信我扯爛你的那張嘴皮子。」

薛靈君道：「信，女兒當然相信，大雍第一母老虎的話我怎敢不信？」

蔣太后笑得越發開心了：「你才是母老虎！沒大沒小的東西。」嘴裡罵著女兒，可是眼中卻滿滿的愛意。

薛靈君道：「母后，今天你好像又年輕了，這樣下去真是麻煩了。」

「如何麻煩了？」

「我都不知道應該叫你母后呢還是應該叫你姐姐，也許應該叫你一聲妹子才恰當了。」

「我呸！你這丫頭就是嘴甜，哄哀家開心是不是？」薛靈君呵呵笑了起來，笑得放肆而張揚，一雙美眸朝胡小天瞥了一眼，嘖嘖有聲道：「讓我猜猜，這位俊俏的小哥兒一定是大康的神醫胡小天胡大人了？」

胡小天慌忙起身作揖道：「胡小天參見長公主殿下！」

薛靈君點了點頭道：「快起來吧，沒必要那麼多虛情假意的禮節，說起來我還要好好感謝你呢，如果不是你出手，我母后的頑疾也不會痊癒，也不會變得如此年輕美麗。」

蔣太后笑道：「你這孩子又在胡說，當著胡大人的面，也不怕被他笑話。」

胡小天笑道：「長公主乃是真性情，太后叫我小天就是，在您面前，我可不敢稱什麼大人。」

薛靈君眨了眨一雙鳳目道：「難怪母后會對你讚不絕口，你還真是會說話呢。」

胡小天道：「說的都是實話。」

薛靈君來到母親身邊，沒有坐下，而是盯著她的那對雙眼皮又看了一會兒，嘖嘖稱讚道：「一點都看不出來，就像天生的一樣。」

蔣太后道：「小君，你不要總盯著我看，看得哀家這心裡都有些不自在了。」

薛靈君笑道：「什麼不自在？只怕早已美得冒泡了，我皇兄有沒有被您老驚豔到？」

蔣太后道：「什麼驚豔？我一個老太婆只求這張臉不要嚇到別人就好。」

薛靈君笑盈盈偎著母親坐下，一雙美眸似笑非笑地望著胡小天。

胡小天被這位長公主肆無忌憚的眼光看得有些不自在了，心想這位豔名遠播的長公主該不會看上了自己？轉念一想根本沒有任何可能，他們既然知悉了自己的身分就應該知道自己是個太監，沒有口味這麼古怪的女人吧？

胡小天笑了笑道：「今天太后找我有什麼事情？」

蔣太后道：「不是我找你，找你的是她！」她伸出手指了指女兒。

胡小天暗忖，自己和薛靈君素昧平生，她因何要找自己？難道是為了安平公主的婚事？此時絕無可能，太后就算是想問也不必通過女兒來問，難道……

胡小天留意到薛靈君容光煥發的俏臉，一雙丹鳳眼神采飛揚，忽然發現，薛靈君的雙眼皮是用眼線筆劃上的，難道她看到蔣太后的雙眼皮割得漂亮，也動了找我開雙眼皮的心思？

薛靈君道：「那我就直話直說，我也有倒睫的毛病，想讓你也幫我治一治。」

胡小天起身道：「我可以幫長公主檢查一下嗎？」

薛靈君仰起一張美絕人寰的俏臉道：「請便！」

胡小天來到她的面前，為她檢查了一下雙眼，薛靈君哪有什麼倒睫，根本是在說謊，胡小天馬上就明白了，她是想割雙眼皮，又擔心別人笑她，於是才找了這樣一個看似合理的藉口。

胡小天委婉道：「長公主的病情並不嚴重，遠沒到要開刀才能解決的地步，我給您開一副藥方，你吃些藥就可以好了。」

薛靈君顯然沒料到胡小天會這樣作答，錯愕了一下旋即笑得花枝亂顫，朝胡小天飄了一個嫵媚的眼波兒，倒不是她想要勾引這個小太監，而是習慣使然，起身道：「胡小天，你跟我過來。」

胡小天朝蔣太后看了一眼。

蔣太后道：「去吧，去吧！小董子，扶哀家回去好好休息一會兒。」

胡小天跟著薛靈君來到了外面，薛靈君沿著長廊不緊不慢地走著，等到周圍無人，她輕聲笑道：「胡小天啊胡小天，你真是一個小滑頭，我想讓你做什麼？你難道不清楚？」

胡小天落後一步，恭敬道：「小天愚昧，還真是不清楚。」

薛靈君停下腳步，臉上的笑容頃刻間消失的無影無蹤：「不清楚？當真不清楚？難道還要我說個明明白白？」

胡小天笑道：「長公主殿下千萬不要生氣，小天雖然明白您的意思，可是剛才當著那麼多宮人的面，有些話總是不方便說，想必您也不想讓其他人知道。」

薛靈君呵呵笑道：「本公主向來我行我素，又怕過誰來？」

她眼波一轉，表情嫵媚妖嬈：「你只需好好為本公主做成此事，我必然不會虧待於你。」

胡小天道：「小天現在並沒有確然的把握，其實長公主已經是美貌出眾，又何必一定要像其他人一樣。」他說的也是實話，其實雙眼皮單眼皮各有各的味道，未必都要追求統一標準，可這一時代都以雙眼皮為美，長期以來形成的標準並不容易輕易改變。

薛靈君道：「我已經下定決心，你只管幫我做好這件事，其他的事情不用你多說。」這個時代的女性崇尚雙眼皮為美，薛靈君雖然美貌出眾，風情萬種，可惜從母親那裡繼承了單眼皮，可以說這一直都是她心中最大的遺憾。胡小天以重瞼術為蔣太后治療倒睫，這次手術可謂是無心插柳柳成蔭，薛靈君看到母親術後完美的雙眼皮效果，頓時驚為天人，進而產生了要讓胡小天為自己開刀的打算。

看到胡小天並沒有爽快答應為自己施行手術，薛靈君頓時有些心中不快，以為胡小天是想提條件，輕聲道：「你想要什麼？只要本公主能夠做到，都可以答應你。」

第九章

跨時代的螺絲

胡小天心中一怔，這才想起這個時代從未見有人用過螺絲，
自己無意中竟然透露了一個天大的秘密給魔匠宗元，
卻不知這顆小小的螺絲會不會引起這時代鐵器工業本質上的飛躍？
進而引發一場工業革命。

胡小天笑道：「長公主還是誤會我了，小天並不是推三阻四，而是真心認為長公主已經足夠美貌，沒必要錦上添花，可是小天仍然尊重長公主自己的想法，你若是決定手術，小天當然會全力以赴。」

薛靈君聽到他答應為自己手術，頓時眉開眼笑，嬌滴滴道：「你放心吧，我也不會讓你白白幫我做事，等你為我做成，本公主一定重重有賞。」

胡小天道：「為長公主做手術之前，小天還需要一些必要的器械，上次的那些器械都在太后那裡保存，還望長公主前去借用。」

薛靈君道：「這有何難，咱們不必用那些舊的，回頭去找魔匠宗元，重新打造一套就是。」

胡小天道：「魔匠宗元？」

薛靈君道：「你沒聽說過嗎？他乃是天下第一能工巧匠，只有你想不出的，沒有他做不出的。走，咱們這就過去。」

「去哪裡？」

「鐵匠鋪！」

鐵匠鋪無論城鎮鄉村，隨處都可以見到，可是擁有皇家御賜匾牌的鐵匠鋪卻唯此一家，紫雲山不老泉，距離慈恩園約有十里路程，遠離塵世喧囂。

坐在薛靈君的豪華馬車內，溫暖舒適，車廂內飄蕩著淡淡的香味兒，沁人肺腑，醺人欲醉。長公主薛靈君就坐在胡小天的身邊，抱著白色貂裘，斜靠在車廂上，開始還跟胡小天說這話兒，可路上的顛簸竟讓她在不知不覺中睡去，長裙下擺露出一截宛如暖玉般溫潤的白嫩小腿，睡姿慵懶，惹人遐思。

胡小天的目光從她的小腿沿著她周身起伏的曲線一直來到她的粉頸之上，這位長公主的身材實在是火辣，看得胡小天也是心頭一熱，他轉過頭去，掀起車簾的一角，望向外面，馬車正在沿著曲折的山路蜿蜒上行，路邊已經盛開了不少金黃色的油菜花，胡小天深呼吸了一口這清新的空氣，似乎嗅到了淡淡的花香，來到雍都之後，一切似乎正朝著理想的方向發展，先治好了太后，燕王薛勝景又得了暗疾不得不求助於自己，現在長公主薛靈君又主動找到自己，要求幫她割雙眼皮。別的不說，單單是這幾人的診金就應該可以讓自己受用無窮了。

胡小天越想越是得意，想不到自己本不想再拾起的醫術在這裡卻派上了這麼大的用場，忽然想起後天和燕王約定的七日之期就到了，這段時間燕王薛勝景應該按照自己的醫囑辦事，每天服用壯陽藥，而且日擼三次，想必連皮都擼破了，想到燕王的窘態，胡小天差點沒笑出聲來。

長公主薛靈君在他身後幽然舒了一口氣，素手纖纖搭在他的肩膀之上，嬌聲道：「你在看什麼？」

胡小天這才知道她已經醒了，慌忙放下車簾坐直了身子道：「外面春色如畫，小天剛好欣賞一下，希望沒有打攪到長公主殿下。」

長公主薛靈君嫵媚一笑，一雙明眸宛如春水般蕩漾起來，胡小天發現這位長公主絕對是騷媚入骨，一舉一動一顰一笑，無時無刻不在展示著她的女人魅力。難怪她會招惹那麼多的是非，難怪別人會給她天下第一蕩婦的稱號。

薛靈君道：「你這番話實在是有些傷人。」

胡小天愕然道：「小天說錯了什麼？」

長公主薛靈君道：「本公主難道還不如外面的花花草草好看？」

胡小天道：「公主殿下美色傾城，又豈是那些花花草草能夠相比的。」

薛靈君格格笑了起來，笑聲停歇之後給了胡小天三個字的評語：「不厚道！」

馬車已經來到鐵匠鋪的入口，鐵匠鋪大門緊閉，薛靈君的侍衛前往叫門，過了一會兒方才看到有人過來開了小門。

薛靈君啐道：「這個老頭子，生性就是古怪，外來的車馬一概不許入內，連我也不能例外。」

胡小天道：「有本事的人多少都有些架子。」

薛靈君笑道：「你也很有本事，我倒沒發現你有什麼架子。」

胡小天道：「在長公主面前小天可不敢有什麼架子，不過換成別人，我偶爾還會擺擺譜，發發威。」他這番話說得巧妙，既奉承了長公主，又婉轉告訴她，想找自己看病也沒那麼容易。

兩人走下馬車，薛靈君雖然在雍都名聲不好，可畢竟身分擺在那裡，這位魔匠宗元居然不給長公主開大門，可見此人的確有些性格。

薛靈君讓車夫和侍衛都在外面等著，只帶了胡小天進入鐵匠鋪。走入小門，一名膚色黧黑的壯漢大步迎了上來，拱手道：「小人宗唐拜見長公主殿下。」

薛靈君道：「你爹呢？」

宗唐道：「我爹正在劍廬鑄劍，還請長公主殿下先去飲茶休息。」

薛靈君聞言明顯有些不爽，可是她更清楚魔匠宗元的脾氣，他鑄劍的時候，任何人都不得打擾，別說是她，就算是皇上親臨，宗元也不會出來相見。

宗唐引著他們兩人來到一旁的草亭內，讓人奉上茶水，茶具也都是生鐵鑄成，古樸粗獷之中帶著一種說不出的質樸之美，胡小天握著鐵杯，抿了口茶道：「這茶具真是別致。」其實在過去他也曾經收藏過一套日本的鐵器茶具，來到這一時代，發現茶具大都用陶瓷，很少見到這樣的鐵器。

宗唐道：「這位大人見笑了。」原來這套茶具乃是他的作品。

薛靈君向宗唐道：「這位是胡大人，我們過來是想請宗老先生幫我們製作一些東西。」這句話點明是要魔匠宗元親自動手，而不是假手他人。

宗唐笑道：「不知長公主想要做什麼？」

薛靈君將目光投向胡小天，胡小天道：「我都畫在上面了。」自從答應為燕王薛勝景動手術之後，胡小天就找了個小冊子，將需要的手術器械繪製在上面，原本打算將冊子交給薛勝景，讓他去準備器械，可誰想中途又冒出了長公主薛靈君，反正這小冊子他也隨身攜帶著，乾脆就拿出來給宗唐看。

宗唐接過畫冊，翻到第一頁就看到了柳葉刀，眉頭不由得一皺，然後繼續想下翻去，胡小天這本小冊子上面標記的器械可謂是應有盡有，但凡他能夠想到的幾乎全都畫上去了，比起當初才在慈恩園為太后倉促開刀的時候，多出了不少件，他本來是想借著給薛勝景動手術，將手術器械全都備齊。

宗唐翻完那本圖冊，緩緩合上，目光炯炯望著胡小天道：「那天董公公過來打造器械，想必也是受了胡大人的委託了。」

胡小天心想我可沒有委託任何人過來找你，是長公主硬要拉著我過來。

薛靈君呵呵笑道：「宗唐，你什麼時候喜歡刨根問底了？這些東西都是我要的，趕緊幫我做好了，對了，你爹什麼時候能夠忙完？我跟他說。」

宗唐陪著笑道：「長公主稍安勿躁，等到寶劍出爐之後，應該不會太久了，不如這樣，你們先坐著，我去看看。」

薛靈君點了點頭，怎料宗唐這一走，足有半個時辰都沒見他回來，薛靈君等得有些不耐煩了，站起身向劍廬處眺望，喃喃自語道：「這個老傢伙，怎地還不出來？」

胡小天倒是能夠耐得住性子。

薛靈君從桌上拿起他的那本圖冊，流覽了一下，來到某頁停住，指著上面的圖形向胡小天道：「這是什麼？」

胡小天順著她所指的方向望去，頓時就感覺到天雷滾滾，薛靈君指的竟然是擴陰器，胡小天可不敢明明白白告訴她，笑了笑道：「這是鴨嘴鉗！」

薛靈君道：「鴨嘴鉗？嗯！看起來果真像個鴨嘴呢，用來做什麼？」

「呃……」胡小天被她問得遲疑了一下，方才道：「用來擴張嘴巴，看清喉嚨裡面的狀況。」

薛靈君恍然大悟道：「原來如此，你的這些器械還真是精巧呢。」

胡小天道：「還湊合。」

此時宗唐陪著一位年約六旬的灰袍老者姍姍來遲，那老者就是他的父親魔匠宗元。

薛靈君看來和魔匠宗元很熟悉，起身嗔道：「宗大師，你這架子是越來越大了，我都等了你一個多時辰。」

魔匠宗元呵呵笑道：「長公主勿怪，正值鑄品出爐的關鍵時刻，老朽必須在一旁盯著。」瞇起眼睛看了看胡小天道：「這位是……」

薛靈君道：「來自大康的特使胡小天胡大人。」

魔匠宗元向胡小天拱了拱手，表情明顯帶著敷衍。

宗唐將桌上的那圖冊拿起，雙手呈給父親。

魔匠宗元展開圖譜，一頁頁翻了下去，他的表情也開始變得凝重，等他將圖譜全都看完，然後將圖譜重新放在桌上，向薛靈君道：「長公主想要我為你打造這些器械？」

薛靈君道：「是啊！」

魔匠宗元道：「如果我沒記錯，前些日子，慈恩園的董公公來過，不過當時只是做了幾件東西。」他深邃的目光落在胡小天的臉上，似乎想將這個年輕人仔仔細細看清楚。

薛靈君道：「宗大師做出這些東西應該不難。」

魔匠宗元道：「這些圖譜都是胡大人畫的？」

胡小天道：「畫得不好，請多指教。」

魔匠宗元道：「既然是長公主開口，老朽當然不能拒絕，只是這圖譜上那麼多的器械，想要全都打造完成，恐怕需要不少的時間。」

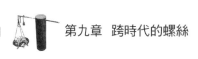

薛靈君道：「多久？」她實在有些迫不及待了。

魔匠宗元想了想道：「如果連夜趕工，或許明日正午之前能夠完成。」

薛靈君道：「不用趕這麼急，明日黃昏之前完成就行。」還好不用她等太久的時間。

魔匠宗元道：「不過這些器械構造頗為精密，老朽擔心自己無法做到完全一致，所以有個不情之請。」

薛靈君道：「你說吧，只要是本公主能夠辦到，一定幫你解決。」

魔匠宗元道：「這件事長公主幫不上忙，我是想請胡大人幫忙，既然圖譜是胡大人所繪製，想必胡大人對這些器械的詳情極為瞭解，所以我想請胡大人在我這裡待上一夜，跟我一起共同商討鍛造，有不懂的地方，也可隨時向胡大人請教，有胡大人從旁指導，必然事半功倍。」

薛靈君一聽，魔匠的要求也算合理，胡小天只是給了他一本圖譜，很多細節未必繪製的那麼清楚，人家提出這樣的要求很正常。她看了看胡小天，顯然在徵求胡小天的意見。

胡小天道：「沒問題，不過我得先回去一趟，跟兄弟們打聲招呼。」

薛靈君道：「你不用回去了，我讓人幫你回去報信就是。」

胡小天點了點頭：「也好！」

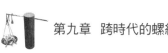

薛靈君向魔匠宗元笑道：「宗大師，胡大人可是我最尊貴的客人，你一定要招待好他。」

宗元恭敬道：「公主只管放心，我等一定會照顧好胡大人。」

薛靈君雖然恨不能今天胡小天就為她施行重瞼術才好，不過現實卻讓她不得不多等一天。臨行之前胡小天交代了她幾樣注意事項，薛靈君和胡小天約定好明天中午過來接他，然後方才離去。

薛靈君離去以後，魔匠宗元將胡小天請到了他的製器堂，和胡小天詳細探討圖譜中器材的細節，並敲定尺寸，其實胡小天為薛靈君做重瞼術原本沒那麼複雜，只是他想趁此機會多做一些手術器材，權當是薛靈君預付的診金。

魔匠宗元做事極其認真，和胡小天探討器材細節的過程中，又親筆將器材的各個角度的圖形畫出，中午飯就在製器堂簡單解決了一下。

足足用去了三個時辰，方才將所有器材的細節全部敲定，魔匠宗元將手中毛筆放在筆架上，有些疲憊地揉了揉雙眼道：「真不知胡大人是如何想出這些器材的，很多東西就連老夫也是生平第一次見到呢。」

胡小天知道這本圖譜肯定會引起別人的疑惑，他笑了笑道：「祖上傳下來的，還望宗大師為我保守秘密，千萬不要讓這圖譜中的內容流傳出去。」

魔匠宗元指著圖譜中的一個小螺絲，他的表情顯得有些激動：「不瞞胡大人，我從未想到過用這樣的方法將鐵器連接在一起。」

胡小天心中一怔，這才想這個時代從未見有人用過螺絲，自己無意中竟然透露了一個天大的秘密給魔匠宗元，卻不知這顆小小的螺絲會不會引起這時代鐵器工業本質上的飛躍？進而引發一場工業革命。現在的時代好像沒有申請專利這回事兒，更沒有什麼智慧財產權保護法。看來自己以後凡事還是要小心為妙，有些超前的知識不能在人前顯露，這次僅僅展示了螺絲的原理，若是告訴魔匠宗元蒸汽機和活塞運動，天哪！簡直不敢想像，豈不是會顛覆現有的世界？

魔匠宗元看到胡小天沉默不語，以為他後悔將圖譜的秘密告訴自己，低聲道：「胡大人不用擔心，老夫向來做事光明磊落，絕不會做偷師他人謀取利益的事情。」

胡小天道：「宗大師誤會了，我既然拿出這圖冊給大師參詳，就絕對相信大師的人品，其實這裡面也沒有什麼太多的秘密。」

宗元道：「胡大人過謙了，老夫從事這一行當也有五十多年了，可以說胡大人圖譜上的器械都可以稱得上巧奪天工，很多東西都是老夫聞所未聞見所未見。」

胡小天忽然想起柳長生之前跟自己說過那些關於鬼醫符刓的事情，故意道：「宗大師過去從未見過這樣的器械嗎？」

宗元道：「也不是完全沒有，這柄柳葉刀我就曾經幫人做過，不過已經是十多年前的事情了。」

胡小天道：「誰？」

宗元歎了口氣道：「不提也罷！胡大人請稍待，我這就讓人進行打造。」他起身準備去安排。

宗元離去之後，胡小天靜靜在製器坊內等待，環視房間周圍，牆壁之上掛著許多器械的圖譜，常見的刀槍劍戟之外還有不少甲冑的分解圖譜，最吸引胡小天注意力的要數一對羽翼，此前胡小天曾經在康都多次和飛翼武士對陣，對這種擁有滑翔功能可以收放自如的飛翼再熟悉不過，如今在這裡見到自然引起了他的注意。

胡小天看得入神的時候，忽然聽到門外響起了腳步聲，旋即聽到宗唐的聲音道：「胡大人對製器也有興趣？」

胡小天笑道：「只是覺得新奇，這方面的事情我從未涉足過。」他轉過身去，看到宗唐站在自己身後，氣定神閑，精華內斂，心中已然判定宗唐的武功應該不弱。胡小天修煉的雖然只是無相神功的基礎部分，可是已經讓他的身體感官產生了脫胎換骨的變化，他對外界的感知力變得敏感，甚至可以從一個人的外在氣質能夠初步判斷出對方武功的高低。他並不清楚這種判斷的根據何在，應該是出自於一種直覺。

宗唐來到胡小天的身邊，目光投向牆上的那幅飛翼圖譜，輕聲道：「這幅乃是

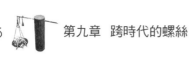

翼甲的圖譜。」

胡小天道：「我過去曾經見過。」

宗唐道：「飛翼武士？」

胡小天點了點頭道：「據我所知，此類的翼甲最早乃是天機局洪北漠所創。」

宗唐道：「他能夠做出，別人一樣可以做出。」他誤會了胡小天的意思，以為胡小天話裡藏有其他的意思。飛翼武士乃是大康天機局所特有，經由天機局的首席智者洪北漠親自訓練而成，而翼甲最早也是洪北漠設計出來的。

胡小天從宗唐的話中聽出了他的不悅，同時也得到了一個資訊，鐵匠鋪已經成功製作出了翼甲，那豈不是說，大雍也擁有了飛翼武士？胡小天笑道：「不錯，其實翼甲也沒什麼特別。」

「外表的形狀容易製作，可是真正達到收放自如和滑翔於天際的效果卻沒有那麼容易，即便是成功製作出翼甲，想要熟練掌握翼甲的運用又是一個難題。」宗元的聲音再度響起，卻是他回來了，剛好聽到兒子和胡小天的那番對話。

胡小天笑道：「宗大師回來了。」

宗元道：「胡大人千萬別這麼稱呼我，其實這個世界上真正能夠稱得上大師的人並不多，貴國天機局的洪北漠應該算得上一個。」他望著牆上的翼甲拆解圖譜道：「也算不上什麼秘密，兩年之前，尉遲將軍得到了一副翼甲，送到我這裡，想讓我好好研究其中的奧妙，本來我以為沒什麼難度，可是真正拆解之後方才發現這套翼甲的結構錯綜複雜，單單是零件就有一萬三千二百一十六個，構造之複雜前所未見。」他停頓了一下又道：「今天又看到胡大人拿來的圖譜，更加感覺到大康工藝之高超，正所謂，人外有人天外有天，這大師兩個字，老夫是斷斷不敢當的了。」

宗唐在一旁咳嗽了一聲，顯然是在提醒父親不可對胡小天說得太多，畢竟胡小天來自大康，雖然是長公主薛靈君帶來，可終究是異國人，不能將實情坦然相告。

宗元也意識到自己說得有些多了，向兒子道：「宗唐，你帶胡大人去休息，有需要的時候，再請胡大人。」

胡小天點了點頭，跟著宗唐來到了位於不老泉旁邊的草廬，這裡風景秀美，環境靜謐，是修養身心的絕佳去處，草廬後方還有特地開挖的溫泉，宗唐將胡小天交給一個小廝伺候，然後也走了。

既來之則安之，胡小天用完晚餐，在溫泉內美美泡了一個澡，早早上床休息。從窗口望去，可以看到劍爐的方向爐火正雄，自己需要的那些器械應該正在打造吧，不過雖然那些器械精密，可對有魔匠之稱的宗元來說應該沒有任何的難度。想起在製器坊所見的翼甲拆解圖譜，再聯想起當時宗唐警惕十足的表情，難道他們已經將翼甲打造成功？如果真是這樣，大雍的戰鬥力必將登上一個台階。大康正陷入

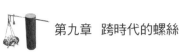

前所未有的內部權力紛爭之中，反觀大雍卻萬眾一心，勵精圖治，所以大雍的騰飛不是偶然，大康的衰敗也不是意外。此消彼長，長此以往，大康國將不國，距離亡國之日已不久也。

胡小天從來都不是一個憂國憂民的人，誰掌控天下對他來說並沒有任何特別的意義，尤其是對同一血統同一民族的人來說，更加的無所謂，他想要的是自由自在，他想要的是無拘無束的生活，可是在現實面前，他已經漸漸認識到，此前初來這個世界的想法實在太過理想。廟堂和江湖的距離並沒有想像中遙遠，其實就像自己所住的這間草廬和門前溫泉的距離，人活在世上就不能永遠將自己封閉在一個特定的環境中，必須學會去適應這個環境，改變這個環境。

門外響起輕輕的敲門聲，卻是宗元有請，胡小天從床上起來，跟著那小廝向劍廬的方向走去。

夜色已經籠罩了整座紫雲山，山雖然不高，可是感覺距離天空卻很近，漫天星辰閃爍在黑天鵝絨般的夜空之上，彷彿伸手就能觸得到。

劍廬共有兩座大窯，左龍右虎，暗藏虎踞龍盤之意，胡小天所去的乃是龍窯。窯呈長條形，依紫雲山山坡而建，由下自上，如龍似蛇，因此而得名。窯室分為窯頭、窯床、窯尾三部分依靠山體的傾斜建造成一長隧道形窯爐，窯頭有預熱室，窯尾通常不設煙囪或設置很矮小的煙囪，因龍窯本身就起著煙囪的作用。窯長約五十丈，窯頭最小，便於燒窯開始時熱量集中，利於燃燒，中部最大，窯尾大於窯頭而小於中部。拱頂成弧形，兩側上部或窯頂有多排西瓜大小的投柴孔，窯身兩側有兩個窯門。龍窯作業時，在窯室內碼裝坯體後，將所有窯門封閉。先燒窯頭，由前向後依次投柴，逐排燒成。

過去胡小天見過利用龍窯燒製陶瓷，卻沒想到在這裡居然可以用來批量生產鐵器，不過他的器械並非在裡面打造。

龍窯的西側擁有一座工坊，裡面叮叮咚咚的聲音不絕於耳，胡小天跟著那小廝走入其中，卻見宗唐赤裸著上身，揮舞鐵錘正在爐前鍛造。

魔匠宗元蹲在不遠處的一張椅子上，右手中端著一個旱煙袋，正在那裡吞雲吐霧。左手中不知拿了什麼，正湊在燈光下看著。

爐火熊熊，將現場每一位工匠的面容映照得都是無比清晰，那些正在勞作的漢子，身體肌肉虯結，在熔爐火光的映照下更是鮮明，猶如鐵鑄的雕像一般。

胡小天來到魔匠宗元身邊向他拱了拱手，魔匠宗元抽了一大口煙，然後將煙鍋子在凳子上磕了磕，大聲道：「胡大人過來看看。」

胡小天走了過去，宗元手中捏著的竟然是一顆小小的螺絲，心中暗歎，不經意將這門技術暴露了出來，不知會給如今的時代帶來什麼，宗元道：「這小小的物件可花費了我們不少的精力，到現在仍然無法做到盡善盡美，胡大人，這東西叫什麼？」

胡小天也沒有隱瞞的必要：「螺絲釘！」

「螺絲釘？」

胡小天笑道：「你看上面的紋路，螺旋回轉，如同田螺背後的紋路一樣，所以才給它起了個這樣的名字。」

宗元道：「好名字，真是恰當！螺絲釘！」

胡小天道：「宗大師已經成功解決了這個問題？」

宗元道：「我在想如果可以按照同一口徑在鐵器需要連接的部位上打孔，然後用螺絲釘來進行固定，豈不是可以大大加速工藝的進程？而且還可以根據不同的需要，製作不同大小的螺絲釘。」

胡小天暗歎，這次可真是送了一份大禮給宗元，得到螺絲釘的工藝秘密之後，宗元鐵匠鋪的工藝必將實現一個本質上的飛躍，進而帶動整個大雍的工藝進步也很有可能，假如他們將之推廣，運用在各行各業中，那麼大雍的工業發展更加不可限量，自己無意中給大雍幫了個大忙。

其實何止是螺絲釘，胡小天繪製的這套圖譜雖然只是一些手術器械，可是這些手術器械也是在長時間的醫學發展的歷史中不斷完善和改進而成，可以說每種器械都是工業設計的結晶，宗元在製作的過程中獲益匪淺。

宗唐將已經打造完成的部分器械拿過來給胡小天過目，胡小天一件件拿起，魔匠的稱號果然名不虛傳，每件器械都可以稱得上毫無瑕疵。

胡小天忽然想起一件事，為燕王薛勝景做手術想要避免傳染還需一樣最為關鍵的手套，既然魔匠在此，不如問問他，看看能有什麼解決方案。宗元聽胡小天說完，在他的理解就是需要一種輕薄且防護嚴密的手套，宗元道：「這有何難，幫你將手倒模，然後做幾副羊皮手套就是。」

胡小天知道這年代的化工業幾乎是空白一片，自然不會有什麼乳膠手套，宗元即便有魔匠之稱，他頭腦中的概念範疇也頗為狹隘，羊皮手套就羊皮手套，有防護總比沒有防護要好。

於是跟著宗唐跟著去給手倒模，剛剛將手摸做好，忽然聽到一聲驚天動地的炸響，天地都為之震顫，強烈的震動讓許多工匠摔倒在地上。懸掛在工坊上方的刀劍器物也因為爆炸簌簌而落。

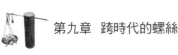

宗唐第一時間反應了過來，起身去尋找父親，胡小天也跟了過去。爆炸並非是發生在工坊內，外面響起驚慌失措的聲音：「炸窯了，炸窯了……」

魔匠宗元也被剛才的那聲爆炸震得摔倒在地上，周圍一幫工匠及時將他扶起，宗唐和胡小天也來到了他的身邊，向來沉穩的宗元此時也是神情慌張，驚聲道：「快……快出去看看，到底發生了什麼事情……」其實從剛才的那聲爆炸他已經猜測到發生了什麼，可在心底深處仍然希冀不要發生那種事情。

宗唐攙扶著父親向門外走去，一幫工匠在短暫的慌張之後已經完全恢復了鎮靜，他們護衛著魔匠父子，井然有序地向外面撤離。這時候根本無人關注胡小天的存在，胡小天唯有跟著眾人向外面走去。

剛剛來到門前，又聽到一聲比剛才還要劇烈的爆炸聲，震得眾人耳膜嗡嗡作響，有些人甚至被這驚天動地的震響震得短時間失去了聽力。

眾人在爆炸的餘波中跌跌撞撞衝出了工坊的大門，舉目望去，卻見劍廬的兩座大窯，龍窯和虎窯已經完全湮沒在一片火海之中。魔匠宗元看到眼前情景，發出一聲撕心裂肺的慘叫，眼前一黑，險些昏了過去，幸虧宗唐及時將他抱住，宗唐雙目之中佈滿血絲，內心中也悲憤到了極點，這座劍廬乃是他父親畢生的心血所在，且不說龍虎兩窯中正在鍛造的鐵器，單單是裡面的工匠就有百餘人之多，從眼前慘烈的狀況來看不知要有多少死傷。

宗唐還算冷靜，他大聲道：「兄弟們，趕緊救人！」眾人這才回過神來，奔相走告，紛紛去找可以救火的工具。

就在此時天空中一片黑壓壓的雲層籠罩了星月，眾人抬頭望去，卻見那黑壓壓的卻並非烏雲，而是一隻隻的蝙蝠，遮天蔽月，發出讓人可怖的聲響，倏然之間向下方的人群撲來。

宗唐大吼道：「抄傢伙，往藏兵洞撤退。」

劍廬之中兵器眾多，可是這些工匠雖然會製作兵器，卻很少人擅於使用，成千上萬的蝙蝠瘋狂飛撲而至，追逐撕咬著地面上的人群，宗唐和三名工匠手持刀盾，一邊劈砍著空中不斷襲來的蝙蝠，一邊利用手中盾牌護衛著宗元撤退。

胡小天撿了一把火炬一面盾牌，面對無所不在的蝙蝠，留下來與之戰鬥根本是白費力氣，胡小天好在有躲狗十八步，用盾牌護住腦袋，腳步飄忽，忽左忽右，神出鬼沒，不停甩開那些追蹤而至的蝙蝠。他對這一帶的地形不熟悉，只能緊跟宗家父子的步伐，他們去哪裡，自己就去哪裡。

這群工匠原本還想去炸窯現場救人，可是面對這鋪天蓋地的蝙蝠根本就自顧不暇，哪還顧得上去營救傷者。

所謂藏兵洞乃是鐵匠鋪用來儲存成品的庫房，距離他們現在的位置大約有二百來步，雖然距離不遠，可是在蝙蝠的瘋狂攻擊下，他們也是步履維艱。

在眾人的護衛下，魔匠宗元終於漸漸靠近了藏兵洞，兩名工匠率先抵達了那裡，一人負責掩護，另外一人慌忙開鎖，因為過於緊張，一時間鑰匙竟然無法順利插入鎖眼。

宗唐大聲催促道：「快些！」

就在此時，一道炫目的火光軌跡從天空之中斜行向下射向藏兵洞的大門，正中那工匠的後心，射中目標之後，復又蓬的一聲炸裂開來，現場血肉橫飛，那工匠的一條手臂滾落到宗元的腳下，手中猶自握著鑰匙。

宗元看到眼前一幕，驚得目瞪口呆，雙腿一軟，差點沒跪倒在地上。

眾人抬頭望去，只見空中兩名黑甲武士，舒展雙翼，金屬雙翼在暗夜之中閃爍著深沉的反光，一人手握鐵弓，剛才的那一箭就是他所射擊，另外一人手中握著一桿丈二長槍，青銅面具孔洞中流露出陰冷的目光，覷定人群中的宗元，雙翼變幻角度，倏然向下方俯衝下來，槍尖綻放的寒芒宛如彗星般劃過天際，直奔宗元的胸口而來。

宗唐挺起手中護盾搶在父親身前，用盾牌擋住對方的長矛，矛盾撞擊在一起，發出噹的一聲巨響，以矛尖為中心向四面八方迸射出無數火星。宗唐用盡全力抵禦對方槍尖傳來的力量，周身肌肉膨脹開來，上身的衣物竟然因為承受不住肌肉的張力而崩裂。腳下的地面被他踩得深陷下去，足有一寸有餘。

那名飛翼武士顯然也沒有想到宗唐的力量竟然如此強悍，他從空中居高臨下發動攻擊，利用俯衝優勢，居然沒有將宗唐逼退半步。

宗唐怒吼道：「愣著做什麼？快掩護我爹離開這裡！」

幾名工匠這才反應過來，拾起地上的那半截手臂，從中拽下鑰匙，扶起宗元慌慌張張向藏兵洞逃去。

另外一名飛翼武士在空中一個盤旋，手中鐵弓再度拉開，搭在上方的羽箭極其特別，箭尾點燃噴射出半尺長度的彗尾。羽箭蓄勢待發之時，冷不防一把短劍宛如風車般旋轉著，直奔他的胸膛而來，飛翼武士不由得一怔，下意識地揚起右肘，用右肘的鐵甲擋住短劍，鏘！火星乍現，飛翼武士的注意力也被這突然襲擊吸引了過去。

扔出這把短劍的正是胡小天，他看到飛翼武士彎弓想要射殺魔匠宗元，此人的弓箭非同尋常，箭身之上應該攜帶有爆炸物，命中目標之後會發生爆炸，所以才有剛剛那名工匠被炸得四分五裂的慘景。胡小天扔出這把短劍也沒想著能夠對空中的飛翼武士造成多大的傷害，一來向空中投射，命中飛翼武士的時候力量已經微乎其微，更何況對方身穿防禦性能極佳的翼甲。

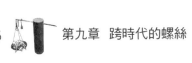

可是這樣一來卻成功吸引了飛翼武士的注意力，藏在面具後的雙目幾欲噴出火來，稍一遲疑，鏃尖就瞄準了胡小天，弓如滿月，咻！羽箭拖著長長的彗尾向胡小天當胸射去。

胡小天看準來箭方向，挺起手中的盾牌推擋出去，羽箭射中盾牌之後蓬！地炸裂開來，胡小天還是低估了這一箭爆炸的威力，震得他慘叫一聲向後倒飛了出去，足足飛出了兩丈多遠，方才摔倒在了地上，手中仍然牢牢握著那面盾牌，也幸虧是這面堅韌的盾牌，方才讓他躲過了粉身碎骨的下場，胡小天被炸得七葷八素，躺在地上氣血翻騰，眼冒金星，雙臂發麻，短時間內失去了知覺，彷彿不屬於自己的身體一樣。

飛翼射手以為他必死無疑，改變雙翼的方向，在空中迴旋之後，重新拉開弓箭再度瞄準了在眾人保護下向藏兵洞內逃離的宗元。這次弓弦還沒有完全拉開，就感覺到身後一陣風聲呼嘯，飛翼射手身體傾斜，迅速調節雙翼的角度，一個接近四十五度角的側向滑翔，堪堪避過這突然襲擊。但見一個圓乎乎黑魆魆的東西呼嘯從他的頭頂飛旋而過，卻是胡小天將手中的盾牌宛如擲飛碟一樣扔了出來。

飛翼射手見到這廝居然沒被炸死，心中怒火更熾，拉開弓弦，咻！又是一箭向胡小天射出，胡小天剛才雖然被震得七葷八素，可無相神功強大的復甦能力讓他在一瞬間就已經完全恢復，將盾牌扔出之後，他的手中已經沒有了任何的武器和防具，看到對方重新向自己發起攻擊，胡小天唇角泛起一絲笑意，展開躲狗十八步，在混亂的現場四處遊移。剛才他只是一時失策，採取硬碰硬對抗火箭，所以才被爆炸的衝擊力震飛，而現在他要用靈活的步伐消耗對方的彈藥。

飛翼射手接連射出五箭，蓬！蓬！蓬炸響之聲接連不斷。胡小天在爆炸引燃的火光中左閃右避，行進自如。飛翼射手的爆裂箭沒有一支射中目標，反而誤傷了不少的蝙蝠，嚇得蝙蝠不敢靠近胡小天，起到了幫助胡小天驅趕蝙蝠的作用，再去摸箭的時候，卻發現箭囊爆裂箭已經射空。

飛翼射手舒展雙翅，旋即左翅彎曲如弓，胡小天曾經親眼目睹飛翼武士利用鐵翼射殺對手的情景，慌忙向前方房屋處奔行，意圖利用房屋的掩護擋住對方的射殺。

此時宗元已經進入藏兵洞內。

宗唐爆發出一聲虎吼，盾牌再度擋住對方的刺殺，身軀宛如猛虎般騰躍而起，揮動手中寶刀狠狠劈斬在長槍的槍桿之上，長槍被宗唐一刀劈成兩段，可是飛翼武士身軀突然拔高數丈。

兩名飛翼武士準備發動新一輪進擊之時，遠處忽然傳來一聲呼哨。他們對望了一眼，彼此都看到對方的不甘，不過兩人不敢繼續逗留，宛如烏雲般的蝙蝠向他們聚攏過來，將兩人的身軀隱沒在蝙蝠群中。

胡小天向遠方的夜空望去，卻見一隻白色雪雕在暗夜中盤旋，並沒有朝這邊飛來，而是振翅投向正北的天空。

胡小天眨了眨眼睛，因為距離很遠，他看不到雪雕上究竟是什麼人，可腦海中卻浮現出羽魔李長安的模樣，難道今晚的襲擊是李長安發起？如果真的是他，他和飛翼武士又有怎樣的聯繫？

襲擊者來去如風，轉眼之間已經消失得無影無蹤，只剩下一片狼藉的劍廬。

胡小天來到宗唐身邊，宗唐向他感激地點了點頭，剛才如果不是胡小天吸引了那名飛翼射手的注意力，恐怕父親難以從容逃脫，即便是自己也很難同時對付兩名飛翼武士的夾擊。大恩不言謝，宗唐也沒有說任何的客套話，低聲道：「你沒事吧？」

胡小天道：「沒事！」此時遠處的哀嚎聲吸引了他們的注意力。胡小天道：「先救人再說。」

京兆府接到訊息，派人抵達現場的時候已經是一個時辰之後，率隊前來的捕頭是白敬軒，此前胡小天曾經在神農社曾經和他打過照面。白敬軒帶人來到現場，只聽到現場哀嚎聲慘呼聲響成一片，隨同他一起過來的還有神農社的大弟子樊明宇和幾名幫手，他們過來是專程營救傷患的。

樊明宇也沒有想到現場的死傷會如此嚴重，在他們到來之前已經找到了十五具屍體，還有三十二人受傷，多半傷勢嚴重，失蹤者還有十二人，白敬軒吩咐手下幫忙去廢墟中尋找倖存者。

樊明宇則帶著那群幫手來到傷者之中幫忙救治，看到胡小天已經在現場，樊明宇雖然和胡小天只見過一次面，卻知道他有恩於神農社，對他的醫術多少也有些瞭解，走過去低聲道：「胡大人，需不需要幫手？」

胡小天轉過臉去發現是樊明宇，點了點頭道：「有沒有帶麻藥和傷藥？」

樊明宇道：「帶了一些，不過我沒有想到死傷會這麼嚴重，馬上派人回去取來。」

胡小天道：「多多益善，目前的三十二名傷者之中有七人傷勢嚴重，必須要手術治療，樊大哥，你幫忙給他們止痛，給輕傷者上金創藥，我去去就來。」

樊明宇點了點頭，接手了胡小天的工作，他叫來一名師弟讓他即刻返回神農社求援。

魔匠宗元站在窯爐的廢墟前，如同泥塑一般，整個人彷彿呆了，火焰仍在燃燒，熊熊火焰映紅了他蒼老的面龐，髮髻散亂，花白的頭髮披散在肩頭，夜風迎面吹來，扯起他的滿頭亂髮，魔匠宗元不知是不是被飛灰迷到眼睛，突然之間淚如雨下。

宗唐看到父親如此模樣，不由得擔心萬分，安慰他道：「爹，窯爐被毀，咱們還可以重建……」

宗元大吼道：「可是人命吶？這麼多的性命說沒了就沒了……全都是我在作孽……我做錯事，將我的性命拿走就是，何苦危害他人……」宗元捶胸頓足大聲嚎哭，一代宗師悲不自勝竟然無法控制住自己的情緒。

宗唐望著痛不欲生的父親，一時間不知應該怎樣安慰他。

胡小天此時來到他們的身邊，他向宗唐招了招手，宗唐將父親交給一名師弟照顧，來到胡小天面前：「胡大人有何吩咐。」今晚胡小天的所作所為宗唐全都看在眼裡，心中對胡小天之前的警惕早已消失得一乾二淨，剩下的唯有感激。

胡小天道：「有七人的傷勢很重，必須馬上為他們施行手術，如果遲了恐怕性命不保。」

宗唐道：「那就按照胡大人所說的去辦。」

胡小天道：「器械呢？」

宗唐這才明白胡小天找自己為了什麼事情，龍窯旁邊的工坊並沒有被毀，此前為胡小天製作的那些器械應該都在，他慌忙道：「我這就去拿。」

胡小天道：「不但是這些器械，還有東西需要你幫我儘快做出，記住一定要選用最好的精鋼。」

胡小天需要的是鋼板和螺絲，有兩人出現了嚴重的骨折，利用普通的夾板固定已經無法解決問題。

胡小天尚未掌握這一時代的輸血技術，如果蒙自在或者秦雨瞳在此，也許失血問題就不會困擾他了。他現在能做的就是盡力而為，雖然胡小天平時做事玩世不恭，很多時候甚至有些不擇手段，可是他的內心深處仍然有著一顆醫者仁心，他尊重每一個善良人們的生命，目睹眼前淒慘的場面，他又怎能袖手旁觀？

一個醫者真正的天性會在面對生死存亡的時刻展露無遺，胡小天並不認為自己如何高尚，他要做的只是他現在想做的，雖然眼前受傷的只是一些普通的匠人，不可能帶給胡小天太多的回報，但是胡小天仍然傾盡全力而為。此刻他的心中沒有一絲一毫的欲望，在他的從醫生涯中，驅動他不斷學習不斷前進的根本欲望是功成名就，在他初來這個時代的時候，驅使他重新拿起手術刀是為了改變自身的命運，而此刻他忽然變回了最初那個純粹的醫者，沒有欲望，剩下的只有對生命的尊重，這種感覺如此熟悉卻又如此遙遠。

柳玉城帶著傷藥趕到現場的時候，胡小天已經開始了他的第一台手術，七名重傷患每人的傷勢都很重，而且傷都不止一處，胡小天利用手頭的手術器械，利用他所能夠掌握的醫學技術，盡最大努力去營救每個人的生命。

是夜無眠！雖然他們全力搶救，七名重傷者仍然有兩人因為失血過多死亡，剩下的五人暫時脫離了生命危險。胡小天完成最後一台手術的時候，方才長舒了一口氣，將手中的持針器扔在了托盤內。一言不發地走出了房間，外面已經是朝霞滿天。

胡小天靜靜望著東邊的天空，望著那一輪朝陽緩緩從地平線升起，一種久違的滿足感湧現在他的心頭，他摘去蒙在臉上的藍布，忽然有種想要吶喊的欲望。可是他的視野中捕捉到了一個宛如雕塑般的身影。

魔匠宗元仍然站在昨天的那個位置，只是身上多了一件大氅，目光呆滯望著火光已經熄滅的窯爐，乾癟的嘴唇微微顫抖著。

胡小天緩步來到他的身邊，關切道：「宗先生！」

宗元沒有看他，喃喃低語道：「如果我沒有拆解那套翼甲。也許不會遭遇如此噩運……也許不會害死那麼多的性命……」他明白帶來這場噩運的必然是那套翼甲。

胡小天發現宗元的頭髮在一夜之間幾乎全白了，他心中暗歎，昨晚的事情對宗元的打擊如此之大，竟然讓他一夜白頭。從宗元的這番話來看，昨天飛翼武士對宗元的襲擊全都是因為翼甲而起，看來十有八九就是洪北漠發起。

宗元忽然身軀晃了晃，仰頭向地上倒去。胡小天距離他最近，慌忙衝上前去，將宗元的身軀抱住，眾人慌忙圍攏過來。樊明宇來到近前握住宗元的脈門，又探了探他的鼻息道：「不妨事，只是暈厥過去了，好好休息一下就會沒事。」

宗唐抱起父親的身軀帶著他走向草廬。

白敬軒和他的那幫手下也是一夜未眠，經過一夜的搜索又找到了七具屍體，不過還有五人失蹤。估計也是凶多吉少了，如今死亡的人數已經增加到了二十四人。眾人聚在一起，都是表情沉重。

宗唐安頓好父親，折返回來，向眾人抱拳道：「多謝諸位相助，此等大恩大德，宗唐沒齒難忘，諸位請受我一拜。」他本想跪下去。卻被白敬軒一把拉住，歎了口氣：「宗兄又何須如此。貴門遭此大劫，宗兄此時內心的痛苦，我等感同身受，還望宗兄節哀順變，振作精神，處理好這邊的善後事宜。」

宗唐點了點頭。

此時大門處傳來馬蹄陣陣。鐵匠鋪遭此大劫，自然也沒有了昔日不得隨意入內的規矩，一支約有五十人的馬隊來到他們面前，為首一人正是大雍大皇子薛道洪。

宗唐這群人誰也沒想到大皇子薛道洪會親自過來，慌忙上前參拜。胡小天遠遠躲在一邊看著，他又不是大雍的臣子，沒必要行跪拜之禮，本身他也不想在這種情況下引起這位大皇子的關注。

薛道洪自然也不是衝著胡小天前來，也不會注意到人群中還藏著一位大康的使臣，他雖然沒有注意到，可是他身邊的一名年輕男子卻注意到了胡小天，犀利的目光盯住人群中的胡小天。

胡小天也在同時認出了他，那名英俊瀟灑的騎士竟然是李沉舟。自從在雍都作別之後，兩人還未曾遇到過，李沉舟也沒有料到胡小天會在這裡出現，深邃的雙目中流露出一絲錯愕，旋即向胡小天露出一個友善的笑容。

胡小天也還以一笑。

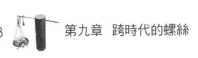

薛道洪翻身下馬，在眾人的簇擁下走向出事現場。

胡小天並沒有跟過去，他向柳玉城使了個眼色。柳玉城來到他的身邊，低聲道：「怎麼？胡兄弟有什麼事情？」

胡小天道：「既然這邊的事情已經忙得差不多了，咱們也應該走了。」

柳玉城並不明白胡小天的意思，他低聲道：「不急，總得給宗先生說一聲。」

就在這時，聽到身後一個聲音道：「胡大人怎麼也到了這裡？」

胡小天雖然沒有轉身，卻已經聽出說話人乃是李沉舟，他緩緩轉過身去，看到李沉舟獨自一人出現在身後不遠處，正微笑望著他。

胡小天笑了起來，露出一口整齊而潔白的牙齒：「李將軍好，想不到咱們居然在這裡見面了。」

李沉舟淡然笑道：「的確讓人意外，胡大人來到雍都的時間雖然不長，可是你的身影卻無處不在了。」

胡小天道：「我從來都是個閒不住的性子，沒事喜歡到處走走，廣交朋友。其實我原打算今天去李將軍府上拜會的，沒想到我還沒來得及去，就和李將軍見面了。」

李沉舟笑道：「我也打算去拜會胡大人呢，看來咱們兩人想到一塊去了。」

柳玉城聽出兩人話裡有話，感覺自己留在這裡並不合適，悄然走到了一邊。

李沉舟道：「胡大人還真是深藏不露，過去我都不知道胡大人居然還是一位杏林高手。」

胡小天笑道：「算不上什麼高手，只是祖傳下來幾手醫術，登不得大雅之堂。」

「胡大人又何必過謙呢，太后的頑疾讓太醫院的太醫全都束手無策，到了胡大人這裡迎刃而解，豈不就是最好的證明？」

胡小天歎了口氣道：「湊巧罷了！太后的病，剛好我家的祖傳秘方能治，是太后的福澤，也是我的造化，說起來真是要感謝太后的抬愛和信任呢。」他說這番話的時候，一臉的沾沾自喜。

李沉舟看在眼裡，當然明白他是在說給自己聽，意思是他胡小天有恩於太后，今非昔比。李沉舟道：「胡大人什麼時候來的？」

「昨天上午！」

「也就是說這裡被襲之前，胡大人就已經來了。」

胡小天道：「李將軍想說什麼不妨再明白一些。」李沉舟話裡有話，難道懷疑這次的襲擊事件跟自己有關？

李沉舟笑道：「胡大人不用緊張，我只是就事論事，絕非想要針對胡大人。」

胡小天道：「不錯，我早就來了，而且整個襲擊過程我都在場，昨晚我也沒走，這些傷者大都是我出手相救，發動襲擊者是兩名飛翼武士，因為帶著面具，所以我認不出他們的本來面目，不知我的這番話說得夠不夠清楚？李將軍是否滿意？」

李沉舟道：「胡大人真是醫者仁心！據我所知，飛翼武士好像隸屬於大康天機局。」

胡小天道：「天機局的事情我倒是不清楚。」

李沉舟道：「知不知道他們為什麼會來這裡發動襲擊？」

胡小天道：「李將軍以為我應該知道嗎？」

李沉舟正想說話，卻見大皇子薛道洪一行向他們這邊走了過來，於是停下說話。薛道洪遠遠道：「沉舟，馬上傳令下去，全城戒嚴，務必將兇手緝拿歸案。」

李沉舟向薛道洪抱拳道：「末將遵命！」

薛道洪目光炯炯盯住胡小天道：「這位是……」

胡小天無可迴避，只能向前拱手參拜道：「大康使臣胡小天參見皇子殿下。」

薛道洪點點頭道：「你就是胡小天，本王聽說過你，你怎麼會在這裡？」

幾乎每個人心中都這麼想，胡小天暗歎，看來今天要白費不少的口舌去解釋。一直陪同薛道洪的宗唐道：「啟稟皇子殿下，胡大人是我們的貴客，昨晚如果不是他出手相助，死傷會更加嚴重。」

薛道洪道：「那還真是要多謝胡大人了。」

胡小天道：「不敢當，不敢當！」他心中有些後悔，剛才應該及時抽身離開，也省得那麼多的麻煩。正在頭疼怎麼應付這幫人盤問的時候，長公主薛靈君到了。

薛道洪對這位任性的姑姑也是相當頭疼，可是礙於情面也得上前相見。長公主薛靈君用手帕捂著鼻子從馬車上下來，看到眼前一片狼藉的景象，有些不敢相信自己的眼睛，驚聲道：「怎麼了？一夜之間怎麼就變成了這個樣子？道洪，你帶人過來拆房子嗎？」

薛道洪有些無奈地笑道：「姑姑，昨晚這裡遭遇襲擊，我是前來視察損失情況的。」

薛靈君目光卻在人群中搜索著胡小天，看到胡小天之後，頓時笑靨如花，快步來到胡小天面前，一把將他的手抓住道：「你沒事就好！」

當著那麼多人的面長公主表現出如此親熱，連胡小天也感覺到不好意思了，心想我昨兒跟你才認識，咱倆好像沒熟到這個份上，不過他也明白薛靈君說這話的真正用意，她不是關心自己，而是關心她的雙眼皮，如果他出了什麼事情，就沒人為薛靈君做重瞼術了。

外人並不清楚他們之間的關係，薛道洪不由得皺了皺眉，自己的這個姑姑向來名聲不好，難不成她看上了胡小天？可轉念一想根本沒可能，胡小天是個太監啊。

李沉舟微笑道：「原來長公主認識胡大人。」

長公主薛靈君向李沉舟拋過去一個誘人的眼波，嬌滴滴道：「李將軍也來了，一陣子不見越發的丰神玉朗了。」俏臉上流露出迷戀而傾慕的表情，就像是一隻饞貓盯上了鮮魚，幾乎所有人都能夠看出長公主眼神中的曖昧。當年長公主招駙馬的時候，李沉舟曾經是首選對象，可是落花有意流水無情，李沉舟鍾情於大雍才女簡融心，婉言謝絕了皇室的提親，那簡融心如今正是李沉舟的妻子。可以說這件事讓目空一切的長公主薛靈君深受打擊，一直引以為恨。

李沉舟的表情仍然古井不波，對薛靈君的嫵媚神情根本無動於衷，輕聲道：「多謝長公主誇獎，沉舟愧不敢當。」

薛靈君歎了口氣道：「你這人真是好沒趣味，也好沒良心，既然回到了雍都，也不知道去看我。」

她向胡小天招了招手道：「胡小天，咱們走吧！」

胡小天求之不得，向薛道洪和李沉舟兩人告辭。因為是長公主邀他離去，所以無人過問胡小天的事情。

來到薛靈君的車旁，薛靈君方才低聲問道：「東西做好了沒有？」

胡小天點了點頭道：「做好了，只是剛剛給其他人做過手術，可能需要消毒之後才能使用。」

薛靈君聞言不由得皺起眉頭：「什麼？你居然拿給其他人用過？」

胡小天看到她的表情已意識到不妙，可話既然已說出來，只能實話實說道：

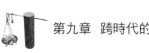

「昨晚突然遭遇襲擊，有不少人受傷，為了搶救傷患不得已才動用了那些器械。」

薛靈君臉上露出不悅之色，冷冷道：「別人用過的東西我才不用！」

「可……」胡小天話沒說完，薛靈君已經登上了馬車關上了車門，怒道：「離開這裡！」車夫接到命令，揚鞭就走，居然把胡小天扔在那裡，不顧而去。

在胡小天看來，這些醫療器械當然可以反覆使用，無非就是消消毒，所以才實情相告，卻想不到長公主的反應竟然如此激烈，望著揚長而去的馬車，胡小天這會兒方才明白過來，敢情這位長公主有潔癖，好一個別人用過的東西她才不用，既然如此，天下第一蕩婦的名字又從何處得來？你到底是真有潔癖還是假有潔癖？

宗唐剛才就在不遠處，將長公主和胡小天的對話聽得清清楚楚，等到馬車離去，他來到胡小天身邊，歉然道：「胡大人，實在抱歉，這次全都是因為我們連累了你。」

胡小天笑道：「談不上什麼連累。」

宗唐道：「等我處理完這些事，馬上重整爐灶為胡大人重新打造一套器械。」

胡小天搖了搖頭道：「不用，之前那套器械給我就是。」

宗唐道：「因為時間緊迫，還有一些沒有為大人完成，等過幾天做好之後，宗某親自給大人送過去。」

胡小天點了點頭，他並不想繼續在這裡逗留，以免引起薛道洪等人的注意，匆匆告辭離開。

既然搭不上長公主的專車，胡小天只能搭柳玉城的順風車，帶著滿滿的一箱器械回到南風客棧的時候已經是未時了。來到大堂，卻見吳敬善和一位身穿青色儒衫的中年男子正在那裡坐著，兩人看到胡小天進來，同時站起身來。

那中年男子乃是大康常駐雍都的使節向濟民，向濟民滿臉笑容向胡小天行禮道：「下官參見胡大人。」

胡小天雖然早就知道有這個人的存在，可是來到雍都之後始終都是吳敬善負責接觸，他和向濟民還是初次見面。點了點頭道：「向大人好！」

吳敬善道：「向大人一早就過來了。」

胡小天道：「長公主找我有事，所以回來晚了。」

吳敬善心中暗暗佩服，胡小天真是不簡單啊，來到雍都短短幾天，不但和太后搭上了關係，現在連燕王、長公主也都聯繫上了，換成是自己可沒有這樣的本事，吳敬善為官多年，處事精明，當然知道什麼該問，什麼不該問，對胡小天昨日的動向，自然不會刨根問底。

胡小天將器械箱交給高遠，讓他幫忙拿進去，並將開水煮沸進行消毒的基本方法教給了他。雖然長公主薛靈君負氣而去，不過應該只是一時生氣，絕不可能因此再不和自己聯絡，任何女人對美麗是無法拒絕的。

三人落座之後，向濟民道：「胡大人，下官並不知道安平公主何時來到雍都，若非吳尚書親自前來見我，並告知詳情，我到現在還蒙在鼓裡，失禮之處還望兩位大人多多擔待。」

吳敬善歎了口氣道：「這次的事情也怪不得你，大雍方面封鎖消息，我等初到雍都，接應不暇，本該一早去和向大人見面，卻因為層出不窮的狀況耽擱了。」

胡小天道：「距離公主大婚之日尚早，還算不上耽擱。」他微笑望著向濟民道：「向大人那邊都有什麼消息？」

向濟民簡單將自己知道的情況說了一遍，其實也和胡小天瞭解到的情況相去不遠。他感歎道：「根據目前的情況來看，大雍的皇帝未必知道安平公主抵達雍都的事情。」

吳敬善道：「總得想個法子面見大雍皇帝，公主來了也有六天了，總不能始終這個樣子。」說話的時候望著胡小天，其實他心中也有些不解，現在和之前的情況已經發生了變化，胡小天既然都和大雍皇族搭上了關係，為什麼還不將公主的事情告訴他們？

向濟民道：「這件事我來辦，但大雍皇帝何時才能召見兩位大人，我可不能保證。」

胡小天淡然笑道：「他愛見不見！他不肯見咱們，咱們還懶得見他呢。」

向濟民不瞭解胡小天的性情，聽他說出這樣的話，心中暗暗吃驚，這胡小天畢竟是年輕氣盛，什麼話都敢說。吳敬善卻是老於世故，這一路走過來，對胡小天也多出了不少的瞭解，心中暗忖，看來胡小天已經有了解決的法子。

胡小天跟向濟民雖然沒說幾句話，也看出他起不到太大的作用，今次前來無非就是走走形式套套關係，沒心情跟他一起耗費時間，打了個哈欠道：「我累得很，先回去休息了，兩位大人，失陪了。」

向濟民陪笑道：「胡大人請便！對了大人……」身為常駐大雍的使節，有必要為兩位遠道而來的使臣接風洗塵，向濟民正想說出邀請他們赴宴的消息。忽然聽到門外有人氣喘吁吁道：「胡大人在嗎？」

胡小天還沒有來得及離去，轉過身去，卻見門外進來一人，居然是神農社的一位弟子，過去經常跟在柳玉城的身邊幫手，所以胡小天對他也算熟悉。

胡小天還以為神農社又出了什麼事情，停下腳步道：「有事？」

那位神農社弟子滿頭大汗，一邊擦汗一邊道：「我家少館主讓我過來跟胡大人說一聲……他……他剛剛回到神農社就被人請去起宸宮了。」

胡小天聽到起宸宮三個字，頓時提起了精神：「怎麼了？」

「……說是……安平公主發了急病……所以讓我們過去會診……」

「什麼？」這樣一來不僅僅是胡小天吃驚，連吳敬善和向濟民都驚得站起身來，吳敬善更是出了一身的冷汗，如果安平公主出事，他們這幫人都要掉腦袋，駭然道：「怎會如此？怎會如此？」

那位神農社弟子道：「少館主讓我前來通知胡大人，還請胡大人千萬不要提起這件事。」

胡小天點了點頭道：「我明白的。」他拿了一錠銀子遞給那位神農社弟子作為賞錢，神農社弟子推卻了一下還是收了，等他離去之後。吳敬善和向濟民都湊了上來：「胡大人，這該如何是好？」

胡小天道：「向大人還是先回去，我和吳大人這就去起宸宮問個究竟。」他揚聲道：「展鵬！趙崇武！備馬！」

胡小天和吳敬善兩人帶領近五十名騎士來到起宸宮外，這樣的陣勢自然引起了起宸宮方面的注意。曹昔聽說胡小天再度前來，而且這次還帶了不少的人馬，頓時有些頭疼，上次胡小天僅僅帶著兩名武士就將自己這邊十多人打得東倒西歪，這次居然來了五十多人，顯然是有備而來，難道他收到了什麼消息？

起宸宮驛丞聽聞胡小天再度前來，而且興師動眾，嚇得早就躲到了自己的房間內，被胡小天連揍兩次，總得長點記性。

第十章

廬山面目

其實自從庸江沉船之後，胡小天就對紫鵑的身分產生了懷疑，
可是從外表上並沒有看出任何的破綻，
所以胡小天只能尋找其他的驗證方法。
利用安逸丸讓紫鵑昏睡也是不得已採取的手段。
手指剛剛拉開紫鵑的領口，卻想不到紫鵑竟突然睜開了雙目，
冷冷望著他道：「你想幹什麼？」

胡小天率眾來到起宸宮外的時候，曹昔獨自一人站在宮門之外，平靜望著對方的人馬，朗聲道：「胡大人糾集人馬，率眾前來，所為何事？」

胡小天心中暗讚，這曹昔也算是有些膽色，面對自己這麼多人竟然敢獨自前來迎接。他在馬上抱了抱拳道：「曹千戶好，我們今次前來是特地向公主請安，還請曹千戶行個方便。」

曹昔道：「胡大人這樣的陣仗，這麼多的人馬，恐怕不僅僅是來請安的吧！」

胡小天笑道：「讓你看出來了，不錯，每次進入起宸宮你們總是要製造一些麻煩，所以我就多帶點兄弟過來，如果這次曹大人仍然不肯給我面子，少不得又得大打出手，不過你放心，我們誰都沒帶武器，大不了拳腳上見個真章。」

曹昔暗罵，你還真是目中無人，在我們大雍的地盤上也敢如此囂張，以為攀上了燕王，找到了靠山嗎？不過曹昔這次的態度顯然比上次好轉了許多，他淡然道：「胡大人此次不是為了聯姻而來，大雍大康即將結為姻親之邦，胡大人如此作派也不怕傷了和氣？」

胡小天心中冷笑，傷你大爺個頭，肯定是看到我這次人多勢眾你認慫了，他微笑道：「率先傷和氣的可不是我們啊。」

曹昔道：「兩位大人想要探望公主隨時都可以過來，只是帶著這麼多的人馬來，總是不好，如果知道內情，明白你們是前來給公主請安，如果不明真相還以為有人前來打劫呢。」

胡小天呵呵笑了起來，想不到曹昔武功厲害，嘴巴也不弱，點了點頭道：「好！你們都在外面等著，吳大人，咱們去見公主。」他又叫上周默隨行。

吳敬善和胡小天、周默一起進了起宸宮，曹昔陪同兩人走進去，來到內苑，看到兩名侍衛守住園門，曹昔使了個眼色，兩人向一旁讓開。胡小天心中暗忖，還算你識時務，如果膽敢擋住老子的去路，我馬上大耳刮子抽過去。

可是沒走兩步就看到柳嬤嬤帶著兩名宮女迎了上來，擋住他們的去路。

胡小天一臉冷笑望著柳嬤嬤，看來上次的耳光打得還不夠狠，這婆娘居然還敢囂張。

柳嬤嬤道：「公主身體不適，現在什麼人都不想見。」

吳敬善一直都沒說話，朝胡小天看了一眼，看看他要如何應對。

胡小天道：「柳嬤嬤，公主一天未嫁就是我們大康的公主，難道咱家前來探望公主都不行？」

柳嬤嬤斬釘截鐵道：「不行！」

胡小天心中一怔，呵！這個老不死的，膽子還真是不小啊，他向前走了一步道：「勞煩柳嬤嬤再說一遍？」

柳嬤嬤仰起頭，一雙陰冷的眸子死死盯住胡小天，目光中恨意盎然，上次被胡小天當眾打了一記耳光，這等奇恥大辱仍然記憶猶新。

胡小天正準備一把將她推開的時候，卻聽到一個陰陽怪氣的聲音道：「什麼人在這裡鬧事？驚擾了公主休息，咱家砍了你們的腦袋！」

胡小天舉目望去，卻見一個身穿紫衣的太監緩步從裡面走了出來，四十多歲年紀，一張面孔生得慘白，此人正是昆玉宮的太監總管方連海，也是淑妃面前的紅人，方連海踱著方步，一步三搖地走了過來。

胡小天看到這太監，頓時心中明白了，難怪今兒柳嬤嬤又神氣起來了，搞了半天來了一位給她撐腰的。

方連海瞇起眼睛望著胡小天，應該不是眼神不好，分明是輕蔑無禮：「爾等何人？為何在此大聲喧囂？驚擾了公主休息，你們擔待得起嗎？」

胡小天嘿嘿笑道：「這位公公是不是走錯門了？公主殿下好像輪不到你來伺候！」

方連海陡然將一雙細眼瞪大了，宛如被踩了尾巴的貓一般尖叫起來：「大膽！你是什麼人？竟敢對咱家無禮？」

柳嬤嬤道：「方公公，他就是從大康過來的胡公公，無故打人的那個。」

方連海伸出鳥爪一樣的左手，小拇指尖尖指向胡小天道：「我當是誰這麼大的膽子，原來是胡公公。」

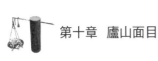

胡小天道：「我乃大康陛下欽點的遣婚使節，你一個宮裡的太監好像應該尊稱我一聲大人。」

方連海勃然變色，怒道：「胡小天，你睜大眼睛看看這是什麼地方！」

吳敬善目睹眼前狀況，知道胡小天存心想將事情鬧大，乾脆裝作充耳不聞，視而不見。

胡小天道：「我家公主暫住的地方，你一個宮裡的太監來此作甚？」

「咱家乃是奉命而來！」

「奉何人之命？你一個奴才吃了熊心豹子膽竟然膽敢阻攔我們的去路？」

方連海聽到他居然當眾稱呼自己為奴才，不由得惱羞成怒，尖叫道：「來人，將這個無禮之徒給咱家趕出去。」

曹昔雖然就在一旁，可是他卻沒有移動腳步，他為人也極其精明，早在胡小天過來的時候就已經意識到形勢不妙，為了避免和胡小天發生當面衝突，所以才將他們放了進來，讓方公公去應付這個麻煩。

曹昔道：「胡大人請！」他做了個手勢，意思是請胡小天離開，可並沒有實際行動。誰也不是傻子，明知對方前來鬧事，何必首當其衝給別人當擋箭牌。

胡小天非但沒走，反而向前走了一步，望著方連海道：「這位方公公，你要趕我走，自己動手就是，難道胯下少了根東西，連膽子也沒了嗎？」

吳敬善和曹昔聽到這句話都在心中暗笑，胡小天說人家胯下少了根東西，他難道就有嗎？五十步笑百步，兩個太監吵架原來如此有趣。

方連海氣得七竅生煙，尖叫一聲，竟然揮掌向胡小天當胸打來。胡小天始終沒有放鬆對他的警惕，方連海出手早就在他的意料之中。方連海的掌心還沒有碰到胡小天的身體，這廝就慘叫一聲倒飛了出去。

方連海心中納悶，奇了怪了，我明明還沒沾到他的身體，怎麼人就飛了。

胡小天四仰八叉地摔倒在地上一動不動，周默慌忙衝了上去，扶住胡小天的身體，他也沒料到胡小天如此不堪一擊，伸手探了探胡小天的鼻孔竟然毫無聲息，脈搏也是紋絲不動，心中大駭。耳邊忽然聽到胡小天低聲道：「我沒事，裝死嚇嚇他，教訓教訓這幫混帳。」

周默心中大喜，霍然站起身來，臉上的表情悲痛莫名，死死盯住方連海，怒吼道：「混帳東西，你竟然打死了我家大人！」周默的中氣何其充沛，聲音洪亮遠遠送了出去。

周默虎目圓睜，強大的殺氣向周圍彌散開來，有質無形的殺氣頃刻間將三丈以內的範圍完全籠罩。

曹昔內心一凜，他和展鵬曾經交過手，以為展鵬就是胡小天手下的第一高手，可現在看到周默發威方才意識到，周默的功力還要在展鵬之上。他擔心周默暴怒之下一掌斃了方公公，慌忙上前攔住周默：「冷靜！」

周默怒吼道：「擋我者死！」一掌已經向前方劈落。

手掌未到，掌風凜冽已經先行奔行到曹昔的面前，在如今的狀況下，曹昔只能硬著頭皮接了周默的一掌，呯！的一聲，曹昔被震得向後接連退出數步，只感到胸前一陣氣血翻騰，連話都說不出口了，這還是周默手下留情的緣故，否則定然將曹昔一掌劈飛。

曹昔閃開之後，周默一個箭步就竄到方連海面前揚起拳頭照著他的面門打去。

方連海看到對方來勢洶洶，眼看周默醋缽大小的拳頭已經奔到自己的面門前方，以為無可閃避，只怕要死在對方的拳頭下，方連海嚇得大聲尖叫，周默的拳頭卻在距離方連海鼻尖還有半寸的地方硬生生凝住，拳風撲向方連海的面龐，宛如刀割般刺痛了他的肌膚，方連海的髮冠也被拳風吹走，髮髻蓬亂，頭髮亂糟糟向後方激揚而起。

方連海本以為自己死定了，可周默這一拳卻終於沒有落在他的臉上，饒是如此，方連海被嚇得已經呆若木雞，魂飛魄散，站在那裡一動不動。

此時卻聽到胡小天發出一聲歎息聲：「閹賊，你竟敢害我！」

方連海此時方才回過神來，只覺得下腹緊，一股暖烘烘的熱流從他的雙腿之間奔湧而出，竟然被周默的一拳給嚇尿了。

此時裡面為安平公主治病的大夫全都聞聲出來，方連海看到地上濕噠噠的一片，心中又是害怕又是委屈，眼淚都落了下來，捂住鼻子，狼狽逃竄。

胡小天慢慢從地上站起身來，撣了撣身上的塵土，目光落在地上的那灘尿漬之上，搖了搖頭，撇了撇嘴道：「公共場合，隨便大小便，你是狗嗎？」看來多數時候還是拳頭管用，周默一拳就解決了問題。

曹昔和那幫宮人一個個驚得目瞪口呆，剛才明明看到他一動不動，還以為他真被方連海打死了，搞了半天全都是裝的，這廝還真是無所不用其極。目睹周默剛才的威勢，誰還敢再多說廢話，眼睜睜看著胡小天和吳敬善兩人走入宮室之中，無人再敢阻攔。

進入安平公主的寢宮，胡小天和吳敬善同時躬身行禮道：「臣吳敬善、胡小天參見公主千歲千千歲！」

帷幔之後傳來一個虛弱無力的聲音道：「吳大人、小鬍子，你們還記得有我這個公主啊……」

吳敬善誠惶誠恐道：「老臣無時無刻不在惦記著公主的安危……」又朝胡小天看了一眼道：「胡大人也是一樣。」

胡小天道：「公主發生了什麼事情？因何會有那麼多的郎中在這裡？」

安平公主道：「不知為了什麼，總覺得虛弱無力，內心發慌。」

胡小天道：「小天可否入內，為公主請脈？」

安平公主道：「不用了，我累了，想好好歇歇，你們都出去吧。」

胡小天聽到她的聲音心中稍安，至少證明紫鵑好端端地活著，他向吳敬善使了個眼色，一起退了出去，來到外面，看到柳玉城也在那裡，胡小天向柳玉城拱了拱手道：「柳先生好，我家公主情況如何？」

柳玉城道：「應該沒什麼大事，只是受了些風寒，我給她開了一付藥方，只要按時煎服就會沒事。」他拿起藥箱準備離去。

胡小天連連稱謝，恭敬道：「我送柳先生出去。」

胡小天向吳敬善道：「吳大人，你和周默他們現在這裡守著，沒有我的命令誰也不能進入公主的房間內。」

吳敬善點了點頭。

胡小天跟著柳玉城一起離開了起宸宮，走出大門之後，柳玉城看到四下無人，方才低聲道：「安平公主乃是中毒！」

胡小天倒吸了一口冷氣：「什麼？」他所想到的第一個可能就是淑妃母子想要剷除安平公主，以此來達到破壞這場聯姻的目的，一顆心涼了半截，如果真是如此，淑妃母子也太狠毒了一些。

柳玉城道：「此事我並未聲張，安平公主的脈象應該是慢性中毒，我問過她的病情，應該是有人在她的飲食中動了手腳，毒素日積月累，逐漸加深。」

胡小天道：「柳兄知不知道她所中的是什麼毒？」

柳玉城道：「我本想採集一些公主的血樣拿回去查驗，可是卻被公主拒絕。不過胡兄弟儘管放心，她所中的毒並不重，我這裡有一瓶九轉洗血丹，你拿過去，每天早晚給公主服下一顆，三天之內就可將體內毒素排清，還有，記住以後一定要小心公主的飲食。」柳玉城雖然懷疑這件事和起宸宮伺候安平公主的那幫人有關，可畢竟關係到大雍皇族，他也不敢把話說得太明白。

胡小天點了點頭，從柳玉城手中接過藥瓶，他忽然又想起了一件事：「柳兄，有沒有一種藥物，可以讓人吃完就睡的？」

柳玉城早已將胡小天視為好友，根本沒有懷疑他的動機，點了點頭道：「有，安逸丸，吃完之後可以幫助入眠。」他從藥箱中取出那瓶安逸丸，遞給胡小天的時候又特地交代道：「記住，一次最多吃一顆，若是兩顆恐怕連一頭牛都會睡著。」

胡小天聽到這藥力如此強勁，心中越發驚喜，這安逸丸回頭就能派上大用場。

送走柳玉城之後，胡小天轉身返回起宸宮，展鵬和那五十名武士全都在門外等他歸來。胡小天讓展鵬和趙崇武兩人隨同自己入內，讓閻飛率領餘下武士守住起宸宮的大門，沒有自己的允許任何人不得隨便出入。

曹昔對眼前的局面也是無可奈何，他們負責駐守起宸宮的侍衛加起來不過三十人，人數上無法和胡小天他們相提並論，實力上更是懸殊，曹昔心知肚明，自己的武功和展鵬也就在伯仲之間，剛才周默顯露身手技驚四座，他是無論如何都比不過周默的。所以曹昔傳令下去，無論今天發生了什麼，自己這邊的侍衛都要保持冷靜，旁觀就好。連昆玉宮的方連海都在胡小天手下栽了跟頭，自己強出頭也只會自取其辱。方連海應該不會甘心受辱，離去之後必然會搬救兵。

胡小天經過他身邊時，曹昔抱了抱拳道：「胡大人，希望不要讓在下難做。」

胡小天道：「不是我不給你們面子，而是你們太不懂得珍惜，當初你們口口聲聲會照顧好公主，現如今我家公主卻病魔纏身。」

曹昔道：「人吃五穀雜糧，誰能不得病？」

胡小天才懶得跟他理論，冷冷道：「既然爾等照顧不周，那麼還是由我們自己照顧公主。」

「胡大……」

胡小天已經帶著展鵬和趙崇武兩人大步走入了起宸宮。

安平公主的寢宮外，吳敬善如同熱鍋螞蟻一樣走來走去，因為不知道紫鵑的病情究竟如何，他也是非常擔心，雖然紫鵑只是一個冒牌公主，可她卻是使團的唯一希望，只有將紫鵑順順當當地嫁給了七皇子薛道銘，他們才有可能向皇上交差，才有希望全身而退。

看到胡小天帶著展鵬兩人回來，吳敬善慌忙迎上道：「胡大人，怎樣？」

胡小天沒有說話，轉向展鵬兩人道：「從現在起，你們兩人守住內苑，任何人都不得隨意出入，即便是曹昔和那幫驛丞也不行。」

展鵬和趙崇武兩人領命，分別站立於內苑園門處，原本就站在那裡的兩名侍衛看了看他們，卻終究不敢說什麼。

柳嬷嬷和方連海剛才一起走了，內苑之中只剩下了四名宮女，她們因為這突然的變化一個個嚇得六神無主。胡小天冷冷望著她們道：「上頭既然派你們過來照顧公主，你們就應當悉心伺候，若然讓我查出，爾等膽敢有半點加害之心，一定要了你們的性命。」幾名宮女嚇得將頭垂了下去，不敢和胡小天正眼相對。

其中一名宮女手中端著托盤，托盤內放著剛剛給安平公主煎好的藥，因為害怕，她雙手抖個不停。胡小天走了過去，從她手中接過托盤，緩步來到門前，進去之前，又轉身向眾人道：「沒有咱家的吩咐，任何人都不能進來。」他這才推門走了進去，剛剛走進去就聽到紫鵑有些憤怒的聲音道：「我不是說過，你們誰都不許進來，本公主要好好休息嗎？」

胡小天笑道：「公主殿下，是我！」

帷幔後紫鵑冷哼了一聲：「本公主最不想見的就是你！」

胡小天伸手將帷幔掀開，卻見紫鵑躺在床上，秀髮蓬亂臉色蒼白，面容憔悴，我見尤憐。

胡小天將那托盤放在床頭小几之上，微笑道：「公主殿下，小天護駕來遲，還望贖罪則個。」

紫鵑道：「你笑得倒是開心，看到我這個樣子，你是不是心花怒放？」

胡小天道：「天地良心，病在公主身上，痛在小天心裡，公主生病，小天感同身受。」

「你巴不得我早死了才好。」

胡小天道：「公主若是死了，我們這群人只怕都要給你陪葬，所以我巴不得公主長命百歲呢。」

紫鵑道：「油嘴滑舌，口是心非，胡小天你們現在過得逍遙快活，將我一個人孤零零扔在這起宸宮內，失去自由不見天日，和被人軟禁又有什麼分別？」

胡小天笑道：「當日可是公主不願隨同我們一起走的。」

「我不肯走，你們一個個便忘記了自己的職責嗎？棄我而去，不管我的死活，以後我必然修書一封給我的皇兄，將你們的種種劣跡一一說明，讓他砍了你們這幫混帳的腦袋。」

胡小天知道她也只是說說，將藥碗端起道：「公主，該吃藥了。」

紫鵑皺了皺眉頭：「我才不吃，焉知你是不是放了毒藥，想要將我害死？」

胡小天真是哭笑不得，他只得將藥碗重新放下。

紫鵑道：「我究竟是什麼病？」

胡小天沒有馬上回答她，而是在房間內四處看了看，確信室內無人，這才去關了房門，重新回到紫鵑身邊，用傳音入密道：「公主殿下鎮定一些，你其實是被人下毒。」

紫鵑聽到他的這番話，俏臉之上掠過一絲惶恐的神情：「什麼？」

胡小天道：「應該是有人在你的飲食中動了手腳。」

紫鵑顫聲道：「他們為何要害我？」

胡小天道：「我也不清楚究竟什麼人要害你。」他這才從懷中掏出那兩個瓷瓶，拿出一顆九轉洗血丹，又拿出一顆安逸丸，低聲道：「你將這兩顆藥丸服下。」

紫鵑道：「這是什麼？」

胡小天道：「清除你體內毒素的藥物，九轉洗血丹。」

紫鵑將信將疑地望著胡小天。

胡小天道：「你不用懷疑我，現在咱們是同一陣營，你出了事情對我也沒有任何的好處。」

紫鵑咬了咬嘴唇，終於點了點頭，接過胡小天手中的藥丸，胡小天看到她將兩顆藥丸先後服下，這才放下心來，去給她端來一杯水，紫鵑接過喝了幾口，忽然打了個哈欠。

胡小天故意道：「公主是不是睏了？」

紫鵑點了點頭道：「不知為何忽然有些睏意，這藥丸中該不會有問題吧？」

胡小天笑道：「公主還是信不過我，你累了就好好睡上一覺。」

紫鵑道：「可是我心中總是有些不安。」

胡小天道：「放心吧，我就守在公主身邊。」

紫鵑點了點頭，躺了下去，胡小天等了一會兒，聽到她的呼吸聲漸漸變得均勻，心中暗暗驚喜，看來柳玉城送給自己的安逸丸開始發揮了藥效，他故意低聲道：「公主殿下！」

紫鵑靜靜躺在床上毫無反應，胡小天又湊到她的耳邊大聲道：「公主殿下！」

紫鵑仍然沒有任何回應，胡小天仍然不敢大意，用手推了推她，紫鵑睡得很沉，並沒有被他弄醒。

胡小天的唇角露出一絲壞笑，目光落在紫鵑的胸部，然後雙手來回互搓了幾下，這才小心翼翼去解紫鵑的衣服，龍曦月曾經告訴過他，紫鵑兩邊長得不一樣，他剛好趁著這個機會驗證一下。

其實自從庸江沉船之後，胡小天就對紫鵑的身分產生了懷疑，可是從外表上並沒有看出任何的破綻，所以胡小天只能尋找其他的驗證方法。利用安逸丸讓紫鵑昏睡也是不得已採取的手段。手指剛剛拉開紫鵑的領口，卻想不到紫鵑竟突然睜開了雙目，冷冷望著他道：「你想幹什麼？」

胡小天愣在了那裡，他本以為紫鵑已經熟睡，卻沒有想到，她竟然一直都是偽裝。不等胡小天回過神來，紫鵑張開嘴唇，噗地吐出一顆藥丸，正中胡小天的右眼，雖然是經嘴唇吐出，可是勁道十足，砸得胡小天眼眶欲裂，痛得悶哼一聲，捂著眼睛連連後退。

紫鵑卻沒有放過他的意思，掀開被褥，從床上跳了下來，一掌向胡小天當胸打去，胡小天痛得右眼流淚不止，危急之中，身軀一擰，以躲狗十八部躲過紫鵑的進擊，兩人在狹窄的空間內你追我趕。

胡小天逃了幾步心裡就已經有了回數，紫鵑絕對是個高手，不但頭腦夠精明，而且武功也非同尋常，躲狗十八步這麼厲害，都沒辦法將她徹底擺脫。胡小天靈機一動故技重施，腳下故意放慢了節奏。紫鵑不知是計趕了上來，伸手一掌擊在胡小天後心，胡小天佯裝失去平衡，趺趺撞撞摔了出去，腦袋咚的一聲撞在前方柱子之上，然後直挺挺倒在了地上，裝死！現在不裝更待何時。

紫鵑也沒有想到自己這一巴掌竟然發揮出這麼大的威力，以為胡小天是撞在柱子上暈了，不過胡小天向來狡詐，她也不敢掉以輕心，抬腿在胡小天身上踢了一腳，看到胡小天一動不動，額角也青了，臉色也變了，這才覺得有些不妙，低聲道：「淫賊！你給我起來！」

胡小天心中一怔，紫鵑知道自己是太監，怎會用淫賊二字來稱呼自己？不科學啊！

紫鵑伸出手去摸了摸胡小天的脈門，發現胡小天脈搏全無，別說脈搏，甚至連呼吸都沒了，她頓時有些慌張，側耳伏在胡小天的胸膛之上聽了聽，確定連心跳聲都沒了，顫聲道：「胡小天……你……你不要嚇我……」

胡小天把握住這難得的時機，猛然伸出手臂將紫鵑抱了個滿懷，翻身將她壓在身下。軟玉溫香壓在身下，要說還真是舒服呢。

紫鵑亂了方寸，雖然對這廝的狡詐有了心理準備，卻沒料到他竟然有這麼高明的裝死功夫，一時不察被他將嬌軀抱住，等她反應過來的時候，已經被胡小天壓在身下，一根硬梆梆的東西抵在她的左肋，胡小天陰測測笑道：「你只要敢動，我手中的暴雨梨花針就會全都射進你的胸膛裡。」

紫鵑一雙美眸狠狠盯住胡小天，左手也貼在胡小天右側的軟肋，低聲道：

「看看究竟是你快還是我快。」她左手的食指之上套著一個晶亮的鋼圈，鋼圈上藏著一根細小的毒針。

胡小天臨危不懼，笑瞇瞇道：「那就試試！」

紫鵑咬了咬嘴唇：「淫賊，你為何要害我？」

胡小天道：「你究竟是誰？」

紫鵑道：「你以為呢？」

胡小天仔細盯著她的雙目，總覺得她的眼神有些熟悉，可一時間又想不起到底是哪一個，腦海中宛如走馬燈般輪番出現他所認識的女性，一個人的容貌就算可以偽裝，但是身材無法偽裝，胡小天在心中很快就排除了幾個，腦海中忽然一亮。

紫鵑道：「你現在放開我還來得及，不然我現在就大聲呼救，讓所有人都知道你的詭計。」

胡小天有恃無恐道：「那就叫起來試試，看看咱們是不是一起死？」

紫鵑被他死死壓住，兩人誰也不敢妄動，四目相對，目光恨不能將對方吃了。

胡小天道：「你將雙手伸開放平在地上。」

「憑什麼是我？你先給我滾下去！」

胡小天笑道：「我現在知道你是誰了！」

紫鵑的表情明顯錯愕了一下，旋即又猜到胡小天是在使詐，冷笑道：「那你倒是說來聽聽。」

胡小天道：「你不是紫鵑，甘心冒充安平公主，嫁給薛道銘絕不是為了謀求什麼皇子妃，更不是貪圖榮華富貴，你的目的是要對薛道銘不利，嫁禍給安平公主，挑起大雍和大康之間的爭端。」

紫鵑美眸之中流露出些許的驚奇，哼了一聲道：「自作聰明！」

胡小天道：「你是夕顏！」

紫鵑的嬌軀明顯顫動了一下，旋即笑道：「夕顏又是哪一個？」

胡小天道：「你騙不了我，容貌雖然能夠改變，可是身材體態改變不了，只要被我抱過的女人，我肯定能夠認出來。」

紫鵑道：「你究竟抱過多少女人？」

胡小天一副苦思冥想的樣子：「還別說，真算不清楚，實在是太多了……」話沒說完，紫鵑左手一揚已經狠狠向胡小天的右肋插了下去，胡小天只覺得肋下被針扎入，痛得他倒吸了一口冷氣，紫鵑一把推開他，嬌軀向一旁滾動出去。

胡小天手裡哪是什麼暴雨梨花針，只不過是一把尚未出鞘的匕首。胡小天捂著肋下顫聲道：「賤人……你……你竟敢真扎我！」

紫鵑的臉上呈現出嫵媚的笑意：「對男人就應該狠心一點，你也有機會射我，你的暴雨梨花針呢？為何不射？」

胡小天臉都綠了，為何不射？憐香惜玉，現在只能自釀的苦酒自己咽，他點了點頭道：「算你狠，那兩顆藥丸，你好像吃下了一顆吧？」

紫鵑道：「嚇我？論到下毒，你的手段又怎能及得上我的萬一。」

胡小天道：「我雖然事事都不如你，可是我擅長壞事，信不信我跟你拚個玉石俱焚？」

紫鵑幽然歎了口氣道：「不信！一點都不信！你千方百計機關算盡，好不容易才利用金蟬脫殼之計將龍曦月救了出去，這些天是不是做夢都想著和那位美貌的公主雙宿雙棲，費盡思量才達成所願，你怎麼捨得去死？」

胡小天望著眼前的紫鵑，怎麼看怎麼感覺她的一舉一動就是夕顏，可這張面孔卻看不出任何夕顏的特點，一個人的易容術難道可以高明到這樣的地步？胡小天道：「兔子急了還咬人呢，更何況人乎？」

「你算人嗎？自己發過的誓言都可以不算，又有何顏面自稱為人？」

胡小天心想老子說什麼了？老子跟你多大仇？

紫鵑一步步走向胡小天道：「你最好乖乖聽話，不然你絕活不過七天。」

胡小天笑道：「嚇我！」

紫鵑揚起左手的食指，讓胡小天看清那根漆黑如墨的鋼針，針尖之上仍然沾染著胡小天的血跡，小聲道：「現在你被刺的地方有芝麻大小，每過一天就會增大一些，等到七天之後，你就會口吐鮮血，一命嗚呼。」

胡小天道：「死就死，你當我怕嗎？我死之前，一定將你的秘密說出去。」

紫鵑道：「誰會相信？」

胡小天道：「你兩隻咪咪是不是一大一小？」

紫鵑被他天馬行空的一問問得愣住了，旋即羞得滿面通紅，咬牙切齒道：「淫賊，你胡說八道。」

胡小天哈哈笑道：「那就是一般大小，所以你絕對不是紫鵑，我就說嘛，當初在天波城見到你，你性情和過去大不相同，我還真以為你轉變了性子，看來你始終都是你，妖女永遠都是妖女，你跟我說的那番話全都是為了迷惑我。」

「你又如何？你說盡甜言蜜語，可又有哪一句話是真的！」紫鵑衝口說出的一句話，等於將她徹底出賣。

胡小天已經可以認定，眼前的紫鵑就是夕顏無疑，這妖女不知何時混入了自己的隊伍之中，也許是在倉木城的時候，也許從天波城那時就已經混在隊伍之中，只是自己並沒有發覺。

紫鵑說完這番話，她轉過身去，再度轉身過來的時候，她的容貌已經發生了驚人的變化，但見眼前少女眉目如畫，清秀絕倫，分明就是五仙教的妖女夕顏。

胡小天倒吸了一口冷氣，他此前雖然懷疑紫鵑的身分，可是卻從未料到一個人的易容術可以高超到這樣的地步。他緩緩點了點頭，低聲道：「中毒原來是你自導自演的一齣鬧劇。」

夕顏唇角露出一絲迷人笑容：「就知道你聰明，看來我做事果然瞞不過你。」

胡小天歎了口氣：「你到底想怎樣？」

夕顏道：「沒想怎樣，只是想成全你和龍曦月，讓你們有情人終成眷屬，從此以後雙宿雙棲。」

胡小天搖了搖頭，來到她的床榻上坐下，雙手撐著床沿望著夕顏絕美的俏臉：「你會這麼好心？」

「我不入地獄誰入地獄？為了成全你這個負心漢，我也唯有犧牲自己了。」

胡小天笑道：「你跟我拜過天地了，豈能再嫁他人？」

夕顏眨了眨美眸，向胡小天一步步逼近：「你跟我拜過天地，你為何可以再去勾三搭四？」

「我是男人！」這廝說出了一個現今時代最為充分的理由，男人三妻四妾是再尋常不過的事情。

「我呸！」

胡小天道：「丫頭，說句真心話，你到底在打什麼主意？」其實他已經猜到夕顏冒充安平公主的目的絕不會是成全他和龍曦月，此女正邪難辨，而且很可能和西川李氏有關，如果她當真想要借著這次聯姻對七皇子薛道銘不利，那麼不僅僅會破壞這次聯姻，更可能因為這件事引起兩國之間的戰爭，也許這才是她的使命所在。

夕顏道：「你走你的陽關道，我走我的獨木橋。我不管你們的事情，你最好也不要壞了我的大計。」這番話分明有向胡小天攤牌的意思。

胡小天道：「你知不知道自己在做什麼？」

夕顏道：「你這次的使命是送安平公主到雍都和大雍七皇子成親，只要完成這件事，你對大康就已經有了交代。三月十六就是大婚之期，咱們不妨合作一次，我繼續為你扮演安平公主，你老老實實落實此次聯姻。」

胡小天道：「既然拜過天地，你就是我老婆，你見過天下間有誰把自己老婆送給別人當新娘的？」

夕顏道：「你當真捨不得我？」

胡小天點了點頭：「捨不得！」

夕顏嫣然一笑道：「那還有個辦法，你想不想聽？」

胡小天連連點頭。

夕顏道：「你讓龍曦月過來換我！我給你當老婆，讓她去當皇子妃。」

胡小天道：「你明明知道她已經死了，我去哪裡找她？」

夕顏冷笑道：「在你心中終究還是她重要一些，別以為用一張人皮面具就能夠蒙蔽我的眼睛，談到易容，你還差得很遠。」纖纖素手搭在胡小天的肩頭，壓低聲音道：「在你身前忙前忙後的小兵現在還好嗎？」

胡小天心中一凜，原來夕顏早已識破了龍曦月的身分，他表面上仍然鎮定如常，微笑道：「你想怎麼合作？」

夕顏道：「借著我此次中毒的事情，你們剛好可以大做文章，重新將保護我的權力拿回來，再找大雍皇室要個說法，勢必要將這件事鬧大才好。」

胡小天道：「你是想借著這次的事情引起大雍皇帝的關注？」

夕顏輕聲歎了口氣道：「人家其實只是想成全你，應該怎麼做，以你聰明的頭腦根本不用我教你怎麼做。」

胡小天點了點頭，忽然站起身來，一言不發地向門外走去，夕顏道：「你還沒有給我答覆呢。」

胡小天停下腳步，道：「你愛怎麼玩就怎麼玩，老子沒興趣陪你！」

夕顏咬牙切齒道：「別忘了你中了毒，難道你不顧惜自己的性命？」

胡小天微笑道：「死都不怕，害怕你威脅嗎？」他拉開房門走了出去。

請續看《醫統江山》卷十四　峰迴路轉

醫統江山 卷13 廬山面目

作者：石章魚
發行人：陳曉林
出版所：風雲時代出版股份有限公司
地址：10576台北市民生東路五段178號7樓之3
電話：(02) 2756-0949
傳真：(02) 2765-3799
執行主編：劉宇青
美術設計：許惠芳
行銷企劃：林安莉
業務總監：張瑋鳳

初版日期：2020年6月
版權授權：閱文集團
ISBN ：978-986-352-836-4
風雲書網：http://www.eastbooks.com.tw
官方部落格：http://eastbooks.pixnet.net/blog
Facebook：http://www.facebook.com/h7560949
E-mail：h7560949@ms15.hinet.net
劃撥帳號：12043291
戶名：風雲時代出版股份有限公司

風雲發行所：33373桃園市龜山區公西村2鄰復興街304巷96號
電話：(03) 318-1378
傳真：(03) 318-1378
法律顧問：永然法律事務所 李永然律師
北辰著作權事務所 蕭雄淋律師

行政院新聞局局版台業字第3595號 營利事業統一編號22759935

國家圖書館出版品預行編目資料

醫統江山 ／ 石章魚 著. -- 初版 -- 臺北市：風雲時代，2020.03- 冊；公分

ISBN 978-986-352-836-4（第13冊；平裝）

857.7　　108022924